Mein verschmähtes Bochum

Für meinen Korinthenkacker aus dem Glückshaus, der den passenden Schlüssel zu meinem Herzen hat. Mahal kita.

K. H. KASILAG

Mein verschmähtes Bochum

Wie die Blume im Revier mich aus der Grube holte

Bibliografische Information der Deutschen Nationalbibliothek.
Die Deutsche Nationalbibliothek verzeichnet diese Publikation in der
Deutschen Nationalbibliografie; detaillierte bibliografische Daten sind im
Internet über http://dnb.dnb.de abrufbar.

Umschlagbild: © grop – shutterstock.com
Coverdesign, Satz, Herstellung und Verlag:
BoD – Books on Demand, Norderstedt
ISBN 978-3-7494-7771-5

Inhalt

Einleitung

Tief im Westen
Wo die Sonne verstaubt
Ist es besser
Viel besser, als man glaubt
Herbert Grönemeyer

Frank Sinatra wollte ein Teil von New York, New York sein. Hildegard Knef hatte noch einen Koffer in Berlin. Unser berühmter Bochumer Jung Herbert Grönemeyer sagt, es sei in seinem Heimatort viel besser, als man glaubt. Lohnt es sich überhaupt, eine Stadt, die schon besungen wurde, zu beschreiben?

Aber sicher dat! Und zwar nicht zu knapp! Es fließt zwar kein Bochumer Blut in meinen Adern, doch wenn ich ein Schild mit der Aufschrift »Bochum« sehe, dann pocht dat Herz schon schneller vor Freude. Als in der Schweiz lebende Ruhrpott-Filipina hab ich oft an dich gedacht, mein geliebtes Bochum, und wage es nun, dir eine literarische Ode zu widmen. In einer Zeit, gefüllt von Trauer und einer schmerzlichen Wunde im Herzen, hast du deine Arme für mich ausgebreitet. Du hast mir wundervolle Begegnungen beschert und hilfreiche Hände zukommen lassen, als ich von der Einsamkeit gelähmt wurde. Du hast mich großgezogen, doch wie ein pubertierender Teenager seine Eltern verschmäht, wollte auch ich nichts von dir wissen. Als Abiturientin auf der Goethe-Schule war es schon damals mein Bestreben, die Welt zu sehen. Das ist mir tatsächlich gelungen. Ich schlenderte in Kambodscha an den grandiosen Tempeln in Angkor Wat entlang, aber das war nicht der Stadtpark, in dem ich meinen ersten Kuss auf der roten Parkbank bekam. Ich knuddelte Koalabären und Kängurus in Australien, doch war das nicht der Tierpark, der mir glückliche Familienausflüge bescherte. Ich fuhr mit einem außergewöhnlichen Schiff auf der Halong-Bucht in Vietnam, aber es war nicht der Teich im Stadtpark, wo ich mit meiner ersten großen Liebe auf dem Paddelboot Zukunftspläne schmiedete. Ich absolvierte in einem renommierten Krankenhaus in Kalifornien eine dreimonatige Weiterbildung, doch war es nicht die Goethe-Schule, die mich für das Leben bildete und die mir die Liebe zur Literatur beibrachte. Ich tauchte und schnorchelte auf den Seychellen und den Malediven, aber es war nicht das Stadtbad, in dem ich unter den Argusaugen meiner Grundschullehrerin Frau Voltner mein Seepferdchen machte. Ich genoss wunderbares, leckeres Essen in Thailand, doch es war keine Currywurst mit Pommes Schranke, die ich mit meinen Freundinnen von der Rhythmischen Sportgymnastik heimlich nach dem Training verschlang. Ich machte Shoppingtouren in Hongkong und Singapur, aber es war nicht der Ruhr Park, wo ich mein erstes hart verdientes Geld verprasste. Ich kletterte am Mandalay Hill in Burma über 7000 Stufen hinauf, um die wunderschöne Aussicht über das Land zu genießen, aber es war nicht der Bismarckturm, wo ich Geheimnisse mit meinen Freundinnen teilte und tiefgründige Gespräche führte. Ja, ich traf auf der ganzen Welt liebenswürdige, wundervolle Menschen, doch keinen wie den Schaffner von der Bogestra, der sagte: »Jetzt muss ich Ihnen ma wat sagen. Sie ham ein schönet Lächeln. Dat sieht man nicht alle Tage. Und au noch am frühen Morgen. Dat is ma schön. Bleiben Sie so. Tschüsken.«

Tschüsken. Am 28. Mai 1986 verabschiedete ich mich von meiner Heimat, den Philippinen. Etwa zwei Wochen vor meinem zehnten Geburtstag, voller Vorfreude auf die neue, schöne Welt. Die Tränen meiner Mutter und meines Großvaters waren damals für mich völlig unverständlich. Gerade diese zwei Menschen bearbeiteten mich, mich in die ferne, weite Welt aufzumachen, weil es das Beste für mich sei. Meine Mutter schwärmte mir von der wunderbaren Kunst und Kultur vor, die Europa zu bieten habe, ich solle es in vollen Zügen aufsaugen. Diese Schwärmerei hatte tatsächlich einen Eindruck bei mir hinterlassen. Kunstmuseen, Theater oder klassische Konzerte ziehen mich immer noch in ihren Bann, auch wenn man mit diesen Vorlieben ein wenig vereinsamt. Nun ja. Wie uncool is et denn, Chagall, Monet, Picasso und dat ganze Verein rein-zuziehen! Einige meiner Freunde werden immer noch gezwungen, mich in Museen und künstlerische Veranstaltungen zu begleiten. Meine Verflossenen mussten mir ihre Liebe durch einen gemeinsamen Besuch im Theater unter Beweis stellen. Mein Großvater, der nur sechs Jahre die Schule genießen durfte, gab mir auf dem Weg nach Deutschland mit, dass ich so schnell wie möglich die deutsche Sprache beherrschen und mein Englisch verfeinern sollte. Das eine, um in meinem neuen Zuhause zurechtzukommen, das andere, um in der Welt voran-zukommen. Auch das hatte ich mir zu Herzen genommen. Deshalb sitze ich nun hier und tobe mich in der deutschen Sprache aus. Beim Aussprechen des Wortes »Elektrizitätswerk« hatte ich schlimmere Kämpfe durchgestanden als ein Gladiator im Kolosseum. Mein Englisch brachte mich tatsächlich durch die Outbacks von Australien und an eine Social Security Num-ber in den USA. Doch das alles hätte ich nie erleben dürfen, wenn es Bochum nicht gegeben hätte. Okay, sicher hätte es Düsseldorf auch getan. Aber »wer wohnt schon in Düsseldorf«, würde Herbert Grönemeyer an dieser Stelle einwenden. Und seien wir mal ehrlich: In einer Zechenstadt lernt man wohl noch am besten, was es heißt, sich durchzugraben, um am Ende des Tages das »Glück auf« zu erleben. Scheint im Leben »Schicht im Schacht« zu sein, dann ist ein Förderkorb schon unterwegs. Was Bochum vor allem hat, sind wahre Kumpels, die einen nie allein unten lassen. Egal, wie lang es dauern mag. Die Kumpels sitzen mit dir im Dunkeln und atmen mit dir den dreckigen Staub ein. Manchmal wirst du auch durchgerüttelt wie ein steckengebliebener Förderkorb, aber nur, damit du an das Überleben erinnert wirst. Vergehen auch Jahre, in denen man die Schicht nicht angetreten hatte oder vom Schicksal hässlich umstellt war, Bochumer Kumpels ham für ein immer ein Butterken auf'm Teller. Egal wo du herkommst und wie du aussiehst, dat, wat bei uns zählt, ist grundsätzlich nur, ob dat Pilsken kalt is. Dat allein is doch Grund genuch für um 'nen Buch zu schreiben, oder auch auf schön Deutsch gesagt: Statt Ode an die Freude, Bochum, ich lieb dich noch heute. Ne, is doch so?! Dann hauen wir ma rein!

Damit mir die schwedischen Gardinen erspart bleiben, habe ich alle Namen, außer die meiner Familienangehörigen und von Probst Michael, geändert.

Go West, und zwar tief in den Westen

Wer die Menschen einst fliegen lehrt,
der hat alle Grenzsteine verrückt;
alle Grenzsteine selber werden ihm in die
Luft fliegen, die Erde wird er neu taufen
– als »die Leichte«.
Friedrich Nietzsche

In den 1970er Jahren kam meine Tante Fely und spätere Adoptivmutter mit einigen Pinays und Filipinos als Krankenschwester ins Elisabeth-Krankenhaus nach Bochum. Und damit begann im Grunde auch schon meine Geschichte. Sie ging nach Deutschland, um unsere Familie aus der Armut zu holen. Dank selbstloser Disziplin und Unterdrückung der eigenen Bedürfnisse ermöglichte sie uns ein sorgenfreies, ja für unsere Verhältnisse nahezu luxuriöses Leben. Eigentlich wollte sie nur zwei Jahre bleiben und dann wieder auf die Philippinen zurückkehren. Mit Amors Pfeil hatte sie nicht gerechnet. Doch der hatte ihr Herz ziemlich durchbohrt, als sie meinen späteren Adoptivvater Uli in einem Club kennenlernte. Das war noch einer dieser romantischen Clubs, die jeweils ein Telefon mit Wählscheibe auf den Tischen hatten. Bei Interesse konnte man eine Person am anderen Tisch anrufen. An die Touchscreen-Generation: Damals hatte man noch die feinmotorische Fähigkeit der Finger ausgeschöpft und musste sich in Geduld üben. Da hatte man die Tischnummer angewählt und gewartet, bis sich die Scheibe zu Ende gedreht hatte. Mein Adoptivvater, der das Musterexemplar eines Deutschen abgab – blond, groß und blauäugig –, wagte es, meine Tante per Anruf aufzufordern. Es wurde bis zum Morgengrauen getanzt, geflirtet und sich anschließend nochmals verabredet. Einige Rendezvous und Clubbesuche später haben die beiden am 26. November 1976 auf dem Standesamt in Bochum geheiratet. Mit der Hochzeit kam aber auch ein Knick in der familiären Idylle philippinischerseits. Schon damals gab es das Asien-Klischee, wonach diese gut aussehenden Frauen nur darauf bedacht seien, sich einen deutschen, möglichst reichen Mann zu angeln und somit auch an einen deutschen Pass zu gelangen. Möglicherweise kam das zu der Zeit auf, als die Invasion der philippinischen Frauen über Deutschland hereinbrach. Dieses Klischee wurde auch bis auf die Philippinen zurückgetragen. Meine Familie lebte in der tiefen Provinz und war sehr konservativ eingestellt. An der Spitze der Hierarchie stand mein Großvater, und somit lagen die Entscheidungen in Familienangelegenheiten ganz bei ihm. Als ihm das Klischee zu Ohren kam, war die Reaktion des Familienoberhaupts alles andere als begeistert. Einige Filipinos würden jetzt davon ausgehen, dass anlässlich der Hochzeit das fetteste Schwein zum Lechón (einem philippinischen Grillgericht, benannt nach dem spanischen Wort für Spanferkel) aufgespießt wurde. Auch, dass man beim Nachbarn ein »utang«, also eine Geldleihe, anfragen müsste. Nichts da, nicht in dem Stall, in dem ich geschlüpft bin. Da wird der Stolz auf der Brust getragen.

In einem Dorf namens Quilo-Quilo, Padre Garcia in der Provinz Batangas auf den Philippinen stand der bescheidene Stall, den sich meine Seele ausgesucht hatte, um irdische Erfahrungen zu machen. Wie es sich nun herausstellt, war es nur eine Zwischenlandung. Am 7. Juni 1976 bekam ich das Privileg, elf Kilometer von Quilo-Quilo entfernt in einem Krankenhaus in Lipa City die Welt begrüßen zu dürfen. Natürlich war das halbe Dorf bei dem Ereignis dabei. Das besondere Ereignis war dabei nicht meine Geburt an sich … nein, das Besondere war, dass jemand es sich zu der Zeit leisten konnte, in einem Krankenhaus zu gebären. Ich kam schon zu meiner Geburt zu spät (und tue es noch heute), daher musste ich zu meinem Wohl und zum ästhetischen Leid meiner Mutter per Kaiserschnitt aus meiner Komfortzone geholt werden. Kaiserschnittkindern sagt man nach, dass sie besonders schön seien. Uns blieb es ja schließlich erspart, durch ein Becken gepresst zu werden. Diese Aussage traf jedoch auf mich nicht zu. An meiner vermeintlichen Schönheit erfreuten sich nur meine Eltern, und das war eben nur ganz natürliches Verhalten. Eltern sehen ihre Brut für gewöhnlich als blendende Gestalten. Es wird sich heute noch in meiner Familie köstlich darüber amüsiert, was mein Großvater sagte, als er das erste Mal seine einzige Enkeltochter sah: »Wie konnte denn das nur passieren? Das Gesicht meiner Enkelin ist so platt, als wäre ein Wasserbüffel draufgetreten! Zu allem Übel ist sie auch noch so dunkel wie die Nacht! Möge ihr Gott noch ein angemessenes Aussehen bescheren.« – Filipinos sind sehr religiös. Wir bitten Gott, uns bei jeder Gelegenheit beizustehen, und äußern ihm gegenüber jeden Wunsch. Sogar für ein paar schöne und gerne teure High Heels. Ja, in jeder Filipina steckt eben eine Imelda Marcos. Tja, und »black is beautiful« gilt bei uns eher als Fluch denn als ästhetischer Segen. Da kam ich also verspätet, und was die Schönheit anbelangt, war das Kind auch noch eine herbe Enttäuschung. Ende Gelände mit dem Traum von der Miss-Philippines-Krone. Doch Gott hatte dann tatsächlich Erbarmen mit mir, und es erhob sich auf meinem Gesicht eine erhöhte Form, die man durchaus als Nase identifizieren konnte. Und dank dem europäischen Lebenswandel und der geringeren Sonneneinstrahlung konnte ebenso meine Hautfarbe ostasiatischer Herkunft zugeordnet werden. Vielleicht lag es auch an den teuren Whitening-Cremes, die ich in meiner jugendlichen Unbedachtheit als Wundermittel betrachtete – wie auch immer: Gott sei Dank wurde äußerlich aus dem Kind doch noch eine erkennbare menschliche Gestalt.

Tante Fely schwebte bei meiner Geburt im siebten Himmel. Sie steckte damals mitten in den Hochzeitsvorbereitungen. Meine Eltern gaben ihr zugleich die Aufgabe, als meine Patin zu fungieren, ein Amt, das sie mit Stolz und, wie ich viel später erfuhr, voller Liebe und Hingabe erfüllte. So wurde also sie zu meiner Ninang (das heißt Patin) Fely. Sie konnte die spannendsten und tollsten Pakete packen, die mit den schönsten Sachen aus Deutschland gefüllt waren. Der Geruch der fernen, weiten Welt drang beim Aufmachen in meine Nase. Ich konnte die neue, schöne Welt förmlich riechen. Ganz neue Kleider, und sogar das Holz der Buntstifte roch ganz anders; wertvoll, und es versetzte mich in eine magische Welt. Natürlich fehlte es auch nie an europäischen Köstlichkeiten wie Salami oder Corned Beef, die wir mit Vorliebe zusammen mit Reis und Zwiebel brieten. Später, in meiner Zeit im Studentenwohnheim, kochte ich dieses Gericht oft aus Faulheit und aus Geldmangel. Doch schmeckte es nie so gut wie damals auf den Philippinen. Lag es an dem gemeinsamen Essen in der Familie? Dem Gefühl des Privilegs, mit solch einer Köstlichkeit beschenkt worden zu sein? Oder weil die Salami von Ninang Fely mit Dankbarkeit und mit dem Bewusstsein des Glücks gekauft worden war? – Selbstverständlich durfte auch die Schokolade nie fehlen, die ich schweren Herzens teilen musste. Eines hatte es mir besonders angetan: die Prinzenrolle. Es war nicht der Keks mit dieser wunderbaren Schokolade in der Mitte, die ich immer zuerst sauber abschleckte. Die Verpackung war es, die meine Neugierde weckte. Der schöne deutsche Prinz auf der Abbildung schien mich als kleines Mädchen geradezu kokett anzuflirten. Parallel dazu lernte ich die Geschichte von Cinderella, also von Aschenputtel und ihrem schönen Prinzen. Als meine Mutter meine Frage, ob die Menschen in Deutschland so aussehen wie der Prinz, mit Ja beantwortete, war klar: Wenn ich groß bin, gehe ich nach Deutschland und heirate den Prinzen auf der Prinzenrolle-Verpackung. Dieser Prinz personifizierte sich tatsächlich Jahre später in einigen Variationen. Zu meinem Bedauern musste ich aber feststellen, dass es in der Realität keine wahren Prinzen gab, sondern nur Prinzen-»Rollen«. Ich hielt jedoch an meinem Märchen fest und behielt die Beharrlichkeit, einige Frösche zu küssen. Gegen Ende meiner Suche zwang ich mich sogar, eine warzige, schleimige Kröte zu küssen in der Hoffnung, sie verwandele sich in meinen Prinzen. Bei jedem Kuss der Warzen hoffte ich auf die Wandlung zu einem ehrlichen, loyalen Gentleman, bei jeder schleimigen Berührung auf die zu einem intellektuellen, stilvollen Poeten. Doch die Hoffnung stirbt bekanntlich zuletzt. Manchmal liegt das Glück im wahrsten Sinne des Wortes einfach vor der Haustür. Mein Prinz hatte sich leider für die Schildkröte statt für das schnelle weiße Pferd entschieden, sodass ich lange auf ihn warten musste. Doch immerhin kam er, und während ich diese Zeilen schreibe, sitzt er neben mir und gibt wie ein Korinthenkacker seinen rhetorischen – aber dann doch sehr hilfreichen – Senf dazu. Das ist tatsächlich einer der vielen Gründe, warum ich diesen Menschen nicht nur liebe, sondern auch achte und respektiere.

Meine Ninang Fely verließ 1970 unsere Heimat, nachdem sie sich für einen Job als Krankenschwester in Deutschland qualifiziert hatte. Ihre Ausbildung hatte sie in Manila, der Hauptstadt der Philippinen, absolviert. Allein dieser Schritt war für die damaligen Verhältnisse revolutionär: von der tiefen Provinz in die Großstadt. Weg von dem Vertrauten. Auf sich allein gestellt in einer neuen Umgebung mit anderen Menschen. Letzteres stellt in der philippinischen Kultur eigentlich kein Problem dar, weil bei den Filipinos der Kollektivismus extrem ausgeprägt ist. Ich würde sogar fast behaupten, dass wir ihn erfunden haben. Man muss sich das Alleinsein bei meinen Landsleuten manchmal schwer erkämpfen. Meiner Familie ist es immer noch völlig unverständlich, wenn ich mich irgendwo allein aufzuhalten wünsche. Als ich ihnen mitteilte, dass ich allein durch die halbe Welt gereist war, brach das große Entsetzen aus, die Funktionsfähigkeit meines Gehirns wurde infrage gestellt. Sie meinten es selbstverständlich nur gut, und es stimmte sie traurig, dass ich diese in ihren Augen europäische Haltung angenommen hatte. Ich habe tatsächlich ein ambivalentes Verhältnis zum Alleinsein. Es erdrückt mich einerseits auf eine schmerzhafte, traurige Weise, und andererseits suche ich gerne die einsamen Stunden – und sei es nur, um die Welt auf mich einwirken zu lassen und mich trivial von ihr berieseln zu lassen. Manchmal aber auch, um tiefgründige Gedanken über mein Dasein mit mir selber auszutauschen. Ja, das Nachdenken und das Denken an sich hat schon etwas Faszinierendes. Allerdings ist es mit dem Kochen vergleichbar: Kocht man das Essen zu lange, kommt nur weiche Pampe heraus, die aussieht wie schon zweimal gegessen. Doch hält man es in Maßen, kann durchaus etwas Reichhaltiges daraus entstehen.

Als Ninang Fely ihre Ausbildung abschloss, wurde in Deutschland gerade händeringend nach Pflegefachkräften gesucht. An dieser Stelle muss ich ganz ehrlich zugeben, dass mich der folgende Satz mit außerordentlichem Stolz erfüllt: Filipinos werden weltweit generell als die besten Pflegefachkräfte eingestuft. Das »tender loving care« (sanfte, liebevolle Pflege) liegt ihnen einfach im Blut. Um nicht zu sehr abzuheben, sei allerdings auch erwähnt, dass wir die Kompetenz des »devil leadership« (teuflische Führung) ebenso besitzen. Wer schon mal unter einer philippinischen Führungskraft gearbeitet hat, weiß, wie man sich warm anzuziehen hat und sich zugleich vor einem Vulkanausbruch schützt. – Schon in Manila ging Ninang Fely in einen Deutschkurs, was sich als eine enorme Herausforderung herausstellte. Dies galt auch für alle anderen Mitbewerber. Abend für Abend wurden Vokabeln gepaukt und vor allem an der Aussprache gefeilt. So wie Deutsche das englische »th« zum Verzweifeln bringt, so ergeht es Filipinos mit dem deutschen »ch«. Nicht selten wird so aus »manchmal« ein »maksmal«; aus »macht nichts« ein »mak niks«. Nicht wahr, meine lieben Landsleute? »Maksmal is es niks einfak, aba mak niks«, das ist das Motto der schwer arbeitenden »abroad workers« (Auslandsarbeiter). Die Heimat mit den Lieben zu verlassen, etwas ganz Neues zu wagen, sich tagtäglich mit der Fremde zu befassen und vor allem mit dem schlimmen Heimweh konfrontiert zu werden, das ist wahrlich eine Herausforderung. Man sagt zwar: Durst ist schlimmer als Heimweh, doch wenn sich der Schmerz im ganzen Herzen eingenistet hat, dann vertrocknet etwas Gravierendes. Die Liebe. Aus der wir Menschen im Grunde gemacht worden sind.

Mit solch einem welkenden Herzen verabschiedete sich Ninang Fely von ihrer Heimat. Ein extra – samt Fahrer – ausgeliehenes Jeepney wurde mit der ganzen Familie gefüllt. Auf der Fahrt zum damaligen »Manila International Airport« (heute der »Ninoy Aquino International Airport«) war die Stimmung zunächst erfüllt mit Freude über Ninang Felys Glück. Im Jeepney wurde gescherzt und laut gelacht. Eine unserer Lieblingsbeschäftigungen. Vielleicht auch eine Maßnahme, um ein welkendes Herz ein wenig zu wässern. Als sie am Flughafen angelangten, wurden die Scherze weniger und das Lachen leiser. Die Dürre im Herzen von Ninang Fely hatte eingesetzt. Mit einem ausgeliehenen Fotoapparat wurden noch mal Erinnerungsbilder gemacht, die das gemischte Gefühl aus Glück und Leid festhielten. Das Gepäck wurde ein letztes Mal auf seine Stabilität geprüft, der Reisenden noch mal ihr wundersames Privileg bewusst gemacht, etwa so: »Du bist jetzt unter den Glücklichen, die ein unbeschwertes, wundervolles Leben beginnen dürfen!« – ist ein unbeschwertes, wundervolles Leben immer mit Glück gleichzusetzen? – oder so: »Du bist von Gott gesegnet. Nutze diesen Segen« – ist es tatsächlich ein Segen, oder ist es eher eine Prüfung? – oder »Bald gehören du und deine Familie zu den Reichen!« – ist materieller Besitz die erstrebenswerteste Sache bis ans Ende unseres Daseins? Vielleicht begegnet man dem Glück in erschwerten Umständen, weil man es erst dann zu schätzen weiß. Mit einem Segen werden wir alle in die Welt geschickt, aber es liegt an uns, wie wir den Segen nutzen, um die uns auferlegten Prüfungen zu meistern. Der Glitzer des Goldes erfüllt uns mit Freude, doch schauen wir zu lange hin, werden wir von dem Strahlen geblendet.

Dann kam der schmerzhafte Moment. Der Höhepunkt der Dürre im Herzen. Der Abschied. Nicht für immer. Nur für eine gewisse Zeit. Eine Zeit der Ungewissheit. Fragen schossen Ninang Fely durch den Kopf. Werden wir uns alle wiedersehen? Werde ich dem Ganzen in diesem unbekannten Land gerecht? Mit Sicherheit auch die grundlegendste Frage des Lebens: War es die richtige Entscheidung? Fragen über Fragen, die zu dem Zeitpunkt unbeantwortet blieben. Dann hieß es stark bleiben und ab durch die strenge Kontrolle der Sicherheitsleute. Ein letzter Wink. Die letzte Träne getrocknet und den Kloß im Hals runtergeschluckt. Sich in die Gruppe der »being to be abroad people« (werdende Auslandsarbeiter) zu gesellen, das betäubte die Funktion der Tränendrüse, und die freudige Aufregung kam wieder hervor. Tröstende Worte und Gesten waren nicht mehr lange nötig. Nun fing ein neues Leben an. In einer unbekannten Welt. Von der vertrauten Gemeinschaft weg, zur gleichgesinnten Gemeinschaft hin. Auf dem Weg zur Passkontrolle näherte sich die Freude dem Höhepunkt. Den Pass in den Händen zu halten brachte ein weiteres Privileg mit sich. Nur Reisende besaßen solch ein Dokument, in dem die individuelle Existenz bestätigt wurde. Unsere Ninang Fely, Felisa Recto Herrera, geboren am 22. August 1939, war nun jemand – und auf der Mission, Europa zu erobern. Als privilegierter Mensch passierte sie also die Passkontrolle und erblickte das riesige Flugzeug, das sie über den Pazifik in einen anderen Kontinent transportieren sollte. In der Gruppe wurde philosophiert, ob das Ding tatsächlich mit so vielen Menschen an Bord abheben konnte. Zudem waren die Passagiere nicht unbedingt alle filigrane Filipinos. Hellhäutige und kräftig gebaute Menschen zu sehen war eine Begegnung besonderer Art, auch wenn es im Flughafen nicht das erste Mal war. Sie zu sehen rief immer Begeisterung und Entzücken hervor. Schönheit und Wohlstand in einem gepackt! Wie göttlich gesegnet mussten diese hellhäutigen Menschen sein, dachten sich meine Landsleute sicherlich. Ungefähr so hat es sich vermutlich zugetragen: »Guck mal! Da ist ein Weißer. Was sind die Menschen doch so schön und so schön dick! Aber, meinst du, die müssen mehr für ihr Ticket bezahlen?« – »Ja, sicher, sie sind ja auch schwerer als wir und müssen mehr essen.« – »Ahhh … ja stimmt! Bekommen die wohl auch größere Sitze?« – »Ja, bestimmt. Da drin gibt's sicher Extrasitze für Filipinos und für Europäer.« Im Flugzeug war man dann erstaunt, dass es für alle die gleichen Sitze gab. Man wurde mit den »besseren Menschen« gleichgestellt. Man hatte es geschafft, man gehörte nun dazu. Das Herz füllte sich mit Dankbarkeit. Mit Sicherheit wurde innerlich ein Dankesgebet an Gott gesendet, als das übergroße Ding zum Himmel emporstieg.

Ninang Fely genoss die Stunden des Flugs in vollen Zügen. Für sie war es der pure Luxus. Ich spüre, während ich diese Zeilen schreibe, noch immer ihre Dankbarkeit und Begeisterung, als sie mir Folgendes erzählte. »Als deine Mutter und ich zur Schule gingen, hatten wir unser Mittagessen immer eingepackt. Wir konnten uns nur Reis mit Trockenfisch leisten. Den Kopf vom Fisch hatten wir am Abend zuvor verspeist, und den Körper hatten wir für die Schule eingepackt, damit niemand sah, wie arm wir waren. Wir hatten den Reis mit dem Fischkörper in Bananenblätter eingepackt und aßen das in der Schule mit der Hand. Unsere Familie hatte nicht mal Besteck und Teller. Essen zubereiten konnten wir nur zweimal am Tag, weil nie genug Reis da war. Manchmal gab es auch nur Reis mit Salz. An manchem Morgen sind wir sogar hungrig zur Schule gegangen und hatten uns so geschämt, wenn der Bauch mitten im Unterricht geknurrt hatte. Als ich in Manila die Pflegeausbildung machte, da wusste ich also, wie man mit dem Essen sparen konnte. Als ich dann im Flugzeug saß und mir das Essen dort auf dem Tablett und auch noch mit Besteck serviert wurde, konnte ich es gar nicht fassen! In den paar Stunden wurden gleich drei Mahlzeiten serviert, und die waren nicht klein. Stell dir vor, zur warmen Mahlzeit gab es noch Brot! Das hab ich mir dann eingepackt.« Die Reste einzupacken, diese Angewohnheit behielt sie bis zuletzt. Sogar die kleinen Salz- und Pfeffertütchen kamen in die Handtasche. Diese Eigenart erbte ich von ihr. Warum denn auch nicht. Kommt doch eh wech.

Schwester Felisa kam also mit vollem Bauch und mit viel Neugier im Gepäck am Frankfurter Flughafen an. Die Organisation teilte mit, dass sie im Bochumer Elisabeth-Hospital (genannt »Elli«) eingeteilt sei. Ninang Fely hatte nicht die geringste Ahnung, was das für eine Stadt war, ja wie es dort überhaupt aussah. Nach weiteren drei Stunden Fahrt kam sie also in ihrer neuen Heimat an. Das Schwesternwohnheim direkt beim Elli, in dem sie untergebracht wurde, war ein weiterer Luxus. Ein ganzes Zimmer für sie allein, und da stand ein Bett! Ein richtiges Bett! Keine Bambusmatte, die man jeden Abend auf dem Boden ausbreiten und am nächsten Morgen wieder einrollen musste! Du lieber Himmel! Ein Waschbecken war auch im Zimmer! Schrank und Tisch, nur für sie und ihre wenigen Sachen! Wahrlich, was will man mehr im Leben! Nach dieser überwältigenden Dusche an Glücksgefühlen wurde sie zusammen mit den anderen neuen Schwestern und Pflegern des Elisabeth-Krankenhauses herzlichst empfangen. Lange danach schwärmte sie noch von der liebenswürdigen Begrüßung. In

20

der HNO-Abteilung trat Schwester Felisa den Dienst für die Menschheit an. Trotz sprachlicher Barrieren erfüllte sie diese Aufgabe mit Leidenschaft und selbstloser Disziplin. Die Abteilung brachte ihr die Erfüllung all ihrer Träume – und für mich als Zehnjährige die Erfüllung meiner Eiscreme-Träume! Die Eiscreme, die ich immer von der Abteilung bekam, lockte mich so sehr, dass ich Ninang Fely sehr oft nach der Schule im Elli besuchte. Ich erlebte das Haus stets freundlich und bewegte mich später dort, als gehörte ich ebenfalls in die Abteilung. Ich hatte sogar Ninang Fely gebeten zu veranlassen, dass mir die Mandeln herausoperiert würden, damit ich dort stationiert wurde und so viel Eis futtern durfte, wie ich wollte. Ein waghalsiger Traum jedes Kindes. Der Wunsch wurde mir allerdings verweigert. Noch heute habe ich die Mandeln – und trotzdem immer Eiscreme im Eisfach. Die damals so genannte »Schwester Oberin« hieß ganz klischeehaft Hildegard. Ich erlebte sie aber nicht so wie die gleichnamige Figur in der Fernsehsendung »Die Schwarzwaldklinik«. Nein, Schwester Hildegard war immer sehr lieb zu mir und versorgte mich mit Eiscreme. Allein dafür hatte ich die Schwester Oberin geliebt. Ich durfte sogar alle drei Sorten haben: Schokolade, Vanille und Erdbeere. Ich höre heute noch ihre Begrüßung: »Mädchen, haste schon was gehabt? Wer die Mama so lieb abholt, kriegt auch ein Eis, ne?! Komm ma her, wat willste denn haben. Kannst auch alle drei, ne?! Sind ja klein, dat packste schon. Oder ham wir noch nen Tablett über? Kommt doch eh wech.« Ein »Tablett über« bedeutete ein bestelltes Essen, das aus diesem oder jenem Grund nicht serviert worden war. Ninang Fely erzog mich zu Bescheidenheit wie die meisten philippinischen Kinder, und ich hätte eigentlich höflich ablehnen sollen, doch bci Eiscreme vergaß ich meine Erziehung. Auch heute kann ich Eiscreme nicht widerstehen und teile äußerst ungern. – Gegenüber ihren Mitarbeitern konnte Schwester Hildegard allerdings Haare auf den Zähnen haben. Selten, aber wenn, dann richtig! Ninang Fely bekam jedoch recht wenig von ihrer Kratzbürstigkeit ab. Schwester Felisa war nämlich raffiniert. Sie verriet mir später, dass sie so getan hatte, als würde sie die Oberin nicht verstehen, und hatte einfach nur genickt. Da hat die Oberin wohl gedacht: »Ach ne … dat lohnt sich bei der nicht zu moppern.« Schwester Felisa, hömma, dat haste gut gemacht! Reden ist Silber, Schweigen ist Gold, so tun, als versteht man nichts, ist Platin.

Von li.: Juan – Cousin von Ninang Fely, Milagros (Mille) – Nichte, Junior – jüngerer Bruder, Delia – jüngere Schwester, Ninang Fely, Lucia – meine leibliche Mutter und ältere Schwester von Ninang Fely, Simplicio (Piling) – mein leiblicher Vater und Schwager von Ninang Fely, unten der kleine Junge ist mein Bruderherz Mario.

Abschiedsbild vor dem Flug in die unbekannte Welt. Aufgenommen auf dem damaligen Manila International Airport (MIA), heute Ninoy Aquino International Airport. Benannt nach dem philippinischen Politiker Benigno Aquino, der an jenem Flughafen am 21. August 1983 durch einen Mordanschlag ums Leben kam.

Ninang Fely während des Boardings mit voller Erwartung im Gepäck.

Die Dürre im Herzen wurde bewässert. Meine Adoptiveltern im siebten Himmel. Nun sind sie wieder vereint im höchsten Himmel.

Der philippinische Pass in den 1970er Jahren. Das Dokument, das eine privilegierte Existenz beweist.

Die Fely im Elli

Trennung ist unser Los,
Wiedersehen ist unsere Hoffnung.
So bitter der Tod ist,
die Liebe vermag er nicht zu scheiden.
Aus dem Leben ist er zwar geschieden,
aber nicht aus unserem Leben;
denn wie vermöchten wir ihn tot zu wähnen,
der so lebendig unserem Herzen innewohnt.
Aurelius Augustinus

Mich an dieses Werk zu wagen, den Antrieb dazu verdanke ich möglicherweise einem himmlischen Tritt Ninang Felys in meinen Allerwertesten. Am 13. April 2015 hatte sie einen weiteren Flug in eine andere, neue Welt gebucht. Um 19.36 Uhr ging sie allein auf eine Reise. Diesmal von keinem Flughafen aus, sondern vom Lukas-Hospiz in Herne. Kein Jeepney voller lustiger Familienangehöriger, nur Schwester Sigrid war da. Keine vollgepackten Koffer, nur in ihrem geblümten pinken Schlafanzug. Keine gestellten Erinnerungsfotos, dafür ihr Leben im Schnelldurchlauf. Nicht einmal einen Reisepass hatte sie gebraucht, dafür bekam ich eine Urkunde über ihr gemeistertes Leben. Sie war einfach gegangen, ohne Brimborium, nichts … gar nichts! Warum nur? Jetzt sollte es doch erst so richtig schön werden mit uns. Wir sind uns doch so wundervoll nahegekommen! Ich hatte dich gebadet, und du hattest es zugelassen. Ich hatte dir doch noch die Nägel gemacht. In Pink mit Glitzer, wie du es so gern hattest. Ich hatte dich massiert, und du konntest dich entspannen. Du warst stolz, dass ich so ein wundervolles Handwerk gelernt hatte. Wir hatten uns zerstritten, aber jetzt würde doch alles gut werden! Ich war nach Hause gekommen. Bochum hatte die verlorene Tochter wieder. DU hast deine Tochter wieder! Wir wollten zusammen nach

Hause auf die Philippinen fliegen und dort Ostern feiern. Ich wollte mit dir am 22. August 2015 in Noordwijk, Holland deinen Geburtstag feiern. Da, wo wir immer als Familie Urlaub gemacht hatten. Wir hätten uns am Strand mit Pommes mit Mayonnaise oder mit Matjes den Bauch vollgeschlagen. Dann hätten wir im Café Pfannkuchen gegessen. Ich wollte, dass du es mir versprichst, aber du sagtest nur: »Auf jeden Fall würde ich gerne mit dir nach Holland fahren. Aber ich kann es nicht mehr versprechen.« Als ich meine Bitte wiederholte, sagtest du nur leise: »Ich leg mich jetzt hin. Ich bin müde, Ineng.« (»Ineng« heißt so viel wie »Kleines«.) Mein Herz schmerzte! Du hättest doch einfach nur sagen sollen: »Ja, ich verspreche es.« Vier Wörter! Nur das! Das hattest du doch sonst immer gemacht: Ich nervte dich mit irgendwas, und du hattest mit »Gut, ich versprech's« nachgegeben, dir gewiss, dass ich es eh vergaß. Warum hast du nicht einfach mitgespielt? Es wären doch nur Wörter! Wir hatten dem Gesagten doch nie eine gravierende Wichtigkeit beigemessen. Vor allem, wenn es aus emotionalen Ausbrüchen heraus kam. Ich hatte dir doch noch von der Praxis erzählt, mit der ich mich wieder selbstständig machen wollte, und von der modernen, großen Dreizimmerwohnung, wo du auch hättest bleiben können. Du hättest sogar dein eigenes Zimmer gehabt. Waschmaschine mit Trockner und sogar eine Spülmaschine waren drin. Da hättest du mich nicht mehr zum Abtrocknen von Geschirr zwingen müssen. Weißt du noch, wie ich das Abtrocknen nach jedem Mittagessen gehasst hatte? Da hatte ich dir gesagt, wenn ich mal meine eigene Wohnung habe und mein eigenes Geld verdiene, dann kauf ich mir eine Spülmaschine, und wenn du zu Besuch kommst, stecken wir nach dem Essen einfach alles rein. Fertig. Diesmal wäre ich diejenige, die ihre Dienste machte, und du würdest mich von der Arbeit abholen. Die Wohnung hätte dir doch so gefallen. Doch alles, was du wolltest, war diese Reise ohne Rückflug. Ich konnte dich danach nicht mal anrufen und fragen, wie es war und ob du gut angekommen bist. Ich werde dich nie mehr abholen dürfen und mich auf deine Mitbringsel freuen. Jetzt bin ich ganz allein in Europa. Die letzten 14 Jahre hatte ich dir keine Beachtung geschenkt. Du hattest mir, unserer Familie auf den Philippinen und sogar deinen besten Freunden den Krebs verheimlicht. Niemandem wolltest du zur Last fallen. Zur Chemo bist du allein und geschwächt mit deinem Köfferchen gelaufen. Von der Kortumstraße an dem vielbefahrenen Nordring über die Bergstraße bist du zum Augusta-Krankenhaus gelaufen. Dein bescheiden gepacktes Köfferchen in der rechten Hand und die Angst an deiner linken Brust. Wo war ich da? Ich war mit meinem ach so tollen Leben beschäftigt. Hatte lieber die superteuren Hemden von meinem Verflossenen gebügelt, statt dir bei deiner ersten Chemo die Hand zu halten. Hatte dich mit deiner Angst und deinem Schmerz alleingelassen. Lieber gesellte ich mich zur Oberschicht und diskutierte darüber, wie man zu noch lukrativeren Geschäften kommt und wie man die Netzwerke zu den »superwichtigen« Leuten knüpft, als mich um deine Gefühle zu kümmern. Ich widmete mich lieber dem Putzen der grandiosen, übertrieben luxuriösen Wohnung von mir und meinem Verflossenen, als unseren Streit zu bereinigen. Nun ist alles zu spät. Am Tag vor deiner Abreise bedankte ich mich bei dir und bat dich um Entschuldigung. Deine Atmung ließ leider keine Antwort mehr zu. Noch immer weine ich an deinem Grab und verspreche dir, dass wir uns im nächsten Leben verstehen werden und dass wir alles, was in diesem Leben so schrecklich falsch gelaufen war, revidieren werden. Versprich mir, dass es so sein wird? Ist ja egal, ob es das tatsächlich wird. Sag es mir einfach! Es sind nur Worte. Es tut mir so unendlich leid, dass sich unsere Herzen dermaßen voneinander entfernt hatten. Du hattest dich so selbstlos und hingebungsvoll um mich gekümmert.

Nur das Beste war für mich, deine Tochter, gut genug. Wie vor einem Wespenstich hattest du mich vor Männern bewahrt, die ihren Stachel in mein Herz bohrten. Gern hättest du mich an der Seite eines Arztes gesehen, weil du die Erfahrung gemacht hattest, dass diese Menschen von Grund auf gut seien. Doch diese Berufsgruppe hatte ich bewusst gemieden oder hatte nur mit diesen Männern gespielt, weil sie deine Wahl waren. Dir wollte ich keinen Glauben schenken. Was wusstest du auch schon?! Wolltest du mir damit nur deine geplatzten Träume vererben? Deine mütterliche Sorge ließ dich ohnmächtig handeln. Wir sagten uns unschöne, verletzende Dinge. Ich rannte vor dir weg und vor dem von dir liebevoll gestalteten Zuhause. Ich ließ dich mit schlaflosen Nächten zurück, voll mit Schuldgefühlen und dem Gefühl des Versagens. Reumütig kam ich wieder, doch wurde es nie mehr so, wie es mal war. Von da an waren wir wie Konkurrenten bei einem Marathonlauf. Die beschwerliche Strecke mussten wir noch lange gemeinsam überwinden. Das Ziel war undefinierbar. Niemals hätte ich geahnt, dass der Tod das Banner an der Ziellinie halten würde. Ahnungslos ging ich noch weiter weg von dir, verließ sogar das Land, weil ich die Strecke des Lebens nicht neben dir laufen wollte. Ließ dich allein mit viel Trauer und Schmerz. Ich rannte der Liebe hinterher, die ich glaubte bei einem überdurchschnittlich gut situierten Mann zu finden. Gab mich allerdings auch mit dem einen oder anderen geistig bescheiden ausgestatteten Adonis ab, um mich mit ihm zu schmücken und um mein Ego aufzupolieren. War immer auf der Suche nach der wahren Liebe, ohne genau zu wissen, was das überhaupt bedeutete. Durch Selbstfindungskurse definierte ich diese Form der Liebe in etwa so: der Traumpartner, bei dem man so sein kann, wie man ist. Eine Partnerschaft, in der die Liebe die tragende Kraft der Verbindung ist. Ein Partner, der in jeder Situation auf einen wartet, wie lange es auch dauern mag. Ein

Mann, der mich so liebt, wie ich bin. Gehetzt von der immer lauter tickenden biologischen Uhr, suchte ich und suchte. Vom einfachen Arbeiter zum Akademiker. Vom Buddhisten zum Atheisten. Über Kontinente hinweg. Ohne zu begreifen, dass ich diese Form der Liebe die ganze Zeit schon erleben durfte. Wie eine Rastlose suchte ich weiter. Dann musste ich deine Wohnung ausräumen und fand sie, die wahre Liebe. Du hattest meine Kinderfotos an die Wand gehängt, um dich an meine Unbeschwertheit zu erinnern. Meinen Schreibtisch aus meinem Kinderzimmer hattest du in dein Wohnzimmer gestellt. Du wusstest, wie viele Stunden ich an diesem Tisch verbracht hatte, um der deutschen Sprache mächtig zu werden. Meinen geliebten Stofftieren und Puppen hattest du liebevoll eine Bleibe auf dem Sofa gegeben. An ihnen hattest du den Rest meiner Liebe gespürt. Meine Tasse, aus der ich meinen allerersten Kakao getrunken hatte, hatte einen besonderen Platz im Schrank. Du wolltest damit meine Begeisterung aufbewahren, die meine Augen zum Funkeln brachte. In deinem Kleiderschrank hattest du einige Kleider von mir aufgehoben: einen Schlafanzug; das Kleid, das ich anhatte, als ich nach Deutschland kam; meinen Baby-Body; sogar eine frische Zahnbürste und eine noch verpackte duftende Seife. Du hattest auf mich gewartet. All die Jahre war alles die ganze Zeit schon vorbereitet. Meine vom Trainingsschweiß stinkenden Schläppchen und Ballettschuhe hattest du sogar liebevoll in einer Kiste aufbewahrt. Dir war bewusst, was für harte, quälende Stunden diese Schläppchen durchlebt hatten. Ich ahnte damals nicht, wie stolz du dennoch auf mich warst, weil du es mir nie gezeigt hattest und gesagt schon gar nicht. Aber deine Sorge und deine Tränen neben meinem Krankenbett werde ich nie vergessen, als ich mich beim Training verletzt hatte und sofort operiert werden musste. Ich sehe noch deinen geknickten Gang zur Tür hinaus, und wie du dich umsahst, um mir zu sagen: »Ich komme morgen vor deiner Narkose.« Als ich von der Operation aufwachte, warst du schon neben mir am Bett und hattest geweint. Den ganzen Tag warst du neben mir und hattest mich verwöhnt. Im Gegensatz dazu hattest du dir aber keine einzige Aufführung von mir angesehen. War es dir egal? Interessierte es dich einfach nicht? Jetzt, wo du weg bist, weiß ich die Antwort. Du konntest es nicht, weil du so überaus stolz warst. Gern hättest du meine schwer erarbeitete Tanzaufführung mit deiner Schwester, meiner leiblichen Mutter, gemeinsam angeschaut. Ihr gezeigt, was ihre Tochter alles in Deutschland erreicht hatte. Es tat dir weh, diesen Mutterstolz allein für dich zu verbuchen, weil du mir nicht den Weg zu dieser Welt geebnet hattest. Leider ahntest du nicht, wie viel mehr Wege du mir ermöglicht hattest. Bedauerlicherweise glaubte ich, dass du mich nicht geliebt hast und ich möglicherweise ein Ballast für dich war. Ich hasste dich abgrundtief dafür! Ich war doch so gut in dem, was ich tat! Ich schaffte es sogar einige Male aufs Treppchen, um einen Pokal oder Medaillen entgegenzunehmen! Warum warst du nicht da? Warum wolltest du mich nicht glücklich sehen? Warum war ich nie gut genug für dich? Ich hasste dich so! Je mehr ich mich bemühte, umso abweisender warst du zu mir! Alles, was ich wollte, war doch nur, dass du meine Mami wurdest! Ich durfte dich nicht mal so nennen! Warum hast du mich dann zu dir geholt? Warum musstest du mich so schmerzlich verachten? Warum, warum … warum nur …? Weil ich für dich das Wichtigste und Wertvollste war, was du in deinem ganzen Leben erleben durftest! Du warst so bescheiden und hattest lieber im Hintergrund gestanden. Du warst überglücklich über die Chance, Mutter zu sein, und konntest nicht glauben, dass dir diese für dich wundervollste Aufgabe der Welt zuteilwurde. Plötzlich warst du Mutter eines zehnjährigen Mädchens, das dir als Neugeborenes so viel Freude geschenkt hatte, und nun durfte dieses Kind deine

Tochter sein. Dein Glück konntest du nicht ausleben, weil du gedacht hast, dass du deiner geliebten Schwester das einzige Kind wegnehmen würdest. Du bekamst Schuldgefühle. Dabei hattest du das Beste getan, was ein Mensch für einen anderen tun konnte. Durch dich darf ich nun ein unbeschwertes Leben mit sämtlichen Möglichkeiten führen. Deine selbstlose Haltung war stets selbstverständlich für dich. Die strenge Erziehung und die daraus folgenden Streitereien erfolgten als präventive Maßnahme gegen das Böse. Für mich war es Schikane. Für dich war es eine Form der Liebe. Liebe, wie du sie für dich definiert hattest.

Weihnachten 2014 brachte uns das Schicksal doch noch zusammen. Ich erfuhr von deiner grausamen Krankheit. Die Krankheit, gegen die tragischerweise auch meine leibliche Mutter, deine Schwester, den Kampf verloren hatte. Was will mir das verdammte Schicksal nur anhängen? Will mich Gott zweimal mit derselben Aufgabe prüfen? Bin ich bei der Prüfung mit meiner Mutter durchgefallen? Musste es also diese grausame Art von Prüfung wieder sein? Wenn es dich gibt, Gott, dann lass dir gesagt sein, dass ich bei deinem Spielchen nicht mehr mitmache. Such dir doch jemand anderen, der es vielleicht nötig hat, mal so einen Morast an Gefühlen zu durchwaten. Ich jedenfalls kenn den Dreck doch mittlerweile bis aufs Detail und hab keinen Bock mehr drauf! Ich vertraue immer auf dich, und nun das wieder?! Warum nimmst du mir alles Liebste, was ich hab? Meinen leiblichen Vater, den ich so verehrt hatte, ließest du mir nur fünf Jahre! Er war gerade mal 49 Jahre alt! Was bemühst du dich, solch einen wundervollen, liebenswerten Menschen in die Welt zu setzen, und dann, Planänderung: »Du wirst deine Tochter nie zum Altar begleiten!« Du hattest meinen Vater zwar das Glück erleben lassen, im Ausland zu Wohlstand zu gelangen, aber das war's dann auch! In Riad, Saudi-Arabien wurde er wie die meisten dort arbeitenden Filipinos ausgebeutet. Mitten in der Nacht scheuchte man ihn auf die Baustelle und ließ ihn wie ein Tier in der Wüste ackern. Um seiner Tochter nahe zu sein, sprach er ihr auf Kassette. Erzählte ihr und seiner geliebten Frau dort, wie der Tag und wie hart die Arbeit war, und dennoch war er glücklich, weil er eine Arbeit hatte. Mein Vater sprach über sein Heimweh, das er nur mit der Gewissheit ertragen konnte, dass er und seine Familie bald ein glückliches, sorgenfreies Leben haben dürften. Eine Woche vor seinem Unfall hatte er mir felsenfest versprochen, ganz bald bei mir zu sein. Sehnsüchtige Vorfreude war in seiner Stimme zu hören und vor allem Stolz, dass er nun ein besseres Leben führen dürfte. Mein Vater erzählte mir, welch wundervolle Geschenke er bereits für mich im Koffer eingepackt hatte. Goldene Ohrringe und eine Kette, ein rosa Kaninchen, das Schlagzeug spielt, und, was mir besonders gefallen würde, eine blonde Puppe mit blauen Augen, die reden und sogar laufen konnte. Man konnte heraushören, wie er sich auf die leuchtenden Augen seiner kleinen Prinzessin freute. Diese leuchtenden Augen hatten sein Herz immer wieder vor Entzückung zum Hüpfen gebracht. Lange hatte er auf diese leuchtenden Augen gewartet. Dieses kleine Wesen gab ihm den Grund und die Kraft, sein Schicksal in Saudi-Arabien zu ertragen. Dann beendete eine Planierraupe sein junges Leben. Lebendig wurde er unter diesem monströsen Ding begraben. Er hatte es doch fast geschafft! Eine Woche nur noch hätte er arbeiten sollen, dann wäre sein Vertrag abgelaufen. Genug Geld hatte er gespart, sogar ein Haus für seine Familie gebaut. Ein Haus, in dem seine kleine Prinzessin aufwachsen und eine unbeschwerte, schöne Kindheit haben konnte. Ärztin sollte ich mal werden, um der Welt etwas Gutes zu geben. Er wollte mich auf eine gute Schule schicken und mich später auf der Universität in Manila meine Doktorarbeit schreiben lassen. Gott schien ihn jedoch so sehr vermisst zu haben und nahm ihn so schnell wie möglich wieder zu sich.

Es war Tante Mary, die Schwester meines Vaters, die meiner Mutter die Hiobsbotschaft überbrachte. Weinend und bereits in Schwarz gekleidet sprang sie aus dem Tricycle (einem Motorrad mit Beiwagen) und lief zu meiner Mutter. Sie drückte ihre Schwägerin fest an sich, und ich sah, wie meine Mutter sich setzen musste. Ich wollte zu ihr. Viele Menschen hatten sich plötzlich versammelt. Was stimmte hier nicht? Warum schiebt mich immer wieder irgendjemand weg von meiner Mutter? Lasst mich doch zu ihr! Ich wurde zum Nachbarn geschickt und wurde von all dem Rummel ferngehalten. Auf dem Weg dorthin kam ein Nachbarsjunge zu mir und sagte: »Dein Vater ist tot.« Ich widersprach ihm: »Nein! Du Lügner! Er hat schon meine Geschenke im Koffer. Er hat gesagt, er kommt bald! Du bist doch nur neidisch, weil du keine Geschenke von deinem Vater bekommst.« Bei den Nachbarn versuchte man mich von dem Tumult abzulenken. Ein süßer Welpe tat sein Bestes, um meine Neugier auszuschalten. Was zunächst absolut gewirkt hatte. Der grausame Tag kam jedoch, als wir meinen Vater vom Flughafen abholen wollten. Es wurde ein Jeepney gemietet, in dem alle Verwandten Platz hatten. Mir war nicht klar, warum alle in Schwarz gekleidet waren und lange Gesichter machten. Mein Vater kam doch endlich nach Hause! Warum wurde vor Aufregung nicht geredet? Es herrschte ja gar keine Partystimmung! Meiner Mutter wurde eine hölzerne Kiste übergeben. Die kleine Prinzessin setzte sich gegen diese grausame Realität durch, und ich baute mir meine eigene schöne Welt auf. Ich stellte mir vor, dass in der hölzernen Kiste alle meine Geschenke waren, die mein Vater mir versprochen hatte, und freute mich trotz der langen, traurigen Gesichter um mich herum. Was haben die alle bloß?! Eine Kiste voller Geschenke, und die gucken so! Tatay (Vater) kommt doch noch nach.

Mein Vater und ich vor seiner Abreise nach Saudi-Arabien, wo er tödlich verunglückte. Als würde das kleine Mädchen bereits erahnen, dass es die letzte Umarmung des Vaters ist.

Als ich meinen von der Totenstarre entstellten Vater im Sarg liegen sah, erzählte ich mir selbst damals folgendes Märchen: »Das ist doch nicht Tatay. Der ist ja nicht schön. Ich hab einen schönen Tatay. Das ist doch nur sein Freund, und die Familie von dem hat kein Geld für die Beerdigung, und deshalb haben die ihn zu uns geschickt. Tatay hat gesagt, er kommt bald.« Ich vergoss keine einzige Träne, auch bei der Beerdigung nicht. Ich kenn den ja nicht. Nach der Trauerfeier lief ich auf die Straße und wartete auf meinen heroischen Vater. Kehrte langsam die Dunkelheit ein, dann ging ich wieder ins Haus und sagte: »Heute kommt Tatay noch nicht, aber sicher morgen.« So ging es Tag für Tag, bis ich in den Kindergarten ging. Die kleine Prinzessin hatte immer darauf gewartet und hatte nie die Hoffnung auf den Moment aufgegeben, in dem sie ihren Vater mit ihren so leuchtenden Augen entzücken durfte. Keine Enttäuschung kam mit der Dunkelheit, weil er ganz sicher nach Hause kommen würde. Das hatte er gesagt, und was Tatay versprach, hielt er auch. Jeden Abend betete ich zu dir: »Lieber Gott. Mach bitte, dass Tatay endlich nach Hause kommt.« Er kam nie nach Hause. Die Hoffnung der kleinen Prinzessin blieb lange, dass er eines Tages vielleicht doch noch käme und mich auf seinen Schultern stolz durch das Dorf tragen würde. Ich wartete und übte mich in Geduld. Eine Zeit lang verabscheute ich das Warten, ja ich hasste es förmlich zu warten. Außer bei meiner Tätigkeit als Physiotherapeutin gehört Geduld auch heute noch immer nicht zu meinen Stärken, und ich werde schon mal ungehalten, wenn Ereignisse nicht meinen Vorstellungen entsprechen. Was blieb, war der Koffer voller Geschenke, die mein Vater bereits wochenlang vor seiner Abreise gepackt und sicher immer wieder umgepackt hatte, weil neue Dinge hinzukamen. Er hatte auf diesen Tag des Wiedersehens hingearbeitet, und eine höhere Macht hatte ihm ein Bein gestellt. Ich hatte nie etwas Schlechtes über meinen Vater gehört. Er hatte die Selbstlosigkeit gepachtet und seine Bedürfnisse immer hintangestellt. An seiner Gutmütigkeit hatten sich einige Menschen bereichert. Statt verbittert und voller Wut zu sein, hatte er Gott Gerechtigkeit walten lassen. Diese Gerechtigkeit sah seine Prinzessin Jahre später jedoch als absolute Ungerechtigkeit. Gott wollte seine Güte und enorme Selbstlosigkeit schützen, indem er ihm einen Platz im Himmel gab und mir einen leeren Platz im Herzen hinterließ.

Dann gabst du mir, Gott, einen neuen Papa, und auch da hast du eben mal bei herrlichem Wetter sein Herz mitten im Stadtpark zum Stillstand gebracht. In den Armen seiner Frau! Am 21. Februar 2000 kam ich gerade vom ahnungslosen Herumalbern mit meinen Freundinnen in meinem Studentenwohnheim an. Es war Faschingszeit, und ich freute mich darauf, voll kostümiert an einer Veranstaltung mitzumachen. Ich hielt noch mein gebasteltes Kostüm für den Karneval in den Händen, als Ninang Fely anrief: »Ineng, wie geht's?« Ich sprudelte gleich los: »Hey, Ninang! Oh, super geht's mir! Du lachst dich schief, wenn ich nächste Woche komme und wir Ninong Ulis Geburtstag feiern.« (Ninong heißt Pate.) »Weißt du, was ich dann mitnehme?! Da kommst du nicht drauf! Ich komme gerade vom Basteln mit den Mädels, und rate mal, was wir für Kostüme gebastelt hatten und als was wir gehen …« – Lachen – »Wir gehen als flotte Bienen! Wir gehen zum Umzug und dann später auf eine Karnevalsfeier. Ich freu mich schon so drauf! Ninong freut sich sicher auch und lacht sich kaputt, wenn er das sieht! Hey, genau! Das wär doch die Idee! Ich zieh das an und gratuliere ihm so zum Geburtstag, und dann machen wir …« Ninang Fely unterbrach mich: »Ineng, du musst morgen nach Hause kommen. Ninong ist nicht mehr da!« Sofort setzte wieder mein Schutzmechanismus ein, und ich legte mir meine eigene Geschichte zusammen. Ich setzte zur Flucht vor der Realität an und sagte mit meinem Ruhrpottakzent: »Wat ist nicht mehr da?! Hat er die Nase voll von dir gekriegt und ist jetzt abgehauen? Habter euch gekebbelt?« Ich klammerte mich an meine Version und hoffte inbrünstig, dass meine Geschichte diesmal gegen die Realität die Oberhand gewinnen würde. Die Antwort kam verhalten und leise. »Er ist heute Nachmittag im Stadtpark umgefallen …« Diesmal unterbrach ich sie mit der Hoffnung, meine spontan erdachte eigene Version würde zutreffen. »Ja, liegt er im Elli oder im St. Josef-Hospital? Also, im Josef, das wäre ja ganz nah bei uns. Das ist doch praktisch, dann komm ich doch jetzt sofort, und dann können wir ihn vielleicht nach Hause …« Ich wollte meine Geschichte durchsetzen. Ich hatte noch andere Variationen auf Lager. Traurig und dennoch sanft unterbrach sie mich: »Ineng, versuch jetzt zu schlafen und komm morgen nach Hause. Ich will die Beerdigung mit dir besprechen.« Beerdigung! Die kleine Prinzessin war größer geworden, und ich gab meine Märchenstunde auf: »Okay … dann bis morgen ganz früh!« Eigentlich wollte ich sofort losfahren, aber ich hatte keine Kraft mehr gehabt, mich dagegen aufzulehnen und Ninang Fely noch zusätzlich Sorgen zu bereiten. Das Tolle an einem Studentenwohnheim war, dass man nie allein war und gleich eine Horde von Leuten um sich haben konnte. Ich ging zu einer Mitbewohnerin auf meinem Stockwerk, mit der ich auch als »flotte Biene« zum Karneval gehen wollte. Wie das Leben doch mit einem so spielen kann. Da hatte man noch vor einigen Stunden aus vollem Herzen gelacht, und nur wenig später wurde die Freude im Herzen von einem schmerzvollen Leid verdrängt. Meine Freundinnen blieben bei mir, bis ich mich halbwegs gefestigt hatte und, völlig erschöpft vom Weinen, ins Bett gefallen war. Am folgenden Tag stellte ich auf reinen Funktionsmodus um und fuhr nach Bochum. Ich traf auf meine verweinte und von einer schlaflosen Nacht gezeichnete Ninang Fely. Die Realität gab mir einen schmerzhaften Stoß, und ich flüchtete wieder in meine Märchenwelt. Als wäre er noch da, fragte ich: »Wo ist Ninong Uli?« Er, der als preußisches Flüchtlingskind bei Ulm aufgewachsen war, begrüßte mich stets schwäbelnd mit: »Schätzle ist wieder da!« Leere erfüllte mich. Ninang Fely gab mir als Antwort eine Gegenfrage: »Wollen wir ihn jetzt besuchen?« Lasst uns die Märchenstunde beginnen! Ich hatte ganz bestimmt einen schlechten Traum gehabt und es falsch verstanden. Er war gar nicht tot, sondern lag in Wirklichkeit im Krankenhaus. Ninang Fely war doch ohnehin so nah am Wasser gebaut, sie heulte bei allem schnell. Als ich im Krankenhaus gelegen hatte, hatte sie schließlich auch geweint. Dann ja wohl erst recht bei ihrem Mann. Sicher würde er mich gleich begrüßen: »Schätzle! Warum bist du denn da? Haste keine Schule?« Als andere Version legte ich mir zurecht, dass er bereits eine andere Wohnung bezogen hatte und wir ihn dort besuchten. Und als wir vor dem Krematorium standen, wiederholte ich eine alte Märchengeschichte, die ich mir schon damals mit fünf Jahren zurechtgelegt hatte: In dem Krematorium lag sicher nur ein Freund. Wir müssten nicht für seine Beerdigung aufkommen, aber noch einen letzten Besuch abstatten. Vielleicht war es ein Fußballkumpel von Ninong Uli oder ein ehemaliger Arbeitskollege. Da kämen viele infrage. Mein Märchen endete, als ich Ninong Uli friedlich im Sarg liegen sah. Als damals angehende Physiotherapeutin fantasierte ich, seine Atemrichtung zu sehen. Ich glaubte zu erkennen, wie sich sein Brustkorb leicht hob und senkte. Ninang Felys Schluchzen weckte mich aus meiner Fantasiewelt. Meine starke Vorstellungskraft verlor gegen diese grausame Tatsache. Diesmal musste ich mich der Realität beugen. Mein starker Glaube an mein Märchen konnte mich diesmal nicht vom Weinen abhalten. Ninang Fely erledigte fast die ganze Beerdigung. Alles, was ich tun musste, war, meine Trauer zu verarbeiten. Meine Liebe zur

Literatur gab mir eine große Stütze. Ich wälzte Texte über Verluste und Trauer und fand Folgendes passend für meinen Adoptivvater:

Es weht der Wind ein Blatt vom Baum,
von vielen Blättern eines.
Das eine Blatt, man sieht es kaum, denn
eines ist ja keines. Doch dieses Blatt allein
bestimmte lang mein Leben, drum wird dies eine Blatt
allein mir immer wieder fehlen.

Nach der Beerdigung blieb ich noch einige Tage in Bochum. Dann begab ich mich auf den Weg zurück ins Saarland, wo ich meine Ausbildung machte und das Leben recht schnell wieder seinen Gang ging. Es wurde für Prüfungen gebüffelt, Projekte und Lerngruppen wurden organisiert. Meine Schulkameraden und auch das Lehrerteam waren mir immer zugewandt, und ich konnte bei ihnen Trost finden. In der Psychologiestunde zog die Lehrerin sogar die Trauerverarbeitung vor, damit ich sie anwenden konnte. Ich war sehr gut und vor allem liebevoll aufgehoben.

Wenigstens hatte ich doch noch meine beiden Mütter! Doch das währte nicht allzu lange. Jetzt waren also die Frauen an der Reihe. Acht Jahre später musste ich wieder ein Elternteil verabschieden. Am 22. Juli 2008 verstarb meine leibliche Mutter. Da wurde ich zum ersten Mal mit dieser grausamen Krankheit, Krebs, konfrontiert. Wieder kam die Frage: Warum? Ich war 32 Jahre alt. Ich hatte mit attraktiven Männern Verabredungen gehabt und war beruflich gefestigt. An einem Sonntagmorgen im April 2008 wachte ich ungewöhnlich früh auf. Nun ja, wenn man erst um 4 Uhr morgens einen Club verlässt, dann war 8 Uhr schon ungewöhnlich früh. Ich verspürte den Drang, auf den Philippinen anzurufen. Auch das war sehr seltsam. So erpicht war ich um die Zeit normalerweise nicht, ein Gespräch mit meiner Sippschaft zu führen. Mit 32 Jahren hätte ich längst mit einem stattlichen Mann verheiratet sein sollen und für Nachkommen gesorgt haben. Weil dem aber nicht so war, musste ich mir am Telefon regelmäßig die ganze Palette der Vorteile einer Heirat anhören. Das Argument »Dreißig ist das neue zwanzig« kam da gar nicht gut an. Ganz im Gegenteil! Es wurden Horrorgeschichten von alten unverheirateten Frauen herausgekramt, die psychisch abgestürzt seien und sich mitten auf der Straße im Wahn entblößt hätten. Mein freches Mundwerk entgegnete damals: »Ach ja … ich mach ja Aerobic. Da hätten die Leute wenigstens noch was Knackiges anzugucken!« Dünnes Eis … sehr dünnes Eis. Darauf kam dann ein bestimmtes »Karelia!!!«. So hatte man mich schon als Kind genannt, wenn ich ungehorsam war oder Dinge tat wie die Tiere aus dem Stall herauslassen. Ich stellte mich also auf diesen Verlauf des Gesprächs ein und rief zu Hause an. Meine Tante Delia war am Apparat, die jüngste Schwester meiner beiden Mütter. Wir fragten uns gegenseitig nach dem Wohlbefinden, dann erzählte sie mir die neusten Geschichten aus dem Dorf. Als ich meine Mutter verlangte, kam erst mal ein langes Schweigen. Ein ungutes Gefühl kam in mir hoch. Wenn wir telefonierten, gab es nie ein längeres Schweigen, weil die Rechnung ja nur so ratterte. Schließlich hieß es dann: »Deine Inay liegt im Bett und kann nicht ans Telefon.« – »Warum liegt sie im Bett? Bei euch ist doch jetzt mitten am Tag?« – »Ja, sie macht ein Schläfchen.« – »Ein Schläfchen? Die Inay? Sie hat noch nie ein Schläfchen gemacht! Was ist denn da bei euch los?« Oh, ich war genervt! Alles musste man denen aus der Nase ziehen! Ich gab nicht nach. Das war eine Eigenheit, die mich einerseits im Leben weitergebracht hatte und mich andererseits von liebenswerten Menschen entfernt hatte. Dann erklärte mir Tante Delia: »Deine Inay hatte uns den Knoten an ihrer Brust verheimlicht, und jetzt ist er geplatzt. Wir mussten sie gleich ins Krankenhaus bringen.« Was?! Geplatzt? Wie geht denn so was? Mein Temperament ging mit mir durch. Ich durchlebte sowieso eine Phase, in der ich sehr aggressiv unterwegs war. Ich war extrem wütend! Das sagten die mir erst jetzt! So was konnte ja nur in so einem rückständigen Land wie den Philippinen passieren und dort dann auch noch in der tiefen Provinz! Ich wusste nicht, auf wen oder was ich wütender sein sollte. Auf meine Familie, die wieder mal gemeint hatte, mich vor irgendeinem Drama beschützen zu müssen, oder vor dieser minderwertigen medizinischen Versorgung in meiner Heimat. Egal, alle hatten Schuld! Nach dem erschreckenden Telefonat buchte ich sofort einen Flug nach Hause, ohne vorher meinen Vorgesetzten in Kenntnis zu setzen. Er führte zwar ein strenges Regime, doch hatte er für meine Situation Verständnis, und ich bekam tatsächlich sofort 14 Tage Urlaub. Auf den Philippinen angekommen, erwartete mich ein erschreckendes Bild. Meine Mutter war völlig abgemagert, und diese starke Frau am Vegetieren zu sehen war die Hölle. Wut und Hass durchdrangen jede Faser meines Körpers. Ich hasste diesen verfluchten Krebs! Infantile Wünsche kamen in mir hoch: Konnte dieses verdammte Ding sich nicht bei einem schlechten Menschen einnisten! Von denen gab es doch schließlich eine Menge auf dieser Welt. Ich dachte an einen ungeduldigen, egoistischen Patienten, der meiner Meinung nach ohnehin bösartig war, und an einen chauvinistischen, minderbemittelten Handwerker, der mich vor anderen Leuten lauthals heruntergeputzt hatte. Warum bekamen die das nicht ab? Was hatten die schon für eine Daseinsberechtigung? Sogar an einen unbekannten Autofahrer, der mir mal die Vorfahrt genommen hatte, hätte ich am liebsten den Krebs meiner Mutter transferiert. Beim Verfassen dieser Zeilen erschrecke ich noch im Nachhinein, aber ich hatte wahrhaftig solche Gedanken gehegt. Erstaunlich, zu welchen unmenschlich grausamen Gedanken der Krebs führen konnte – und auch zu welch gemeinen Handlungen.

Als ich nach meiner vierzehntägigen Abwesenheit wieder im Fitnessstudio meine Kurse gab und mir eine fleißige Teilnehmerin meines Kick-Power-Kurses sagte: »Bist du jetzt auch wieder da! Das letzte Mal bin ich aus dem Kursraum rausgelaufen. Also, deine Vertretung war furchtbar!«, da bekam ich das in den falschen Hals, obwohl es ein Kompliment für mich war. Statt einfach private Gründe anzugeben, holte ich meine verbale Kalaschnikow raus und feuerte: »Meine Mutter hat Krebs. Da geht mir gerade voll am Arsch vorbei, wie furchtbar meine Vertretung war. Außerdem, wenn es dir nicht passt, dann mach es selber! Stell dich vorne hin und leg los! Dann kapierst du mal, was wir da vorne bringen müssen!« Auf meinen verbalen Angriff ging sie nicht ein und wollte stattdessen auf ihre Art ihr Mitgefühl zum Ausdruck bringen, als sie daraufhin sagte: »Oh, aber das hat doch heute echt mittlerweile jeder Zweite.« Blöde, dumme Kuh! Warte nur mal! Du wirst heute eine neue Definition für das Wort »Qual« kennenlernen! Nach dieser Stunde wirst du das Wort im Lexikon mit meinem Namen ersetzen! Ich roch das Blut und entgegnete: »Wenn es deine Mutter betrifft, dann reden wir mal weiter!« Dann wendete ich mich von ihr ab, drehte die Musik laut auf und schrie ins Mikrofon: »Jetzt wird hier Gas gegeben, und wehe, ich sehe hier jemanden schlappmachen! Ich will euch leiden sehen!« So was hatte ich tatsächlich zu Menschen gesagt! Die Teilnehmerin animierte ich besonders streng und laut. Paradoxerweise jubelte der volle Kursraum und freute sich, von mir Zwerg durch die Mangel genommen zu werden. Was für eine verquere Ironie! Einige Teilnehmer pilgerten mir sogar von Fitnessstudio zu Fitnessstudio hinterher, um mein von Wahnsinn und innerer Zerstreutheit getriebenes Training zu erleiden. Für mich ist es bis heute absolut unverständlich, wie Menschen einem offensichtlich unkonzentrierten und unzufriedenen Menschen ein Kompliment erweisen konnten. Würde ich mir heute so begegnen, so wie ich damals als Dreißigjährige unterwegs war, würde ich mich schütteln und sagen: »Ey, Zwerg! Krieg dich ma ein und mach ma Urlaub in 'ner Gummizelle!« Ich unterrichte auch heute zwischendurch immer noch mit Freude Kick Power. Doch schreie ich jetzt nur noch: »Wollen wir Spaß?« »Machen wir Platz für die Pizza?« »Passt der Bikini schon?« Ich kann behaupten, dass der Kursraum immer noch so voll ist wie damals und mir einige Teilnehmer immer noch gerne hinterherpilgern.

Im Juni 2008 feierte ich meinen 32. Geburtstag bei meiner Familie auf den Philippinen. Es war der letzte Geburtstag, bei dem meine Mutter dabei war. Ich blieb einige Wochen dort und pflegte sie. Als ich ging, sagte ich zu ihr: »Ich komme im Dezember wieder, und dann feiern wir alle zusammen Weihnachten und Neujahr. Bis dahin bist du wieder ganz gesund, und dann können wir mal wegfahren.« Wieder eine Märchenstunde für mich selbst. Der Krebs hatte da schon ihr Gehirn befallen, und eine richtige Konversation war gar nicht mehr möglich. Schon in April 2008 hatte der Onkologe prognostiziert, dass sie im nächsten Jahr nicht mehr da sein würde. Ich glaubte an Märchen, also selbstverständlich auch an Wunder. Doch meine Wundertüte enthielt wieder nur Nieten. Drei Wochen war ich aus meiner Heimat zurück, und der Anruf, dem ich so entgegenbangte, erreichte mich am späten Nachmittag des 21. Juli 2008. Ich war nun Vollwaise. Meine Mutter würde mich niemals im Hochzeitskleid sehen. Inay würde mir nie mehr mütterliche Ratschläge geben. Sie würde meine zukünftigen Kinder nie im Arm halten, dabei waren Kinder für sie als Lehrerin immer das Größte. Niemals würde sie meinen Märchenprinzen und den Vater meiner Kinder kennenlernen. Nie, nie, nie! Ich rief meinen letzten Halt an, meine Ninang Fely. Auf Tagalog (der meistverbreiteten philippinischen Sprache) gibt es eine schöne Redensart, wenn etwas Schweres bevorsteht: Stärke dein Inneres. Als alles Nötige besprochen war, sagte sie: »Ineng, lalakas ang loob mo, ha?!« (Kleines, stärke dein Inneres, ja?!) Meine äußere Schale der Kick-Power-Instruktorin war damals knallhart, doch der innere Kern war sehr weich und schwach. »Inneres stärken« … war in meinem Innern überhaupt irgendetwas, was zu stärken war? Ist dieser Kern hohl oder von den Zitronen des Lebens versauert? Es war Montag, und ich hatte um 18 Uhr meinen Kick-Power-Kurs. Die Leute warteten, ich musste jetzt los. Betäubt vom Schmerz, packte ich meine Sporttasche, als hätte ich das Ganze nur geträumt. Turnschuhe, Socken, Musik, das gelbe Oberteil oder das blaue … ich muss ja jetzt Schwarz tragen … Schwarz – Trauer – Inay tot! Geschah das alles wirklich?! Ich musste jetzt den Kurs geben. Ich durfte nicht zu spät kommen! Zu spät … ich kam zu meinen Kursen nie zu spät. Nur zu den wirklich wichtigen Angelegenheiten, auf die es im Leben wirklich ankommt, da kam ich leider oft zu spät. Dann war es oft unwiederbringlich … unerledigt. Als ich im Fitnessstudio eintraf, kam der Leiter und sagte: »Sag mal, geht's dir gut? Irgendwie siehst du nicht gut aus.« Ich konnte meine Tränen nicht mehr zurückhalten und erwiderte: »Meine Mama ist tot!« – »Was machst du dann hier? Jetzt setz dich erst mal. Was können wir für dich tun? Was brauchst du?« Pflichtbewusst – oder war es eher der Versuch, mich abzulenken? – entgegnete ich: »Ich hab um 20 Uhr noch einen Kurs in einem anderen Studio. Ich muss da eine Vertretung suchen.« Kopfschüttelnd sagte er: »Du kannst heute keinen Kurs mehr geben. Ich fahr dich nach Hause und regle das mit dem anderen Studio.« Als ich zu Hause war, packte ich meinen Koffer. Am nächsten Tag ging ich wie gewohnt zur Arbeit und sprach mit meinem Vorgesetzten, der mir selbstverständlich freigab. Wollte ich oder konnte ich nicht gehen? Ich nahm den Ordner von meiner Abteilung und schrieb erst mal die Übergaben. Wie gesteuert wandte ich mich zu meinen Kollegen und sagte: »Frau Müller im 118 braucht unbedingt den Eulenburg zum Laufen, die traut sich sonst nicht.« (Eulenburg ist die Bezeichnung für eine Gehhilfe.) »Dann muss Herr Meier in 128 heute noch zur Treppe, sonst kann er nicht nach Hause …« Nach Hause, das sollte ich jetzt auch. »Karel … es ist alles okay hier. Guck du, dass du das gebacken bekommst«, sagte mir ein guter Kollege. Ich ging wie ferngesteuert. Im Flugzeug flüchtete ich gedanklich in meine schöne, wundervolle Märchenwelt. Inay war gar nicht tot. Sie saß sicher auf dem Sofa, wenn ich ankam; ungemein gut riechend nach Jasmin und Babypuder, freute sie sich, mich zu sehen, fragte, wie die Reise war, und fing an Pancit zu kochen, ein philippinisches Nudelgericht. Ich sah sie während meiner Tagträume sehr lebendig und glücklich. Als ich auf den Philippinen ankam, erdrückte jedoch die Realität meine Märchenwelt. Als das Auto unserem Haus näher kam, sah ich ein Foto meiner Mutter auf einem Banner hängen. Weiße Ballons schmückten den Straßenrand vor unserem Haus. Es sah aus, als stünde ihre Geburtstagsfeier bevor. So absurd es auch war, meine Fantasie fand wie von selbst einen positiven Ausgang. Ich hielt so daran fest, um doch noch irgendwie dem Schmerz auszuweichen. Wie sehr hatte ich gewünscht, dass das ein makabrer Scherz war. In der Einfahrt angelangt, sah ich den Sarg hervorlugen, in dem meine Mutter friedlich gebettet war. Dieser Anblick gab meinem Herzen einen deftigen Punch und ließ meine Knie weich werden. Die Frau, die mich unter ihrem Herzen getragen hatte, war jetzt nicht mehr. Exotische Blumen von Orchideen bis zu Frangipani, die ihren Sarg und den Raum schmückten, gaben eine paradiesische Kulisse, einen tröstenden Schmuck. Heute kann ich mich an ihrem Duft und an ihren Blüten wieder erfreuen, sie dienen nun nicht mehr als Trostpflästerchen.

Der nächste Punch kam sieben Jahre später mit Ninang Fely.

Die Letzte im Bunde. Da bekam ich schon das Privileg, mit zwei Elternpaaren beschenkt zu werden, und mit noch nicht einmal 40 Jahren hatte ich bereits alle zu Grabe getragen. Als eine siebzigjährige Patientin in der Praxis einmal mir gegenüber erwähnte, sie werde gleich noch ihre über 90 Jahre alte Mutter besuchen, überkam mich Wehmut. Sie genoss das Dasein ihrer Mutter bereits 30 Jahre länger, als ich es durfte. Man sollte eigentlich meinen, dass man mit solchen Hieben widerstandsfähig wird. Doch dieser letzte Punch zwang mich auf die Knie, und ich glaubte, k. o. zu gehen … aber nicht doch, wenn man in der Kumpel-Stadt Bochum auf die Schnauze fällt. Ne, ne … da heißt et: Mädchen, dat kommt schon noch! Also, steh ma auf hier! Jetzt geht's ans Eingemachte! Bochum, da bin ich wieder! Na gut, okay, ich hatte erst mal einen Zwischenstopp in Wuppertal gemacht. Ninang Fely war an der Helios-Klinik zur Reha stationiert, und ich besuchte sie dort. Fast zwei Jahre hatten wir uns nicht gesehen, und unser damaliger Abschied auf den Philippinen war alles andere als herzlich gewesen. Wir hatten uns mit verletzenden Worten geradezu gegenseitig massakriert, bis ich wutentbrannt meinen Koffer gegriffen hatte und zum Flughafen nach Manila gefahren war. Meine Reaktion war abgrundtief beschämend! Es war mir nicht möglich, mich zusammenzureißen. Ich war damals schwer verliebt in einen spießigen Krawattenträger, der einen Bootsführerschein vorweisen konnte und mich bei seinen Geschäftsreisen in der Business Class sowie im Spa-Bereich der renommiertesten Hotels der Welt abstellen konnte. Keine Frage, ich hatte es genossen. Ich gehörte zu den Besseren, nein … ich hatte einen Platz unter den vermeintlichen Göttern. Ich war ein besserer Mensch in einer, so wie mein Verflossener es zu sagen pflegte, »besseren Gesellschaft«. Mir kommt gerade die Galle hoch! Alles, was ich zu tun hatte, war, die Contenance zu bewahren. Knigge definierte Contenance so: »Haltung und Harmonie im äußern

Betragen, Gleichmütigkeit, Vermeidung alles Ungestüms, aller leidenschaftlichen Ausbrüche und Übereilungen, dessen sollte sich vorzüglich ein Mensch von lebhaftem Temperamente befleißigen.« Eine Frage, verehrter Herr Knigge, wie bitte soll dies einem temperamentvollen, gefühlsehrlichen Menschen möglich sein? Und überhaupt, was ist an einem spontanen herzlichen Lachen so verwerflich oder an einem freudigen Aufschrei, wenn etwa Deutschland Weltmeister wird oder, so utopisch es auch ist, der VfL Bochum aufsteigt? Was ist an vermeintlich unangebrachtem Übereiltem falsch, wenn doch alles im Leben und sogar das Leben selbst vergänglich ist? Kann ein Normalsterblicher die von Ihnen gewünschte Haltung auf Dauer von allein bewahren, oder braucht's dafür, böse ausgedrückt, den sprichwörtlichen Stock im Arsch? Dat is schon klar, dat et in Maßen bewahrt werden sollte. Jemanden unbegründet anpupsen geht natürlich gar nicht! Ninang Fely hatte mit Sicherheit mein abgehobenes Etikette-Gehabe bemerkt und hätte versucht, mich vor dem Unglück zu verschonen. Natürlich wusste ich wie immer alles besser und hörte ihr nicht zu! Tja, dat hätt ich wohl ma machen sollen. Heute kann ich mit Dankbarkeit sagen, dass es genau so und nicht anders kommen musste.

Zu Weihnachten 2014 hatte mich mein Weg nach Wuppertal verschlagen. Vor diesem Wiedersehen mit Ninang Fely hatte ich wahnsinnige Angst, weil wir uns das letzte Mal derart angefeindet hatten. Ziemlich sicher kann ich behaupten, dass meine Kanonen schärfer geschossen hatten als ihre, ich war wirklich beschämend hässlich zu dieser Frau, die die wichtigste Zeit meines Lebens geprägt hatte. Um 20 Uhr landete das Flugzeug in Düsseldorf, und prompt verirrte ich mich auch noch im Bahnhof. Ich rief meine Adoptivmutter an, um ihr meine Verspätung mitzuteilen. Es war mittlerweile nach 21 Uhr, und ich vernahm die vertraute, sorgenvolle Stimme, die sagte: »Bist du allein auf dem Bahnhof? Nimm ein Taxi. Ich zahle es!«

Ich ahnte nicht, dass sie schon seit 19.30 Uhr am Eingang der Helios-Klinik sehnsüchtig auf mich wartete. Irgendwann gegen 22 Uhr bog das Taxi vor dem Gebäude ein. Drinnen sah ich ein fragiles Häufchen Mensch auf einem der Wartestühle sitzen, das den Kopf neugierig ausstreckte. Vergessen waren die hässlichen Worte, Enttäuschungen und die bösen Gedanken. Wir umarmten uns auf eine Weise, wie es Mütter und Töchter für gewöhnlich tun, die viel füreinander empfanden. Herzlich, liebevoll und innig. Während dieser Umarmung konnte ich an dem zarten, von der Chemo geschundenen Körper die gestillte Sehnsucht und eine unermessliche Freude spüren. Sie drehte sich zum Portier um und sagte mit stolzer Inbrunst: »Das ist meine Tochter. Sie kommt extra aus der Schweiz zu mir.« Ihre Augen leuchteten bei diesem Satz heller als irgendein Stern am Himmel. Der Portier war von dieser Liebe berührt und sagte: »Ja, jetzt is 'se endlich da, ne?! Ach ja … so sind die Kinder, ne?! Kommen immer zu spät und wir zu früh! Sie wartet schon seit um halb acht auf Sie.« Als wir vor dem Fahrstuhl standen, sagte sie entschuldigend auf Tagalog: »Also … ich hoffe, es ist okay für dich. Ich habe gesagt, dass du meine Tochter bist, weil sie dich sonst vielleicht nicht zu mir gelassen hätten.« Mit liebevoller Bestimmtheit antwortete ich ebenfalls in unserer Sprache: »Ja, warum denn nicht. Ich bin doch ganz klar deine Tochter.« Ganz schnell schaute sie weg, und ich wusste, dass ihr Tränen in den Augen standen, die sie zu unterdrücken versuchte. Dann plauderten wir um die Wette, als wären die stillen Jahre und der hässliche Streit nicht da gewesen. Sie führte mich durch das Labyrinth des Klinikgebäudes in ihr Zimmer, wo schon das zweite Bett für mich bereitstand. Ich packte sofort meine Geschenke für sie aus, und diesmal konnte sie die Tränen nicht mehr zurückhalten. Daraufhin sagte sie: »Ich konnte aber nichts für dich holen.« Auch ich hatte plötzlich Pipi in den Augen: »Ja, das ist aber auch ganz schlimm. Jetzt musst du aber mal schleunigst zusehen, wo du noch Geschenke für mich herkriegst. Eines reicht da aber nicht, ist klar!« Über meine Lippen wollten die ehrlichen Sätze heraus: Es ist schon ein großes Geschenk, dass wir uns wiedergefunden haben und endlich als Mutter und Tochter die kommende Zeit genießen können. Ich freue mich sehr darauf. Ein dicker Kloß voller Reue blockierte jedoch meinen Hals. Meine »deutsche Mutter« spürte es und hielt mir einen Teller voller Süßigkeiten hin: »Guck mal, wenigstens hab ich so was. Das magst du doch so gern.« Dann war sie in ihrem Element und trällerte weiter: »Ja, dann hab ich in der Küche noch gefragt, ob ich etwas Essen einpacken kann. Ich hab gesagt, dass meine Tochter aus der Schweiz kommt und sicher Hunger hat. Guck, ich hab Fleischsalat, Butterbrot und Obst. Ich hoffe, es reicht dir. Ach, und Kekse hab ich auch noch!« Mein Herz fühlte sich an wie in Balsam gebettet, als sie »Tochter« sagte. Und wer freut sich nicht auf einen guten deutschen Fleischsalat! Wir quasselten in die Nacht hinein, bis eine von uns nicht mehr antwortete. Nie hätte ich auch nur zu träumen gewagt, dass ich jemals neben ihr einschlafen würde. Da lag ich nun, das Herz weichgespült und, ja, tatsächlich voller Dankbarkeit und Frieden. Eine Kratzspur jedoch hatte diese nahezu filmreife Szene. In der Nacht stöhnte Ninang Fely einige Male vor Schmerz. Tapfer, wie sie war, bagatellisierte sie das vehement als schlechten Traum. Vielleicht war es ihr unangenehm, mit Sicherheit wollte sie mich nicht beunruhigen. Wir hatten nie über Gefühle oder tiefgreifende Probleme gesprochen. Man hatte so etwas einfach ausgesessen und abgewartet, bis es vorbei war. Entsprechend dramenfrei war auch die Erzählung von ihrer Chemo, doch waren die unbeschreiblichen Ängste, die unermesslichen Schmerzen und die enttäuschte Niederlage des Mutes deutlich zu spüren. Die Krankenschwester war zum ersten Mal Patientin und dieser Aufgabe nicht gewachsen. Als ihr die Haare ausgefallen waren, war sie vor dem Pflegepersonal und vor allem, wie sie sagte, vor der Putzfrau sehr beschämt gewesen. Gedemütigt sammelte sie jedes einzelne Haar auf und warf es in den Müll. Für Ninang Fely war das ein qualvoller Akt. Mehr als das Erbrechen. Täglich musste sie beobachten, wie ihr Körper zugrunde ging. Dieser Körper, der so robust zu sein schien, wurde gezwungen, sich dem Verfall zu beugen. Auch wenn sie das nahezu beiläufig und wie bedeutungslos erzählte, fühlte ich mich beschämend schuldig, nicht bei ihr gewesen zu sein. Warum führt das Ego einen so hinters Licht?! Warum nur ist es so unglaublich schwierig nachzugeben, einfach mal des Friedens willen?! Dabei erfährt man doch immer wieder, dass man viel mehr gewinnt, als wenn man beharrlich auf dem eigenen Standpunkt bleibt. Das ist im Grunde genommen vergleichbar mit Peinlichkeiten. Irgendwann hat man etwas ausgetratscht, und in ein paar Jahren ist es nicht mehr peinlich. Warum das Nachgeben nicht einfach mal geschehen lassen. Quasi platzen lassen. Ratsch ... passiert, und Ruhe im Karton. Doch darüber nachsinnen stellt sich immer einfacher dar als im richtigen Augenblick Taten walten lassen.

Am nächsten Morgen gingen wir gemeinsam zum Frühstück. Es war Ninang Fely anzusehen, wie sie meine Anwesenheit genoss. Ihre, wie sie sie nannte, »Spazierfreundin« begrüßte mich freudig und sagte: »Ach, Ihre Mama war gestern Abend ja so aufgeregt, dat Sie kommen, und is extra früher aus em Konzert raus. Sie wollte Sie auf keinen Fall verpassen! Jetzt sind Sie endlich da und ... guck dir dat ma an, wie die über beide Ohren strahlt! Ach ne, wat is dat doch schön! Kommse naher auch zum Kaffee trinken?« Ja, da hat se wat Wahres gesagt. Wat is dat doch schön, wieder bei der Mama zu sein. Als ich mich an den großen Tisch mit anderen Krebspatienten gesetzt hatte und das Tablett meiner Mama auf den Tisch gestellt hatte, wussten sie gleich, wer ich war. Für mich, die im Gesundheitswesen tätig ist, war es recht gewöhnungsbedürftig, sich neben Patienten zu setzen und sogar gemeinsam mit ihnen zu essen. Außerdem war ich noch im Modus des elitären Lebens. Wie unchic, direkt vom Tablett zu essen, und auch noch von so einem Geschirr. Ich wurde mit Komplimenten überschüttet, wie schön, dass ich extra von so weit her gekommen sei und dass ich meine Mutter nicht allein ließe! Ein starker Widerstand, dieses Lob anzunehmen, durchdrang meinen Körper, und ich entgegnete: »Das ist doch das Mindeste, was ich tun kann. Ich hab sie lange genug allein gelassen, stimmt's?!« Ich streichelte ihr über die Schultern, wie ich es bei meinen betagten Patienten als Zeichen meiner Zuneigung für gewöhnlich tue. Bei meiner Ninang Fely war es allerdings mehr als nur Zuneigung. Ich hätte es niemals für möglich gehalten, dass ich jemals den Begriff Liebe mit ihr in Verbindung bringen würde, aber es war tatsächlich geschehen. Ich empfand innige Liebe für diese Frau. Jahrelang hatte ich sie verachtet und vernachlässigt. Diese Frau, die mir Wadenwickel gemacht hatte, wenn ich Fieber bekam. Die sich für eine hervorragende Bildung für mich eingesetzt und Nachhilfestunden organisiert hatte. Die sich nicht geekelt hatte, im Müll zu wühlen, um meinen geliebten Ring zu suchen. Die mir ein westliches Leben ermöglichte, egal ob sie das als richtig oder falsch empfand. Diese Frau, die ich so verschmäht hatte, gab mir die wahre Liebe, wie ich sie vergebens bei meinen vermeintlichen Prinzen zu finden glaubte. Nach dieser Berührung war alles andere unwichtig. Ich wünschte, den Moment für eine ganze Ewigkeit anhalten zu können. Die Reue folgte, und eine mächtige Scham kam über mich. Ich war nah dran, eine pompöse Hochzeit feiern und diese Frau neben mir ausschließen zu wollen. Ihre Bescheidenheit passte nicht zu der elitären Gesellschaft, in der ich es dank meinem schauspielerischen Talent schaffte, mich zu bewegen. Wie ein Fettauge schwamm ich an der Oberfläche, an der es nur darum ging, einander materiell zu übertrumpfen. Ich vergaß, wo ich herkam, und glaubte zu den Besseren zu gehören. Da wurde ich plötzlich in eine andere Welt katapultiert. Neben mir saßen Menschen, deren Leben bald zu Ende ging, und sie lehrten mich das Wesentliche zu sehen. Erstaunlicherweise dauerte es nicht lange, bis ich mich unter ihnen wohlfühlte. Es wurden keine Lebensromane ausgetauscht oder über den Verlauf der Krankheit diskutiert. Man teilte einfach den Moment und genoss ihn. Alles war oder schien mir so lebensbejahend und so ehrlich. Diese Menschen hatten es nicht mehr nötig, sich aufzupolieren. Auch ein Herabwürdigen des Essens oder allgemeines Gemecker gab es nicht. Es war nur noch so, wie es war. Dieses Weihnachtsfest war ein wunderschönes und ein sehr bewegendes. Ninang Fely und ich nahmen uns vor, im nächsten Jahr auf die Philippinen zu fliegen und mit der ganzen Familie zu feiern. In dem Moment klang das noch machbar. Doch schon beim Spazierengehen um den Klinikteich ahnte ich, dass dieses Vorhaben schwierig umzusetzen sein würde. Nach ein paar Metern atmete meine Adoptivmutter schon schwer, und sie verzog das Gesicht, ohne zu klagen. Dass sie Schmerzen hatte, war mir natürlich nicht entgangen, und ich fragte sie, wo es wehtat. Typisch für eine Filipina, baute sie eine Fassade auf, glättete die gerunzelte Stirn, lächelte und sagte: »Es geht schon.« Später, als ich ihre Krankenakte las, konnte ich ihre beschwerliche Atmung nachvollziehen. Sie verschwieg mir, dass sie sich zu der Zeit gerade erst von einer Lungenembolie erholt hatte. Bis zu ihrem Tod diskutierte ich mit ihr nicht mehr darüber, obwohl ich manchmal aus Ohnmacht nah dran war zu schreien.

Als die Geschäfte nach den Feiertagen wieder geöffnet hatten, setzte Ninang Fely ihre Therapien fort, und ich machte die Stadt unsicher. In Wuppertal spürte ich sofort die Ruhrpott-typische, herzliche Hilfsbereitschaft, die ich über meinem Leben in einer teuren und hypermodernen Wohnung – mit Seeblick und überteuerten Möbeln, im Garten Grillpartys mit scheinbar wichtigen Leuten – beinah vergessen hatte. Ein Busfahrer erklärte mir geduldig die Verbindungen und die Orte, an denen ich meine Mitbringsel besorgen konnte. Zufällig hatte er mich an einer Haltestelle herumirren sehen und gefragt: »Wolln 'se wieder mit nach Helios oder weiter Geld ausgeben?« Mein Ruhrpottdeutsch kam wieder aus meinem Mund heraus, als ich entgegnete: »Ja klar! Dat Geld sitzt heute locker. Wo krieg ich denn wat schönet für die Mama?« Er winkte mich in seinen Bus herein und meinte: »Da müssen Se in de Innenstadt. Ich lass Se am Bahnhof raus. Von da könn Se auch laufen. Immer geradeaus. Dat könn Se nicht verfehlen.« Während der Fahrt erfuhr ich von ihm, dass auch er in der Helios-Klinik gewesen und nun wieder, wie er sagte, »auf dem Damm« war. Das hoffte er auch für meine Mutter. Er verabschiedete sich von mir mit den Worten: »Dann kaufen Se ma ordentlich wat ein, und guten Rutsch Ihnen und Ihrer Mutter. Dat find ich töffte, dat Se bei ihr sind.« Ist dat echt töffte, wat ich mach? Hätte ich nicht früher kommen sollen? Hätte ich nicht von Anfang an eine gute Tochter sein sollen? Das wäre dann töffte. Diese Gedanken begleiteten mich den ganzen Tag. Ich kaufte für meine Ninang Fely schöne Anziehsachen, die sie bei dem Preis mit Sicherheit nie gekauft hätte. Ich fühlte, dass es zu spät war, und dennoch wollte ich die früheren verpassten Weihnachtsbescherungen nachholen. Vollbepackt gönnte ich mir dann noch meine geliebte Currywurst mit Pommes Schranke! Jawohl! Ich war wahrhaftig zu Hause. Boah, wat war dat endlich wieder lecker, hömma! Es müssten fast zehn Jahre vergangen sein, in denen dieser Geschmack meinem Gaumen verwehrt wurde. Dort draußen in der kalten Wuppertaler Luft an 'ner Bude mit einer Plastikgabel zu stehen war ein göttlicher Genuss. Mein Herz schlug Purzelbäume beim ersten Currywurstkontakt meiner Geschmacksrezeptoren. Dieses Gefühl gab mir ein exquisites Restaurant nicht, in dem ich eingezwängt in ein Cocktailkleid und in drückenden High Heels zu dinieren gewohnt war.

In der Helios-Klinik angekommen, breitete ich meine Shopping-Eroberungen vor meiner Adoptivmutter aus. Als ich ihr ihre Geschenke präsentierte, kam die mir von klein auf bekannte Äußerung: »Aber das ist zu teuer! Warum hast du das gekauft?« Ihr gefiel besonders der blaue Wollpullover mit den Glitzersteinen. Ich forderte sie auf, ihn anzuziehen. Ihre Augen funkelten um die Wette mit den Steinen, und sie war ganz entzückt, als sie sich im Spiegel sah. Wie erwartet sagte sie daraufhin: »Das zieh ich aber erst zu Silvester an.« Wir diskutierten hin und her. Meinen Standpunkt wollte ich aber nicht mehr durchsetzen, denn mir schien, dass es sie lebendig erhielt, wenn sie ihre gewohnte Haltung bewahrte. Umso erschrockener war ich dann, als sie plötzlich nachgab: »Du hast recht. Es ist zu schön, um bis Silvester zu warten.« Deutlich spürbar wurde ihr gerade bewusst, dass sie sich nicht mehr lange an diesem Kleidungsstück erfreuen würde. Sie berührte sanft die glitzernden Steine, warf mir einen liebevollen und gleichzeitig traurigen Blick zu und äußerte: »Dann lass ich es heute zum Essen an.« »Ja, zieh das heute an«, entgegnete ich. »Da wird aber deine Spazierfreundin gucken! Für Silvester hol ich dir eine schöne Bluse.« Ninang Fely schien meine Reue zu spüren und hielt mich von meinem Vorhaben nicht mehr ab. Da war sie neben mir mit ihrem schönen Pullover, und alle am Tisch bewunderten sie. Stolz sagte sie: »Meine Tochter hat das heute für mich gekauft.« Ich kämpfte mit den Tränen, und mein Butterbrot wurde von dem Kloß im Hals gestoppt. An diesem Abend war einfach alles gut und friedlich. Ich konnte annehmen, dass das, was ich nun tat, alles richtig war. Meine frühere unreife Sturheit aber konnte ich nicht revidieren und die Zeit nicht zurückdrehen. Ich hätte alles in der Welt dafür getan. Diese schönen Momente waren nur kurz, doch schienen sie mir unendlich wertvoller zu sein als die verpassten Geburtstage und Weihnachtsfeste. Die wahre Liebe hatte alles eingeholt.

Eltern nerven und sind manchmal echt superpeinlich. Sie erscheinen einem wie eine außerirdische Lebensform, und nicht selten fragt man sich, wie es sein kann, dass man aus ihnen entstanden ist. In meinem Fall hatte ich mich gefragt, wie das Schicksal so einen Kurzschluss haben konnte, mir den Weg zu ihnen zu ebnen. Man tut vehement alles, um nicht so zu werden wie sie, und verleugnet sie sogar. Missachtet ihre Gefühle, weil sie uns immer so stark oder streng vorkamen. Allerdings haben sie tief in unseren Herzen einen Samen eingepflanzt, dessen Wurzeln wir vielleicht zertrampeln und dessen Blüte wir unachtsam verwelken lassen. Kommen wir jedoch nach Hause und riechen an der Tür unser Lieblingsgericht, dann sprießen die schönsten Blüten in unserem Herzen. Betreten wir unser altes Kinderzimmer, dann wissen wir: »Dat is mein Stall.« Hier kann ich sein. Egal was war und wie sich die Welt gedreht hat, wir sind mit ihnen verbunden. Es gibt natürlich auch Eltern, die ihre Kinder unterirdisch behandeln und auf die ich an dieser Stelle nicht näher eingehen kann, da das den Rahmen zu sehr sprengen würde. Ich richte mich an die Eltern, die wie meine waren. Selbstlos und sorgenvoll und vor allem fähig, bedingungslose Liebe zu geben. Sie waren die Ersten, die uns die Bedeutung der Liebe überhaupt beigebracht hatten. Auch wenn sie nicht mehr sichtbar und fühlbar sind: Irgendwo sind sie noch präsent und breiten ihre Flügel schützend über uns. Es könnte durchaus ein Zufall oder ein Produkt meiner kreativen Fantasien sein, dass ich nach dem Tod von Ninang Fely einige Zeichen sah, die ich als eine Art Gruß von ihr empfing. Wie beim folgenden Ereignis.

Bei unserer schönen Begegnung zu Weihnachten hörte ich mit dem Rauchen auf. Es fiel mir erstaunlich leicht. Meine

Adoptivmutter hatte es selbstverständlich nicht geschätzt, mich mit so einem Glimmstängel zu sehen, und riechen mochte sie es schon gar nicht. Sie hatte sich allerdings nie in belehrender Form beschwert. Nun wollte ich nicht nur meiner Gesundheit einen Gefallen tun. In erster Linie wollte ich Ninang Fely meine vielleicht verspätete Achtung zeigen. Als sie ins Hospiz kam, gaben mir die Glimmstängel dummerweise den nötigen Trost. Als sie starb, konnte ich ohne die Dinger nicht mehr sein. Ich war nahezu süchtig. Ich suchte nach Antwort auf eine Frage, die ich selber nicht einmal formulieren konnte. Ich bekam von ihr ein Zeichen an einem Morgen, als ich mir destruktiv zum Frühstück eine Zigarette anzündete. Als hätte Ninang Fely zu mir gesprochen, sagte ich laut zu mir: »Ja, ich weiß, das ist wirklich nicht gut für mich, aber du fehlst mir so schrecklich. Ich kann gerade nicht anders. Wo bist du wohl jetzt?« Die schmerzhafte Trauer überkam mich wie ein starker Regenschauer, und ich nahm einen tiefen, ekligen Zug. In dem gleichen Moment schaute ich auf die Straße herunter und sah einen Lastwagen mit einem Namensschild hinter der Windschutzscheibe. Da stand »Felisa«. Mir kullerten einige Tränen, und gleichzeitig musste ich lachen. Ich schaute zum Himmel und sagte: »Ja, okay. Ist die letzte Zigarette … oder einigen wir uns auf die letzte Packung?« Es wurde tatsächlich vorerst meine letzte Packung. Als ich ihre Wohnung leerräumte, war es mir so elendig, und ich holte wieder eine Packung rote Gauloises aus der Bude. Ich hatte drei Monate aufgehört, doch als wär nichts gewesen, zog ich nun den Teer in meinen Lungen. Unter Tränen nahm ich immer tiefere Züge. Es war so widerlich und gleichzeitig wohltuend. Mir wurde schwindelig, aber es war mir vollkommen egal. Dann kotzte ich diesen qualvollen Schmerz aus meiner Seele raus. Es tat so verdammt weh! Ich spuckte die Reue aus. Die Schuldgefühle kamen gleich in einem ganzen Schwall heraus, und die Einsamkeit beendete die Prozedur mit zähem Schleim. Jetzt ist sie definitiv nicht mehr da. Die letzten Habseligkeiten, die ihre Existenz bewiesen hatten, waren nun fort. Geliebte Kleider und die hart erarbeiteten Möbelstücke gingen nun an einen anderen Besitzer oder fanden ebenfalls durchs Feuer ihr Ende. Alles ist vergänglich. Dennoch halten wir an den materiellen Dingen fest und vergeuden kostbare Zeit, um diesen Dingen nachzujagen und sie zu horten. Wir geben uns dadurch einen Wert, dass wir die Tasche mit einem besonderen Namen um die Schulter hängen haben. Dabei sind unsere Schultern alle gleichermaßen konzipiert. Laufen wir mit den Schuhen, die ein berühmter Designer geschaffen hat, wird uns der Eintritt in der besseren Gesellschaft gewährt. Dabei berühren wir mit den gleich konzipierten Füßen ein und denselben Boden. Auch ich bin den irdischen Gütern nicht abgeneigt. Meinen Selbstwert maß ich an der Anzahl der teuren Taschen, Schuhe und Kleider in meinem Schrank. Ich liebe diese Sachen, und ich liebe mich darin. Als ich mich selbstständig gemacht hatte, fuhr ich nach Mailand und stieg in einem Fünf-Sterne-Hotel ab. Ging dort in der teuren Einkaufsmeile shoppen und kam vollgepackt mit exquisiten Taschen ins Hotel zurück. Doch im Hotelzimmer erwartete mich niemand. Es war niemand da, mit dem ich den Duomo bewundern konnte. Niemand, der die Begeisterung für die Kunst in dieser Stadt mit mir teilen konnte. Ich war allein, erdrückt von der Einsamkeit. Mit Louis Vuitton um die Schulter und Prada-Schuhen an den Füßen glaubte ich das zu finden, was im Leben wirklich zählt. Ansehen – plopp! –, das erste Fettauge, das mich auf die Oberfläche beförderte. Es dauerte nicht lange, und mein Charakter bekam immer mehr und mehr Fettaugen, die an der Oberfläche mit anderen Fettaugen um den besten Platz konkurrierten. Gekrönt wurde das Ganze mit einem spießigen Krawattenträger an meiner Seite, zu dessen Zielen im Leben unter anderem gehörte, ein Boot am Zürichsee zu besitzen.

Wow … ich hab es geschafft! Nur, warum war ich so dermaßen unglücklich und eingezwängt? Ich gehörte doch jetzt zu den »besseren Menschen«. O Schreck! Unbedingt wollte ich in diesem Tümpel des elitären Status mitschwimmen und sah zu diesem Mann und seiner Gesellschaft auf. Ich war beeindruckt von seinen teuren Geschenken unterm Tannenbaum. Doch als ich tröstende Worte am Totenbett meiner Mutter gebraucht hatte, war nichts geblieben außer die teure Handtasche mit den Hundert-Franken-Scheinen drin. Eigentlich hatte ich nichts anderes erwarten sollen. Für diesen Menschen zählte nur das Business, und das Menschliche hatte keinen Platz im Geschäft. Wie oft hatte er einen Mitarbeiter seiner Firma kritisiert, dass dieser unkonzentriert auf der Arbeit sei, weil er vor Kurzem seine Frau beerdigt hatte. Er wollte zwar kein Unmensch sein, wie er zu sagen pflegte, aber Geschäft sei nun mal Geschäft, und davon sollte dieser Mitarbeiter gefälligst das »Private« trennen. Schließlich gehe es dabei um viel Geld! Genau! Geld regiert die Welt, und in seiner ganz besonders! Das teure Carbon-Fahrrad, das ich zum Geburtstag von ihm bekam, ließ er nun achtlos vor der Tür stehen, um mir zu verdeutlichen, dass ich nun die Position einer Amöbenausscheidung in seinem Leben bekam. Ein sportlicher Mann, der von Mountainbiken bis zum exzessiven Skifahren nichts ausließ. Er glaubte tatsächlich von sich, ein Sportler zu sein, der etwas von Fairness verstand. Was die menschliche Haltung betrifft, belegte er allerdings mit Abstand den allerletzten Platz. Ich lag schon am Boden durch meinen Verlust, und statt die Hand zu reichen, trat er noch gewaltig drauf! Dämlicherweise glaubte ich zu dem Zeitpunkt noch an eine Rückkehr in seine Welt. Wollte ich wirklich wieder in das Schwert des Unglücks laufen, nur um zu den »Besseren« zu gehören?

Dann fand ich mich plötzlich mitten in der Bochumer Fußgängerzone wieder. Mit Kisten bepackt mit Erinnerungsstücken an Ninang Fely. Das war alles, was von ihr in dieser Welt noch übrig geblieben war. Eines Tages wird auch vielleicht jemand mit diesen Sachen auf der Straße stehen und denken: »Das ist alles, was von Tante Karel übrig blieb.« Aber kann eine Kaffeetasse tatsächlich als Zeugnis des Daseins fungieren? Sind es nicht die schönen, einfachen Erinnerungen, die man im Laufe des Lebens gesammelt hat? Wie beispielsweise, als ich das erste Mal den Schnee sah und meine Adoptivmutter gleichzeitig vor Freude lachte und weinte. Dieser Schatz passt in kein Bankschließfach und in keinen noch so monströsen Tresor. Solche Schätze muss man nicht hin und her transportieren, sie verstauben nicht, zerbrechen nie, und sie haben eine Garantie bis in alle Ewigkeit. Von dem Zeitpunkt an trennte ich mich von allen Dingen, die mir jahrelang als Ballast und Staubfänger gedient hatten. Das hat unheimlich gutgetan, und ich kann es nur wärmstens empfehlen. Auch von Menschen trennte ich mich, was mir aber, ehrlich gestanden, recht schwergefallen ist. Denn irgendwo hinterlassen uns alle Menschen, denen wir im Laufe unseres Lebens begegnet sind, einige Kostbarkeiten. Nichts Materielles, sondern in Form von Momenten. Auch diese Kostbarkeiten werden allerdings porös, wenn die nötige Wertschätzung nicht regelmäßig poliert wird. Wir Menschen ändern uns und entwickeln im Laufe der Zeit unterschiedliche Meinungen und Ansichten. Da wird es des Öfteren schwer, auf einen Nenner zu kommen und sich dennoch zu mögen. Manchmal verliert man auch die nötige Anerkennung für einen anderen. Trotzdem hatte man eine gemeinsame Zeit voller Wertschätzung und Respekt zusammen im Leben verbracht. Eine Zeit, in der man durch diese Begegnung gewachsen ist, voller Freude, Hingabe und Verbundenheit. Diese Zeit sollte man achten und in Ehren halten, auch wenn einen mit der Person später nichts mehr verbindet. So wie es mit meiner damaligen Nachhilfelehrerin Clara der Fall war.

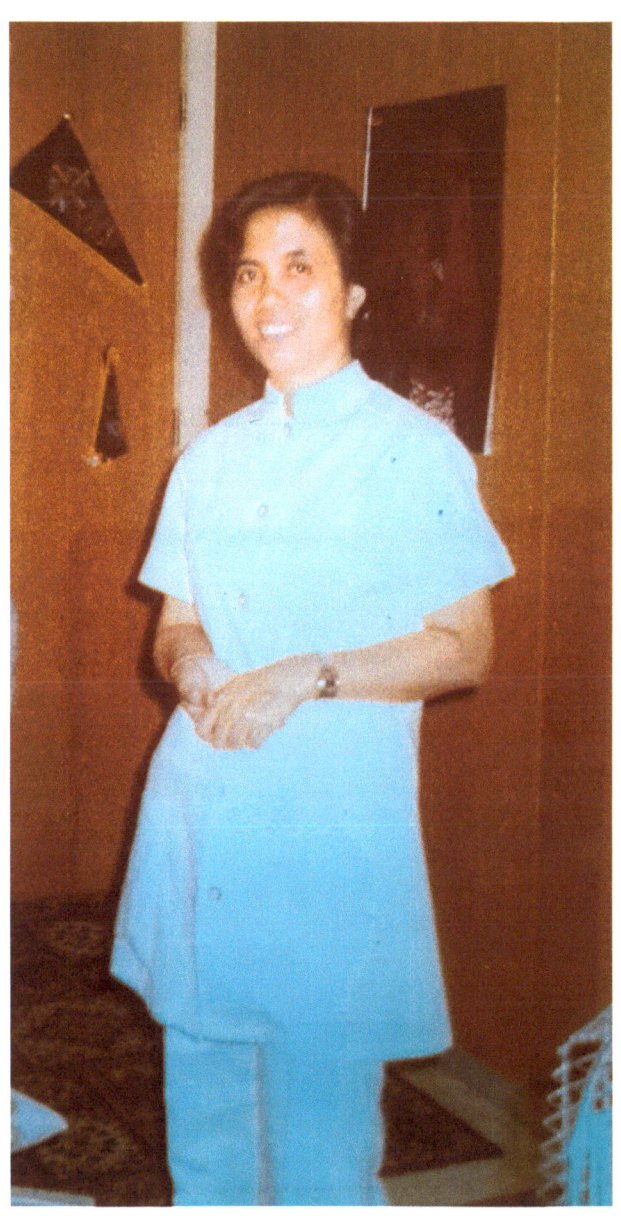

Schwester Fely vorm Dienstbeginn im Elli.

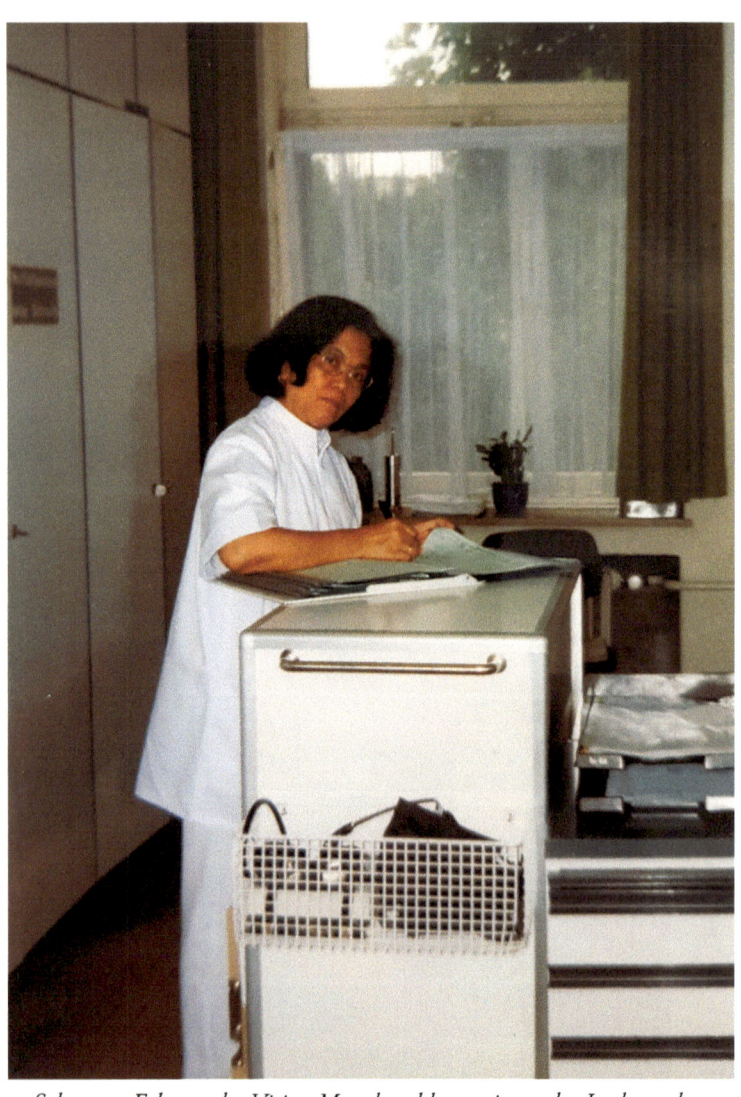

Schwester Fely vor der Visite. Manchmal kann einem das Lachen schon vergehen.

Es wurde überwiegend gelacht auf der HNO-Abteilung.

Schwester Felisa hat Feierabend. Aufgenommen auf dem Gang des Personalhauses.

Wenn's nicht reingeht, wird nachgeholfen

Freundschaft ist wie Geld, leichter
gewonnen als erhalten.
Samuel Butler

Ich hatte sie wirklich sehr gern gehabt. Clara, meine Nachhilfelehrerin. Doch wenn ihr Auto vor unserer Wohnung parkte, blühten mir eine oder manchmal sogar zwei Stunden Privatunterricht. Sie hatte eine Rubensfigur und stand stets pünktlich vor unserer Tür, um mir bei meinen Hausaufgaben zu helfen. In ihrem Lederrucksack waren entweder dicke Bücher, die sie mir wärmstens empfahl zu lesen, oder fies verfasste Aufgaben, die mich tagelang beschäftigt hielten. Das erste Buch, das sie mir gab, werde ich nie vergessen, denn es hatte meine Vorliebe zu roten Schuhen geprägt: »Der Zauberer von Oz«. Ich klapperte lange mit meinen roten Schuhen und versuchte nach Hause zu kommen. Lange suchte ich nach meinem Zuhause und frage mich bis heute, wo das eigentlich ist. Auf den Philippinen, in Deutschland, in meinem jetzigen Wohnsitz in der Schweiz oder doch in einem anderen Eck der Welt? Als ich in die Schweiz zog, hatte Clara mir immer ein Zuhause angeboten. Weihnachten, Ostern oder einfach mal spontan durfte ich in ihr liebevolles Heim und am warmen Kamin Zeit mit den süßen Zwillingen verbringen. Sogar den einen oder anderen Verflossenen durfte ich ihr vorstellen. Sie hatte immer ein Bett und einen Platz am Tisch für mich freigehalten. Dazu steckte sie mir immer eine Tupperdose mit Leckereien ein, wenn ich die achtstündige Autofahrt in die Schweiz angetreten war. Sie hatte die leckersten Weihnachtsplätzchen gebacken, und sie hatte immer die tollsten Ideen für Ausflüge. In Eftelingen, Niederlanden hatte sie meine Märchenwelt wahr werden lassen. Sie ertrug meine Trancezustände vor einem Kunstgemälde und wartete geduldig am Ausgang des Museums, bis ich meinen kulturellen Wissensdurst gestillt hatte. Sie wurde nie müde, alle meine Wissensfragen und auch die Lebensfragen zu beantworten. Bei Bedarf war es ihr die Mühe wert, die Antworten nachzuschlagen oder zu googeln. Sie hatte mein tussihaftes Gehabe ertragen und hatte sogar mit dem Frühstück gewartet, bis ich mein morgendliches Badritual beendet und meine Kriegsbemalung aufgetragen hatte. Sie ist ein waschechtes Bochumer Kind. Oh, ich muss mich korrigieren: genau genommen ein Harpener Kind. Harpen wurde ja nach dem Befreiungskrieg um 1816 von Bochum zur Adoption nach Dortmund freigegeben. 1819 nahm Bochum das verschmähte Kind wieder zu sich. Dat wär aber auch ein Dingen, wenn dat schöne Harpen zu den Borussia gehört hätte. Die hatten damals wahrscheinlich auch unsere besten Fußballspieler festgehalten.

Clara arbeitete als Aushilfe mit Ninang Fely im Elli, um ihr Studium etwas aufzubessern. Als zusätzlichen Nebenjob gab sie Nachhilfeunterricht und wurde von Ninang Fely für mich engagiert. Von da an fiel einige Zeit meiner Kindheit dem Lernen zum Opfer. Damals zumindest sah ich es noch als Opfer, heute ist es für mich ein Jackpot. Als ehemalige Abiturientin am Bochumer Gymnasium am Ostring verstand es Clara, die deutsche Sprache auf kreative und konstruktive Weise zu vermitteln. Ihren Buntstiften ist es möglicherweise zu verdanken, dass ich mittlerweile vernünftige deutsche Sätze zustande bringe. Nominativ in Rot, Genitiv in Gelb, Dativ in Grün und Akkusativ in Blau. Sie hatte mich in allen Fächern bis zur Oberstufe unterrichtet und bei Bedarf auch bei den Abiturvorbereitungen. Ihre oftmals verwirrende Frage »Bist du sicher, dass das so ist?« stellte sie gerne nach meiner vorschnellen Antwort auf eine Aufgabe. Während meiner Schulzeit war sie in meinen Augen immer nur eine Lehrperson, weniger als Freundin. Es war auch schwer, jemanden, der einem die Zeit zum Spielen raubte, als Freundin zu betrachten. Selten war es, dass ich mich über sie gefreut hatte. Saßen wir jedoch am Tisch und fingen an zu lernen, dann kam es schon mal vor, dass ich die Zeit vergaß. Manchmal konnte ich ihren Fragen nicht folgen und gab eine kreative Antwort. Ich musste in der 5. Klasse gewesen sein, als Clara mir die folgende Frage stellte: »Was ist denn bei den Vögeln die Kloake?« Mein Blick schweifte nach draußen, und ich beneidete die spielenden Kinder mit ihren Fahrrädern. Dabei tat ich so, als überlegte ich angestrengt, dann gab ich als Antwort: »Ja, also … eine Kloake ist bei den Vögeln so, wie wenn wir aufs Klo gehen. Wo wir sagen: ›Entschuldigung. Ich muss mal aufs Klo‹, da sagen die Vögel dann: ›Entschuldigung. Ich muss mal auf die Kloake.‹« Clara prustete vor Lachen los und sagte: »Oh, das ist die beste Antwort, die du je gegeben hast! Das musst du mal deinem Biologielehrer erzählen. Oder besser doch nicht!« Heute ist Kloake ein fester Bestandteil meines Wortschatzes: »Der Typ ist doch die reinste Kloake!« – »Boah, heute kannst nicht zu mir kommen! Meine Wohnung ist voll die Kloake!« – »Bäh, da drin stinkt's nach ne Kloake!« Und meine eigene Weisheit: Was nützt ein tolles Erscheinungsbild, wenn das Herz eine Kloake ist.

Es war während der Abiturzeit, als sich eine innige Freundschaft zwischen uns entwickelte. Wir fingen an, zusammen essen zu gehen oder Veranstaltungen zu besuchen. Ein Clubbesuch war da allerdings nicht drin. Clara war kein Discogänger. Als ich meinen Führerschein endlich in der Tasche und auch noch meinen allerersten weißen Opel Corsa hatte, holte ich Clara zum Essen ab. Ich war stolz wie Bolle, dass ich Auto fahren konnte. Nur mit der Autobahn konnte ich mich nicht so recht anfreunden. Das Auffahren löste bei mir eine latente Hysterie aus. Als Clara bei mir einstieg, sagte sie fröhlich: »Gratuliere dir erst mal zur bestandenen Prüfung. Und schon kannste was abhaken. Super! So, dann fahr doch mal Richtung

Autobahn.« Ich schaute zu ihr herüber, als hätte sie die Apokalypse prophezeit. »Wie jetzt, Autobahn? Ich fahr Richtung
Castroper. Da kommen wir doch auch zur Innenstadt.« – »Ja,
aber über die Autobahn geht es schneller, und da kannste auffahren lernen.« Woher sie das wusste, dass ich regelrechten
Schiss vorm Auffahren hatte, weiß ich bis heute nicht. Also
gut. Dann fahr ich mal. Es folgte eine Cheerleader-artige, aber
dennoch beruhigende Instruktion von Clara, als wir zur Auf-
fahrt gelangten: »Jetzt zeig mal, was die Kiste draufhat. Drück
mal aufs Gas.« O Gott, so fest hatte ich an dem Auto noch nie
aufs Pedal getreten. »O Clara, biste sicher, kann ich dat so doll
drücken? O Gott, kommt einer oder kann ich raus? Wann raus?
Meinste jetzt?« Ich schwitzte, als hätte ich eine Stunde Aerobic
gegeben. Clara jedoch erklärte mir in aller Ruhe, wann ich den
Blinker setzen sollte und dass ich langsam nach links fahren
sollte. »Ja, guck ma! Dat haste aber gut gemacht! Ist doch gar
nicht so schlimm.« Ich fuhr mit über 100 km/h auf der A 40
und wurde lockerer, aber ich war immer noch leicht ange-
spannt vor Konzentration. »Boah, ja. War okay, aber ich trau
mir dat glaub ich nicht alleine.« »Ach, wenn du dat ein paarmal
machst, dann gewöhnst dich schon dran«, besänftigte mich
meine Nachhilfelehrerin. Nach unserem Abendessen fuhren
wir noch mal über die Autobahn, und dieses Mal hatte ich
das Gefühl, unter die richtigen Autofahrer zu gehören. Wie
bei dieser Fahrt lehrte mich Clara ebenso, wie man im Leben
weiterkommt. Manchmal muss man es einfach mal wagen,
aufs Gas zu drücken, um da anzukommen, wo man hinwill.
Das Wichtigste an der Fahrt des Lebens ist allerdings, dass
man nur so lange dranbleibt, wie man die Geschwindigkeit
halten kann. Allerdings sollte man auch wissen, wann man die
Ausfahrt nehmen muss, wann also das Ziel erreicht ist. Und
nicht noch weiterfahren mit der Hoffnung, dass der Tank noch
ausreicht, bis das nächstbeste Restaurant kommt. Ich gehöre

zu denjenigen, die die Tankanzeige bis zum roten Bereich fahren und dann panisch die nächste Tankstelle aufsuchen. Viele von uns wollen manchmal weiter, noch schneller, und warten noch auf die beste Gelegenheit, um »auszufahren«. Es lohnt sich, vor dem roten Bereich zu tanken, und vielleicht ist gerade bei dieser Ausfahrt die beste Gelegenheit. Manchmal lohnt es sich auch, die Landstraße zu nehmen, um gewisse Staus des Lebens zu umgehen. Meine Nachhilfelehrerin war rechtzeitig ausgefahren und hatte sich für die Landstraße entschieden. Obwohl sie erfolgreich war, brach sie ihr Architekturstudium ab, um ihrer Leidenschaft des Lesens und der Bücher nachzugehen. Sie wurde zu meinem Wohl wie zu meinem Übel Buchhändlerin. Zu meinem Wohl, weil ich vergünstigte und die neuesten Bücher bekam. Zum Übel, weil es eine Verführung war, viel zu viele Bücher zu bestellen, und mein Bücherregal bald überquoll. Dieser Beruf ist zwar wie alle Berufe mit Stress und Druck verbunden. Clara jedoch erlebte ich überwiegend in einem zufriedenen Zustand. Sie bekam zu dieser Zeit ihre Zwillinge und zog in einem Haus mit Garten neben ihren Eltern ein. Wenn es Zeiten gab, in denen es turbulent zuging, wusste Clara, wann sie sanft auf die Bremse zu drücken hatte, um die Ausfahrt zu nehmen.

Clara hatte zudem die Gabe, tiefe Freundschaften aufrechtzuerhalten. Neben ihren Zwillingen, betagten Familienmitgliedern, die der Versorgung bedurften, ihrer beruflichen Tätigkeit und ihrer Mitwirkung bei gemeinnützigen Organisationen schaffte es diese Frau immer noch, an Freunde im Ausland zu denken. Dies tat sie, indem sie herzliche Briefe schrieb, Anrufe tätigte oder liebevolle Päckchen verschickte. Ich hatte sogenannte Freunde, die in der gleichen Stadt lebten oder sogar nur ein paar Straßen weiter wohnten, die es nicht mal innerhalb von drei Monaten schafften, einen Anruf zu tätigen. Tat ich dann den Schritt und kontaktierte sie, bekam ich jede denkbare Begründung für den Zeitmangel zu hören, und es kam der gekünstelte Spruch: »Wie schön, dass du anrufst. Ich hatte immer an dich gedacht.« Na, wie viel Bedeutung konnte man dem wohl beimessen, oder sollte man es der Telepathie zuschreiben? Lao-Tse sagte mal: »Wahre Worte sind nicht schön. Schöne Worte sind nicht wahr.« Meldete man sich längere Zeit nicht bei Clara, so rief sie definitiv an, und wenn man ihren Anruf verpasste und nach langer Zeit zurückrief, hieß es einfach: »Na so was, ich wollte schon die Schweizer Kantonspolizei anrufen.« Oder: »Du, ich wollte schon ein Foto von dir im Flur aufhängen.« In diesem Sarkasmus, der bei manchen Gemütern vielleicht als hässlich verstanden wurde, steckte vielmehr Aufrichtigkeit und eine Ehrlichkeit, die tief aus dem Herzen kam. Dat is halt der Pott. Da wird Tacheles geredet! Manchmal hatte ich große Mühe, der Schleimspur der »Ich-habe-immer-an-dich-gedacht«-Menschen hinterherzutänzeln, und nicht selten war ich dabei gewaltig auf die Nase gefallen. Clara reichte mir stets die Hand und ebnete mir einen Weg der Freundschaft, auf dem ich keine Schleimspuren wegwischen musste, den sie mit etwas Haftendem ausgelegt hatte. Und so war es auch beim Tod von Ninang Fely.

Aus idiotischen Gründen brach ich den Kontakt zu Clara ab. Ich eignete mir die Schleimspurmentalität an. Das »Ich hab an dich gedacht« ließ ich aber sein. Ihre Anrufe ignorierte ich einfach. Ich hatte mich selbstständig gemacht, war dauerhaft gestresst und hatte zu allem Übel auch noch einen vermeintlich tollen Typen, der sich als absoluter Knallfrosch entpuppte. Ein so triftiger wie dummer Grund, sich beschämt aus dem sozialen Leben fernzuhalten. Anscheinend hatte ich die kontraproduktive Gabe, einen Prinzen in einen Frosch zu verwandeln. Es war doch immer wieder ein Phänomen: Bei der ersten Begegnung war ich hin und weg und verzaubert. Doch nach einiger Zeit hörte ich nur noch ein Quaken und sah Glubschaugen, die mich anblickten. Mein Märchen hätte beinah mit dem Satz geendet: »Und wenn sie nicht gestorben ist, dann küsst sie heute noch schleimige Kröten.« Es waren tatsächlich mehrere Jahre vergangen, dass ich Clara samt Bochum verschmäht hatte. Einmal war ich sogar mit einem Mr. Knallfrosch in der Stadt, die ihm gar nicht gefallen hatte. Das Schlimmste war, dass er Starlight Express auch nicht mochte! Das ging so was von gar nicht bei mir! Hallo! Das hat man zu mögen! Spätestens das wäre ein Trennungsgrund gewesen! Wie konnte man Bochum und Starlight Express nicht mögen?! Es dauerte dann tatsächlich nicht mehr lange, und das Quaken nahm ein Ende. Während ich Ninang Fely an den Wochenenden besuchte, dachte ich viel an Clara und überlegte, wie ich sie kontaktieren sollte. Völlig sinnlos, denn es gab nichts zu überlegen. Einfach tun und machen. Mein Ego war aber noch nicht reif genug, den Rost von unserer Freundschaft zu entfernen. Meine Adoptivmutter fragte nach ihr, und ich erzählte ihr beschämt über unseren Kontaktabbruch, den ich durch meine Ignoranz fabriziert hatte. Ninang Fely hätte mir einen Vortrag halten können, was Clara für mich getan habe und dass es an mir liege, sie zu kontaktieren. Aber nein, sie war zu müde für Belehrungen. Vielleicht hatte sie auch Angst, in der wenigen Zeit, die ihr verblieben war, mit mir zu streiten. Und dann war sie nicht mehr da. Wie gern hätte ich diese Situation mit einem Streit, den man hätte lösen können, getauscht. Nun saß ich allein am Tisch. Ninang Fely saß immer rechts von mir, und da war der Platz nun leer. Keine Unterhaltung über das Neueste aus der philippinischen Gerüchteküche, keine gemeinsame Überlegung darüber, welchen Film wir zusammen im Fernsehen anschauen würden, kein gemeinsames Essen mehr und kein Austausch von liebevollen Gesten, wie er vorher viel zu selten stattgefunden hatte. Plötzlich überkam mich jedoch ein Gefühl von Geborgenheit. Als wäre Ninang Fely neben mir, führte sie mich mit festem Griff zum Telefonbuch und ließ mich Claras Nummer raussuchen. Es geschah wie selbstverständlich und ohne jeden Widerstand. Ich musste nicht mal innehalten, um nachzudenken, was ich ihr sagen sollte. Ich wählte einfach ihre Nummer, und Clara war auch gleich dran. Ihre Stimme klang freudig überrascht, und es war so, als hätte ich sie nur ein paar Tage nicht gesprochen. Ich benachrichtigte sie über Ninang Felys Tod, und ihre tröstenden Worte umhüllten mich wie eine warme Decke. Sie kam auch zur Beerdigung und leistete mir an den folgenden Tagen besonders großen Beistand. Als wären die Jahre nicht dazwischen gewesen, öffnete sie mir nicht nur die Tür zu ihrem Heim, sondern auch zu ihrem Herzen. Sie integrierte mich in ihr Familienleben, beispielsweise beim Kirschmarmelade-kochen, beim Achterbahnfahren mit ihren Kindern auf der Cranger Kirmes, beim Schwimmen in Gysenberg oder auch nur beim Essenholen für die Oma. Die familiäre Wärme gab mir in dieser besonders schweren Zeit viel Geborgenheit und das Gefühl, Teil eines Ganzen zu sein. Vor allem, als ein weiterer schwerer Schritt vor mir lag.

Am Geburtstag von Ninang Fely am 22. August 2015 über-gab ich ihre Wohnung. An den Wochenenden vorher war ich nach der Arbeit von der Schweiz nach Bochum gefahren und hatte ihre Wohnung ausgeräumt. Das letzte Zeugnis ihres Da-seins wurde damit nun auch beseitigt. Erstaunlicherweise war dieser Vorgang noch viel schmerzhafter als ihre Beerdigung. Jede liebevoll gepackte Schachtel beinhaltete etwas von mir, seien es Ohrringe aus meiner Kindheit, meine Kinderbücher oder Bilder aus unserem Familienleben. Etwas scheinbar Un-bedeutendes ließ mich jedoch zu Boden sinken und reißt mir auch jetzt noch, während ich diese Zeile schreibe, eine Wunde im Herzen auf. Ich fand einen Kassenbon in einer Plastiktüte, über 19,95 Euro, datiert auf den 22. August 2014. Es war eine

Die letzte Handtasche meiner Adoptivmutter, die sie sich zu ihrem letzten Geburtstag selbst geschenkt hatte. Ich schenkte ihr zu ihrem Ehrentag meine Abwesenheit.

Rechnung über Ninang Felys neueste Handtasche, die sie nicht oft getragen hatte. Sie hatte sich selbst ein Geschenk zum Geburtstag gemacht. 14 Jahre lang hatte ich ihr kein Geschenk gemacht. Nicht mal ein Gänseblümchen, geschweige denn eine Glückwunschkarte. Ihren Geburtstag hatte ich vehement aus meinem Gedächtnis gestrichen. Nun hielt ich diesen verdammten Kassenzettel in der Hand – nicht einmal diese verfluchte 19,95-Euro-Handtasche hatte ich ihr schenken können. Mir ging durch den Kopf, was ich meinem krawattentragenden

Verflossenen für ein überteuertes Geschenk zum Geburtstag besorgt hatte. Sogar eine Torte hatte ich für viel Geld machen lassen, und meiner Adoptivmutter, die mich immer im Herzen trug, konnte ich nicht mal diese verdammte Tasche kaufen. Ich war nicht mal da gewesen, um mit ihr ein Gläschen Sekt zu trinken. Ich hatte lieber den Geburtstag eines Menschen gefeiert, der mich stets spüren ließ, dass er von der wahren Bedeutung der Liebe nicht die geringste Ahnung hatte. Feierlichkeiten wie Geburtstage und Hochzeiten dienten ihm dazu, Netzwerke aufzupolieren und sich selbst zu profilieren. 14 Mal hatte ich ihren Geburtstag verpasst. 14 verpasste Umarmungen. 14 verpasste Blumensträuße. 14 verpasste, liebevolle Worte: »Alles Gute zum Geburtstag«. 14 verpasste Geburtstagstorten. 14 verpasste Jubel nach dem Kerzenauspusten. 14 verpasste Möglichkeiten, nicht mit dieser Reue leben zu müssen. Jetzt war es zu spät. Alles, was blieb, war diese Tasche, an der sie nicht mal ein Jahr Freude gehabt hatte. Sie war wie neu, und ich ahnte, dass sie sie kaum benutzt hatte. Wahrscheinlich nur zu besonderen Anlässen. Der Fund ließ mich gelähmt am Boden kauern. Ich starrte nur diese Tasche an. Warum maßen wir den Dingen viel zu viel Wert zu? Warum heben wir diese Dinge für bessere, gute Zeiten auf? Warum sparen wir an schönen Momenten und erlauben uns nicht, uns im Jetzt zu freuen? Zum Geburtstag und zu Weihnachten, da können wir uns freuen. Auch in meiner Familie wurden das schöne Geschirr und die teuren Gläser nur zu Festlichkeiten genutzt. Warum erlauben wir uns nicht, jeden einzelnen Tag als Fest zu betrachten? Ein Fest des Lebens. Wenn wir morgens aufwachen, sollte es doch ein Fest sein, dass uns erlaubt wird, die Welt zu erleben, oder nicht? Meine Adoptivmutter hatte immer auf die schöne Zeit gewartet. Sie wartete und wartete und verpasste sie. Es gab noch mehr neuwertige Dinge, die auf die schöne Zeit gewartet hatten. Ich sah ein neues Kleid, in dem ich sie gerne gesehen hätte. Eine neue Bettwäschegarnitur, in der ich ihr gern beim Schlafen zugeschaut hätte. Eine neue verpackte Bodylotion, die ich gern an ihr gerochen hätte. Diese Dinge erdrückten mich jetzt, als würden sie mich vorwurfsvoll anstarren und sagen: »Wir hatten auf dich gewartet. Wo warst du so lange?« Es gab noch so viel zu tun, aber ich war unfähig, vom Boden aufzustehen. Ich hatte Angst vor weiteren Funden, die mein Herz mit Schuldgefühlen überfluten würden. Ich war nun ganz allein. Ich kauerte auf dem Boden und ließ die Vorwürfe dieser Dinge über mich ergehen. Dann schien es, als wäre meine Ninang Fely neben mir, als ich zu mir selbst sagte: »Mensch, Karel! Jetzt krieg deinen Hintern hoch! Wenn du das nicht selber tust, mach dat kein anderer. Also los jetzt! Sieh zu, dass du dat hinkriegst!« Ich bemerkte, dass ich Stunden mit dem Geheule verloren hatte, und wollte einen Zahn zulegen. Doch so einfach war das nicht. Vielleicht war es gut so, dass ich mit meinen verheulten Augen nicht mehr adäquat sah, als ich alles, was mir unwichtig erschien, in die Mülltüte räumte. Dann entdeckte ich alle meine Kinderzeichnungen aus der Schulzeit. So hässlich sie auch waren, Ninang Fely hatte sie alle aufbewahrt. Der Schmerz und das Ohnmachtsgefühl waren unbeschreiblich. Mir war egal, was die Nachbarn dachten oder ob die Polizei käme. Ich ließ aus vollem Leibe einen Schrei zu Gott los: »Ahhhhh … es tut so weh. Warum tust du mir das an? Bevor du mir die Nächste wegnimmst, nimm mich! Ich hab deine verfluchten Prüfungen satt!« Das nahm etwas Druck von mir weg, doch die Wunde in meinem Herzen fühlte sich nun an, als wäre sie mit Säure übergossen worden. Die Ohnmacht schien nun auch meinen Körper zu überfallen. Mir wurde schlecht und schwindelig zugleich. Zu viel Currywurst? Zu viel Eis? Zu viel gearbeitet? Zu viele Gedanken? Nein, es war zu wenig an etwas. Zu wenig an Liebe und Geborgenheit! Ich sehnte mich nach einer Umarmung, nach einer starken

Schulter, wo ich meinen Kopf vergraben konnte und eine Stimme das sagte: »Ich bin da. Das schaffen wir schon.« Ich spürte eine Übelkeit aufkommen und musste mich übergeben. Erschrocken über diese unkontrollierte Reaktion meines Körpers, versuchte ich es zu unterdrücken. Als ehemaliger Gymnastin ist mir die Körperkontrolle eingetrichtert worden, und nun, als Physiotherapeutin, kenne ich meinen Körper in- und auswendig. Was war das jetzt? Es ließ sich nicht kontrollieren. Eine gefühlte Ewigkeit entleerte ich meinen Magen, versuchte die Einsamkeit aus mir rauszukotzen. Mein Kopf fühlte sich wie ein Müllbeutel an, in den immer mehr und mehr Müll reingestopft wurde und der bald zu platzen drohte. Ich konnte einfach nicht mehr, aber ich musste weiter. Weiter, womit eigentlich? Und vor allem, wozu? Wäre ich in dem Moment tot umgefallen, wäre ich durchaus dankbar gewesen. Ich vergaß, dass ich Clara anrufen sollte, weil sie mich zum Essen abholen wollte. So war sie es, die mich sorgenvoll anrief – und sofort hörte, dass es mir nicht gut ging. Ich erzählte ihr von meinem Fund und dass ich es nicht übers Herz gebracht hatte, die Habseligkeiten meiner Adoptivmutter wegzuräumen. Mit liebevoller und verständnisvoller Stimme stellte sie mir sorgenerfüllte Fragen: »Meinst du nicht, dass du dir da etwas zu viel zugemutet hast? Wie viel Stunden hast du überhaupt letzte Nacht geschlafen? Wundert dich das wirklich, dass du nicht mehr kannst? Pass auf, mach jetzt mal Pause, und die Sachen, die du nicht wegschmeißen kannst, kannst du erst mal bei uns im Keller lagern, und wenn du wieder zu Kräften kommst, dann holst du es irgendwann mal ab. Wir sind ja da. Nun komm … Mach dich mal langsam fertig, und in 15 Minuten hol ich dich ab.« Ich hatte mir tatsächlich viel zugemutet. Freitags nach der Arbeit fuhr ich um circa 19 Uhr los und war circa um 2 Uhr in Bochum. Ans Schlafen war da nicht zu denken, also funktionierte ich bis um 4 Uhr. Um 8 Uhr weckte mich die innere Unruhe. Aufräumen, zum Friedhof, wieder aufräumen, schnell was Ungesundes essen, rauchen und wieder aufräumen. Die gleiche Geschichte bis Sonntagabend 19 Uhr. Dann hieß es: »Tschüssken, Bochum. Bis nächste Woche.« Um 2 Uhr kam ich in der Schweiz an. Montags fing ich zum Glück erst um 13.30 Uhr an zu arbeiten. Auch wenn ich ausschlafen konnte, zu der Zeit waren meine Nächte nach vier Stunden vorbei. Das wirkte sich natürlich auf meine körperliche Verfassung aus. Durch die unregelmäßigen Schlaf- und Essgewohnheiten ging ich auf wie ein Hefeteig. Vielleicht aß ich auch übermäßig viel, als Maßnahme, um meinen Verlust zu kompensieren. Ich stopfte alles Ungesunde in mich rein und machte zudem fast keinen Sport mehr. Nun gut. Einer leckeren Currywurst von Dönninghaus konnte ich wirklich nicht widerstehen. Mal ehrlich, wer kann dat schon?! Dann noch die leckeren Eisdielen umme Ecke. Meine Haare fielen mir aus, und meine Nägel wurden brüchig, sodass ich sie aus Scham vor meinen Patienten lackierte. Das half natürlich nicht im Geringsten. Sogar meine Periode blieb vier Monate aus, und in meiner depressiven Verstimmung glaubte ich mit 39 Jahren bereits in die Menopause zu gelangen. Super … dat war's dann wohl mit dem letzten Funken Hoffnung, an der Fortpflanzung der Menschheit mitzuwirken. Unter vorgehaltener Hand fragte ich Clara: »Hömma, Clara, ich weiß ja theoretisch, dass dat nicht geht, aber meinste, ich bin schon in der Menopause?« Da kam eine Antwort, wie ich es von unseren Nachhilfestunden kannte, wenn ich einen völlig abstrusen Gedankengang einbrachte: »Wat?! Jetzt überleg doch ma! Du arbeitest im medizinischen Bereich und hast auch noch Sport gemacht. Leistungssportlerinnen oder auch Stewardessen haben dat doch auch, wenn die den Körper so stressen. Und dat is bei dir ja jetzt auch.« Darauf folgte im beruhigenden Ton: »Komm, dat legt sich wieder, wenn dat Ganze erst ma vorbei ist. Mach dir kein Kopp.« Dat is wohl ma wahr! Ich machte mir tatsächlich viel zu viele Gedanken. Da brauchte es eine Clara, die deren Zirkulieren in meinen Hirnwindungen stoppte, und zwar mit einer besonders raffinierten Maßnahme: »Komm, wat meinste, wolln wir ma bei dem Wetter Eis selber machen? Frische Früchte ham wir und Sahne auch!« Sofort richtete sich der Fokus meiner Synapsen auf Eiscreme, und sämtliche Probleme waren vorübergehend wie weggeblasen.

Zurück in der Wohnung von Ninang Fely erdrückten mich die Möbel und ihr ganzes Hab und Gut. Jedes Stück, das in den Müll wanderte, war für mich wie ein Verrat. Ein Verrat ihrer Würde. Sie liebte doch diese Vase. Das kann ich nicht wegschmeißen. Die Plastikorchideen, die ihre ganze Wohnung schmückten, muss ich doch auch behalten. Sie hatte sich schließlich an diesem Kitsch erfreut. Dann diese alte kaputte Wäschetruhe. Darin hatten meine Cousine Diana und ich uns immer versteckt, als wir noch klein und kompakt waren. Die würde ich definitiv mitnehmen. Mein Kinderzimmermöbel. Es fiel zwar auseinander, aber ich konnte es vom Schreiner sicher reparieren lassen. Ich hatte mir überlegt, einen kleinen Lieferwagen zu mieten, die Möbel in die Schweiz zu transportieren und erst mal einzulagern, bis ich mir eine größere Wohnung leisten könnte. Ich hätte mich in meiner Einzimmerwohnung damit erschlagen. Da saß ich nun. Wo bin ich in meinem Leben hingekommen? Von einer hochwertig modernen 120-qm²-Vierzimmerwohnung zu einer kleinen, veralteten Einzimmerwohnung und einem Lagerraum, in dem ich Erinnerungsstücke aus meinem elitären Leben gelagert hatte. In der vermeintlichen Hoffnung, noch einmal eine der Eintrittskarten zu ihrem elitären Theaterstück zu bekommen. Dabei wurde mir klar, dass ich nur als Statistin in ihrem Stück fungieren durfte. Claras Mann, Gabriel, kam, um mir einige Sachen abzunehmen, die ich vorübergehend bei ihnen einlagern durfte. Ihn kannte ich ebenso lange wie Clara. Sie waren schon zu ihrer Abiturzeit ein Paar und es auch bis jetzt geblieben. Vom Phänotyp her war er ein typisch deutscher Mann, so wie mein Adoptivvater: groß, blond, hell und blauäugig. Er war Ingenieur, und für mich war er immer schon ein Ruhepol. Der Mann hatte einfach die Ruhe weg. Ich hatte ihn nie wütend oder schreiend erlebt. Sogar als sie die Zwillinge bekamen, blieb er ganz cool. Im Gegensatz zu ihm konnte Clara ihre Stimme schon einmal in einer höheren Oktave einsetzen. Gabriel war jedoch immer gelassen, wahrscheinlich hatte er deswegen den Spitznamen »Easy«. Die beiden wurden für mich das Vorbildpaar. So eine lange Partnerschaft hatte ich mir auch immer gewünscht. Natürlich hatten sie auch die eine oder andere Unstimmigkeit, aber sie rauften sich immer wieder zusammen und vermieden, ein Drama draus zu machen. Bevor es eskalierte, setzten sie sich zusammen und bereinigten die Unstimmigkeiten. Als Clara mir das erzählte, klang das zu einfach. Sollte das die Lösung aller Eheprobleme sein? Sich zusammensetzen? Clara antwortete darauf mit einem bestimmten »Ja!«. Ich hatte das bei meinen Verflossenen ebenfalls auf die Weise versucht, mit dem Resultat, dass die Türen flogen und verbale Entgleisungen folgten. In Erinnerung an manche Situationen mit dem spießigen Krawattenträger kamen mir sogar hasserfüllte Gedanken. Die Methode schien für mich definitiv kontraproduktiv. Allerdings, mit meinem jetzigen Partner funktioniert dieses »Zusammensitzen und Bereinigen der Unstimmigkeiten«. Als Easy durch die Tür kam, sah er schon die Verzweiflung in meinem Gesicht. »Ich seh dat schon. Dat willste nicht wegschmeißen, ne?!« Er zeigte auf die kaputte Truhe. Ich nickte. »Mensch, Karel. Guck doch ma. Wat willste denn damit.« »Ja, Easy, ich weiß, aber dat war schon da, als ich nach Deutschland kam, und Diana und ich hatten uns drin versteckt und so …« »Dat Rathaus war auch schon da, als du nach Deutschland kamst. Willste dat auch in die Schweiz packen?« Ich musste lachen und entschied, die Truhe zu entsorgen. »Hmmm. Wat mach ich denn mit dem Ofen hier? Dat hat ne Backfunktion und auch noch ne Mikrowelle integriert. Der ist aber voll schwer!« »Ne, der ist gut, dat kannste mitnehmen. Dat kann man gut brauchen. Ich trag den auch runter.« Ne, is klar … Männer und Technik, ne! Der Ofen hatte sich tatsächlich als brauchbar und praktisch erwiesen. In meiner Praxis konnte ich damit mein Mittagessen warm machen, und bei Zusammenkünften mit meinen Pilates-Frauen gab es öfters warme Häppchen. So wurde mein Auto mit den auserwählten Habseligkeiten meiner Adoptivmutter vollgepackt. Es war Anfang August 2015, und ich konnte mich wieder mal nicht von Bochum trennen. Der heruntergeklappte Rücksitz war bis obenhin vollgestopft. Die Plastikorchideen wackelten auf meinem Beifahrersitz, dahinter das Bild meiner Adoptivmutter, das bisher auf dem Tisch mit Kerzen aufgestellt gewesen war. Ich fuhr spät los und kam irgendwann erschöpft nach 3 Uhr in der Schweiz an. Trotz extremer Müdigkeit packte ich das Auto aus und lagerte noch mehr Dinge in meiner kleinen Wohnung. Ich war hundemüde, aber ich konnte nicht einschlafen, weil ich mich von den Sachen erdrückt gefühlt hatte. Zudem belastete mich dieser schwere Ofen! O Mann! Wen soll ich fragen, wer mir das hochträgt? Ich wollte keinen Menschen in diese vollgestopfte, schäbige Wohnung lassen. Ich kannte noch nicht so viel im Ort, und eigentlich wollte ich es zu dem Zeitpunkt auch nicht. Oh! Dinge und noch mehr Dinge! Ich kann nicht mehr! Gut, einige Sachen aussortieren und den Rest ins Lager. Ich war von diesen Dingen bestimmt. War ihnen hörig. Nach und nach schaffte ich es doch, einiges davon zu entsorgen. Da begegnete mir das Thema Minimalismus, einfaches Leben, und was zu viele Dinge mit unserer Psyche machten. Ich fand mich in dieser Theorie wieder. Ich ließ all die Dinge weiterziehen, die ich seit einem oder zwei Jahren nicht mehr benutzte. Schweren Herzens trennte ich mich auch von den Sachen meiner Adoptivmutter. Da bei mir gerade finanzielle Ebbe war, verkaufte ich die meisten Sachen auf dem Flohmarkt oder den Verkaufsportalen im Internet. So sehr ich auch an diesen Dingen hing, weil sie durch die Hände meiner Adoptivmutter gegangen waren, umso mehr freute ich mich jetzt, dass sich ein anderer daran erfreute und es gebrauchen konnte. Und mein Portemonnaie freute sich auch. Bei Kleidern, die nicht mehr verkauft wurden, waren die Caritas und die Flüchtlingshilfe dankbare Abnehmer. Für Bücher und andere Medien wiederum war für mich der Rotary Club eine sehr sympathische Anlaufstelle. Somit wurde mein Gewissen beruhigt, da es für einen guten Zweck seine Dienste tat. Ach, und eine hilfsbereite Patientin half mir, den Ofen hochzutragen – mit Ach und Krach. Es war ein Wunder, dass keine von uns ihr Leben im Treppenhaus gelassen hatte.

Freundschaften gehen auseinander, bei den einen ist es ein Segen, bei den anderen ein Fehler. Man fragte sich, warum es auseinandergegangen war und wie es wohl wäre, jetzt wieder den Kontakt herzustellen. Dann meldet sich das Ego-Schweinchen von den billigen Plätzen: »Quatsch, die hatte damals dies und jenes gemacht oder gesagt. Das ist unverzeihlich. Soll die sich doch melden, aber du hast es nicht nötig.« Vielleicht hatte man gesagt bekommen, dass man in dem Kleid zu dick aussah oder dass der Typ, mit dem man was angefangen hatte, sich nie von seiner Freundin trennen und man immer die zweite Geige spielen würde. Der Zickenkrieg war somit vorprogrammiert und nahm Ausmaße an, gegen deren Hässlichkeit alle Kriege einpacken könnten. Wir Frauen sind da besonders talentiert. Seien wir mal realistisch: Quergestreifte Kleider gehen gar nicht, wenn man zehn Kilo zugenommen hat, und Männer, die in einer unglücklichen Beziehung sind und trotzdem einen

Flirt riskieren, sind zu bequem oder haben ganz einfach nicht den Mumm, sich auf was Neues einzulassen. Tja ... wahre Worte sind nicht schön, und schöne Worte sind nicht wahr! Doch was zählt das schon?! Werden wir uns bewusst, dass alles vergänglich ist, kann das kleine Ego-Schweinchen vielleicht zum Schweigen gebracht werden. Wir machen uns Gedanken über mögliche Niederlagen, die vielleicht einen triumphalen Ausgang haben könnten, und wagen daher nicht, den Schritt zu tun. Wie viele Niederlagen oder Abstürze erlebt ein Mensch in seinem Leben? Wie viel Peinlichkeiten? Nach zehn Jahren oder mehr werden diese Niederlagen von noch etwas Gravierenderem überlappt, sodass sie nicht mehr von Bedeutung sind. Es braucht Mut, dem Ego-Schweinchen beim Quieken das Maul mit 'nem Apfel zu stopfen. Das Quieken kann so penetrant sein, dass es einen starr werden lässt. Im Fall von Clara und mir war mein Ego-Schweinchen von Schmerz und Ohnmacht über den Verlust Ninang Felys sediert. Es quiekte nicht, es grunzte nicht einmal. Es verhielt sich so, wie man sich auf den billigen Plätzen zu verhalten hatte. Beschämt, dass man vom Platz an der Sonne in den Schatten der anderen gestellt wurde. Unsichtbar, durchlässig, unspektakulär. Was hatte man da schon zu verlieren, wenn man wagte zu fragen, ob vorne noch ein Platz frei wäre? In Claras Reihe war noch ein Platz frei. Mit unserer neu gewonnenen Freundschaft konnte ich nun das Spiel des Lebens um einiges intensiver genießen, und dabei konnte ich mich in der Gewissheit freundschaftlicher Geborgenheit wiegen. Dabei brauchte es keinen Todesfall oder derart schlimme Erfahrungen, damit das Ego-Schweinchen das Quieken einstellte. Ein Griff zum Telefon und eine Portion Vertrauen in einen positiven Ausgang, das war alles. Das ist freilich einfacher gesagt als getan. Doch verweilen wir bei der Überlegung »was wäre wenn«, bis wir taub werden vom Quieken des Ego-Schweinchens, dann verpassen wir unter Umständen die Gelegenheit, den besten Platz in der vorderen Reihe zu ergattern. Das Ego-Schweinchen hat ein unglaubliches Talent darin, den billigsten Platz teuer zu verkaufen. Lange Zeit glaubte ich, dass ein Platz in einer elitären Gesellschaft das Höchste im menschlichen Dasein sei, und zwang mich in diese von Kälte beherrschte Ecke lediglich hinein. Die beginnende Dürre in meinem Herzen nahm ich wohl wahr, doch entschied ich mich, die blühende Oase zu verwüsten, um »dazuzugehören«. Ich erinnere mich an eine Stellungnahme meines Verflossenen, dem die gesellschaftliche Etikette das Maß aller Dinge war. Gerne wollte ich meinen verstorbenen Eltern eine Tätowierung am Unterarm widmen. Wie aus der Pistole geschossen antwortete er: »Mach das bloß nicht! Du weißt nie, in welche Gesellschaft du mal kommst!« Sofort verwarf ich diesen Gedanken, und an diesem Punkt wurde mein Herz zu einer traurigen Wüste. Später lernte ich Menschen aus einer einfachen Schicht kennen, die unter anderem tätowiert waren. Ihr Wortschatz, ihre Bildung, ihr Literatur- und Kunstverständnis waren nicht unbedingt von herausragender Qualität. Sie trugen kein Etikett und keinen Doktortitel. Konnten keine Villa und keine Ferienwohnung in St. Moritz vorweisen. Dafür nannten sie jedoch das wahrlich höchste Gut des Menschseins ihr Eigen, und sie sind solchen »Klugscheißern« wie mir und manchen spießigen Krawattenträgern weit voraus: menschliches Einfühlungsvermögen. Eine im Straßenbau tätige, burschikose Frau auf den Philippinen zum Beispiel kaufte Lebensmittel ein und verteilte sie dort an die Slumbewohner. Eine lesbische Logistikerin rasierte sich ihre schönen Haare, um einem an Leukämie erkrankten Mädchen die Angst vor der Chemo zu nehmen. Eine zarte, elfengleiche Frau, von Kopf bis Fuß tätowiert und mit Körperschmuck, bewies Zivilcourage, indem sie, nur mit einer Zeitung bewaffnet, einen hasserfüllten Mann daran hinderte, einen dunkelhäutigen Jungen zu verprügeln.

Diese Frauen mögen gesellschaftlich nicht repräsentabel sein, doch lehren sie uns, wie man die Wüste im Herzen wässert. Ihnen gebührt viel mehr Respekt und Achtung als irgendeinem CEO eines großen Konzerns in Anzug und Krawatte, der es versteht, eine beachtliche Summe Geld auf den Bahamas zu unterschlagen. Es sind die mutigen Handlungen und selbstlosen Taten, die diese Menschen ausmachen. An dieser Stelle möchte ich meinen Triggerpoint »Krawattenträger« entschuldigen und erwähnen, dass mir durchaus liebevolle Exemplare dieser Spezies begegnet sind. Bei einigen hatte ich allerdings das Gefühl, dass sie dieses Utensil zu fest gebunden und damit die wichtige Blutzufuhr zum Hirn verhindert haben.

»Man sieht nur mit dem Herzen gut«, sagte Antoine de Saint-Exupéry. Wie gern bringen wir lapidar solche Sprüche im Alltag, um als vermeintlich belesen zu gelten. Nur lesen allein hat leider noch keine Früchte gebracht, und sinnlos darüber quatschen schon gar nicht. Taten walten lassen. Das ist der Eintritt in die Champions League der Menschlichkeit. Clara gab mir darüber noch mal Nachhilfe. Ohne Vortrag, ohne Aufgaben und ohne stilles Sitzen am Schreibtisch. Sie lebte es mir vor, indem sie im Flüchtlingslager an der Kleiderkammer aushalf, selbstgemachte Marmelade, Taschen und andere brauchbare Dinge zugunsten armer Länder verkaufte (»Eine-Welt-Laden«) und fremden Menschen frei von Vorurteilen Herzlichkeit entgegenbrachte. Ich hatte mit fast 40 Jahren tatsächlich Nachhilfe in etwas gebraucht, was für jeden Menschen selbstverständlich sein sollte: mit dem Herzen sehen. Meine Nachhilfelehrerin aus Harpen gestaltete die Lektion wie immer liebevoll. Um sicherzugehen, dass ich es auch verstanden hatte, stellte sie auch hierbei ihre gewohnte, verwirrende Frage: »Bist du sicher, dass es richtig ist?« Ja, Clara. Ich bin mir absolut sicher. Das war eine besonders lehrreiche Nachhilfestunde, und ich hoffe, dass ich dieses Gelernte immer wieder ins Gedächtnis rufen kann. Besonders dann, wenn mich das Leben wieder in eine unerwartete Prüfung schickt.

Beschämenderweise muss ich gestehen, dass ich den Kontakt zu meiner ehemaligen Nachhilfelehrerin nicht halten konnte. Leider hatten sich unsere Lebensweisen und Einstellungen grundlegend geändert, und es wurde schwierig, einen gemeinsamen Nenner zu finden. Vielleicht war unser gemeinsamer Weg auch nur bis zu einem bestimmten Zeitpunkt vorgesehen, und der Pfad musste sich teilen, weil wir zu jeweils anderen Aufgaben bestimmt waren. Ich behalte sie dennoch in liebevoller Erinnerung, und ganz besonders die Dinge, die ich von ihr gelernt hatte, werden immer in meinem Herzen abrufbar sein. Und wer weiß, vielleicht macht der Weg noch mal einen unerwarteten Schwenker, und wir finden uns an einer Gabelung wieder.

»Hast du Nöte, geh zu Goethe!«

Sich mitzuteilen ist Natur;
Mitgeteiltes aufzunehmen, wie es gegeben wird,
ist Bildung.
Johann Wolfgang von Goethe

Bleiben wir beim Thema Bildung. Im Juni 1986 wurde ich für einen Monat in die 3. Klasse an der ehemaligen Max-Greve-Grundschule eingeschult. Zu meinem Bedauern erfuhr ich inzwischen, dass sie zum heutigen Zeitpunkt nicht mehr in der Form existiert. Das Gebäude befindet sich an der Castroper Straße in der Nähe des Planetariums und gegenüber dem Hildegardis-Gymnasium. Es war naheliegend, dass ich also auf Letzteres übertreten würde. Meine Entscheidung lautete allerdings: Nein! Kam nicht infrage. Meine Grundschule war von unserer Wohnung an der Küppersstraße 37 in fünf Minuten erreichbar. Mein Schulweg war für eine Großstadt sehr idyllisch. Die Küppersstraße bot als Allee, die vormals noch nicht asphaltiert war, eine friedliche Atmosphäre. Am Eingang des Stadtparks und an der Lutherkirche vorbei, folgte das Seniorenheim Martin-Luther-Haus. Als ich damals aufgeklärt wurde, dass dort nur betagte Menschen wohnten, die allein waren oder sich nicht mehr selbstständig versorgen konnten, war ich völlig entsetzt. Das war für mich schrecklich zu hören, dass man die älteren Menschen wie in einer Art großen Stall einpferchte. Meine erste Frage war, warum sich ihre Kinder oder anderen Angehörigen nicht um sie kümmerten. Meine Adoptivmutter klärte mich auf, dass es in Deutschland und Europa allgemein normal sei, dass man ab einem bestimmten Alter oder bei Gebrechen in ein Altersheim gehe. Die Kinder oder Angehörigen seien mit der Arbeit so eingespannt, dass eine Betreuung nicht möglich sei. Außerdem sei es normal, dass die Eltern später nicht bei ihren Kindern lebten. Jeder lebe für sich. Ich weiß noch, wie sie sagte: »Das ist ein ganz schönes Haus. Da würden dein Ninong Uli und ich dann auch hingehen.« Ich war damals mit meinen zehn Jahren schockiert, als sie das sagte, und entgegnete: »Da geht ihr nicht hin! Ich bin doch jetzt da! Ihr wohnt dann später bei mir und meiner Familie. Ich verdiene dann viel Geld und spare ganz viel. Dann muss ich nicht mehr viel arbeiten, wenn ihr pflegebedürftig seid. Dann bin ich nur noch zu Hause, pflege euch und auch die Eltern von meinem Mann, während eure Enkelkinder in die Schule gehen.« Tränen funkelten in ihren Augen. Ja, so ein liebes Mädchen war ich tatsächlich mal, bis die Realität mich die Ungerechtigkeit lehrte und mir den Weg des Egoismus ebnete. Mit meinen naiven zehn Jahren hatte ich wirklich geglaubt, dass der Lauf des Lebens sich so gestalten würde. 30 Jahre später erscheint es einem unverständlich, dass man ein anderer Mensch geworden ist als der, der man sich vorgenommen hatte zu werden. Meine leibliche Mutter und später meine Adoptivmutter für eine Weile gepflegt zu haben war kein Zuckerschlecken und trieb mich an den Rand des Wahnsinns. Die Verwirrtheit meiner leiblichen Mutter, ihr nächtliches Einnässen, überhaupt in jeder Sekunde mit der Krankheit konfrontiert zu werden, das schleuderte mich aus meiner Märchenwelt in die höllische Realität. Als ich den aufgeplatzten Tumor meiner leiblichen Mutter säuberte und sie mich in ihrer Verwirrtheit nicht erkannte, fühlte ich zum ersten Mal in meinem Leben, was ein wirklich tiefer seelischer Schmerz bedeutete. Ich dachte, dass nichts diesen Schmerz mehr toppen könnte. Sieben Jahre später, als ich meine von Krebs befallene Adoptivmutter gebadet hatte und in ihren Augen liebevolle Dankbarkeit sah, riss diese Wunde wieder auf, und es fühlte sich an, als ob ein Dolch darin wühlte. Nie und nimmer hätte ich mit zehn Jahren geglaubt, dass einem das Leben eine derart quälende Hässlichkeit bieten würde. Damals hätte ich auch niemals in Erwägung gezogen, dass ich mit 40 Jahren kinderlos, allein und immer noch auf der Suche nach dem richtigen Mann und dem Sinn des Lebens in meiner eigenen Wohnung sitzen würde. Als Zehnjährige war ich überzeugt gewesen, dass ich mit 40 längst meine große Liebe gefunden und geheiratet hätte. Ich würde mit meinem wundervollen Ehemann, unseren Kindern und unseren Eltern unter einem Dach leben. Vielleicht hätte ich eine Tätigkeit, die ich auch von zu Hause ausführen könnte, und wäre überwiegend für das Wohlergehen meiner Familie zuständig. Ich dachte, dass das Leben für jeden diesen Weg bereithält. Es sei denn, man entscheidet sich bewusst dagegen. Ich kann mich allerdings nicht daran erinnern, dass ich mich jemals bewusst für die Einsamkeit entschieden hatte. Allerdings hatte ich Hummeln im Hintern und erwartete, dass der vermeintliche Prinz, wenn er doch ohnehin für mich bestimmt war, auch warten könnte, bis ich die Welt gesehen und mir genügend Wissen eingeflößt hätte. Freiheit und gleichzeitig Verbundenheit wollte ich haben. Da hatte ich wohl auf das falsche Pferd gesetzt, und viele Prinzen ließ ich an mir vorbei galoppieren. Was blieb, waren die Staubwolken, die einen gewaltigen Hustenreiz auslösen und zum Teil zum Erbrechen führten. Jetzt traben nur noch orientierungslose Pferde umher, auf ihnen Prinzen mit komplizierten Gedanken wie »Ich kann mich nicht entscheiden« oder »Ich weiß nicht, was Liebe ist«. Mit einer Mischung aus Verzweiflung und Mitleid glaubte ich auch noch, dass daraus trotzdem etwas Märchenhaftes entstehen könnte. Es blieb auch ein Märchen. Die Liebe, an die ich glaubte, stellte sich als unwahr heraus, und die Geschichte endete schon vor dem Punkt: »Und sie lebten glücklich bis am Ende ihrer Tage.« Gut, dass das heutige Leben nicht schon mit 40 endet. Tröstlich betrachtet ist es ja die neue 30. Zum Glück kam doch noch mein Prinz, auch wenn er kein Pferd mehr abbekommen hatte. Die Schildkröte kam auch ans Ziel. Ja, über Prinzen könnte ich noch 20 Bände schreiben.

Auf der Max-Greve-Schule ahnte ich zu meinem Einschulungstag noch nicht, dass auch mein allererster Prinz dort die Schulbank drückte. Da stand ich also hübsch hergerichtet an meiner ersten deutschen Schule. Es war für mich gewöhnungsbedürftig, nicht in Uniform zur Schule zu gehen. Vor allem in Hosen und in einem langärmligen Shirt. Es war zwar ein milder Sommer, doch erinnere ich mich heute noch, wie mich bei angenehmen 20 °C leicht fröstelte. Mit großer Erwartung und ein wenig angsterfüllt, lief ich händchenhaltend mit Ninang Fely die Treppen zum Gebäude der Schule hinauf. Die Fenster waren bunt bemalt und luden förmlich zur geistigen Nahrungsaufnahme ein. Am Eingang wurden wir von meiner Klassenlehrerin Frau Voltner herzlich begrüßt. Sanftmütig blickend kam sie auf uns zu, und ihr langes Kleid wallte im Takt zu ihrem Gang. Ich himmelte ihr wunderschön geschminktes Gesicht an, das etwas Vertrauensvolles und Liebenswürdiges ausstrahlte. Damals dachte ich schon, sobald ich mich schminken darf, werde ich mich auch so schön schminken wie sie. Dieses kindliche Versprechen habe ich tatsächlich bis zum heutigen Tag gehalten. Es ist eine Seltenheit, dass ich ohne meine Monet-artige Kriegsbemalung aus dem Haus gehe, und in meinem Sammelsurium von Handtaschen befinden sich in jeder ein Lippenstift und ein Puderdöschen.

Ninang Fely verabschiedete sich liebevoll mit der Zuversicht auf einen guten Ausgang und übergab mein kleines Händchen Frau Voltner. Als ich ihre Hand spürte, war jegliche Unsicherheit wie weggewischt. Frau Voltner sprach Englisch mit mir, sodass ich nicht ganz auf verlorenem Posten stand. Sie führte mich in mein neues Klassenzimmer und stellte mich als neue Mitschülerin der Klasse vor. Als ich auf meine neuen Klassenkameraden einen kurzen Blick erhaschte, kam doch wieder die Angst hoch und diesmal ziemlich stark. Die verflog jedoch ziemlich schnell, als ich doch einen längeren Blick in ihre Gesichter wagte. Diese damaligen Kinder, die heute teils selber Kinder haben, begrüßten mich mit einer unschuldig-liebevollen Freundlichkeit und Neugier. Außer einem deutsch-algerischen Jungen war ich die einzige »Farbige« im Raum. Durch meine kindlichen Hirnwindungen gingen Gedanken wie: Die sind alle so schön hell und blond, wie kann ich mich nur mit ihnen anfreunden? – Mögen die mich wohl auch irgendwann? – Werde ich hier auch eine beste Freundin haben? Auf all diese Fragen gab es eine positive Antwort. Ich hatte mehrere beste Freundinnen, und es gab niemanden in der Klasse, der mich nicht mochte. Ich wurde zu fast allen Geburtstagspartys eingeladen, und ich durfte bei vielen nach Hause zum Spielen kommen. So beherrschte ich schnell die deutsche Sprache. Unter anderem auch, weil meine Freunde sich gern einen Spaß mit mir erlaubten, indem sie mich Wörter wie »Elektrizitätswerk« nachsagen ließen. Die ganze Klasse kümmerte sich wirklich liebevoll um mich. 1986 war ich noch eine Exotin und für meine Klassenkameraden eine interessante Spielgefährtin. Dank ihnen hatte ich mich hervorragend in meine neue Heimat integriert. So kam es, dass ich mit noch nicht mal einjährigen Deutschkenntnissen, die wahrlich noch deutlich ausbaufähig waren, trotzdem auf das Goethe-Gymnasium versetzt wurde. Es wurde meinen Eltern schon nahegelegt, dass ich doch noch die 4. Klasse wiederholen sollte. Ich stellte mich jedoch quer, weil ich das auf keinen Fall wollte! Meine besten Freundinnen gingen doch alle auf die Goethe. Da wollte ich natürlich auch hin, komme, was wolle!

Die Goethe-Schule, die mit der Hildegardis-Schule als älteste Schule Bochums gilt, liegt zwischen der Innenstadt und dem Bochumer Stadtpark. Das Gebäude ist aus rötlichen Backsteinen gebaut und verfügt über zwei große Pausenhöfe. Im hinteren Hof, wo man auch den Zugang zur Pausenhalle hatte, konnte man verbotene Dinge wie Zigarettenrauchen ausprobieren. Dort machten überwiegend die »Coolen« ihre Pausen, und die »Kleinen« spielten Gummitwist und Seilspringen im vorderen Pausenhof. Hatte man es bis zur Oberstufe geschafft, dann durfte man die Kortumstraße zur Villa Nova überqueren und sich im Goethe-Café einen Cappuccino gönnen. In der Villa Nova wurden auch die Leistungskurse abgehalten. Seit 1851 drücken Wissbegierige und die, die dazu gezwungen wurden, die Schulbank in diesem Gebäude. Man kann es sich heute nicht mehr vorstellen, dass sie zuerst als Provinzial-Gewerbeschule diente. Erst 1927 bekam sie ein Upgrade mit der Bezeichnung »Städtische Goethe-Oberrealschule zu Bochum«. Da das wahrscheinlich zu lang zum Aussprechen war, wurde sie 1937 einfach in »Goethe-Schule/Oberschule für Jungen« umgetauft. 1949 glaubte man nicht mehr, dass in der Kürze die Würze liegt, und sie bekam die stattliche Zusatzbezeichnung »städtisches mathematisch-naturwissenschaftliches und neusprachliches Gymnasium für Jungen«. Vermutlich dank Marie Curie und anderen weiblichen Vorreitern der Wissenschaft wurde ab 1972 auch Mädchen der Zutritt zu diesem Tempel des Wissens ermöglicht. Es wurde nun zum koedukativen »Städtischen Gymnasium für Jungen und Mädchen mit differenzierter Mittel- und Oberstufe«. Zu meiner Schulzeit war die Vorstellung immer noch davon geprägt, dass »die Goethe« die Jungenschule war und »die Hildegardis« die Mädchenschule. Zwischen beiden gab es eine Neckerei, in der die Goethe-Schule schlecht wegkam. Hatte man sich als Goethe-Schüler oder -Schülerin bekannt, dann hieß es nur: »Hast du Nöte, geh zu Goethe!« Da bekam man den Stempel der oder des Leistungsschwachen. Das mag sicher für mich gegolten haben, da hatte sich dieser Spruch tatsächlich bestätigt: Ich hatte Nöte, ging zur Goethe, und jetzt schreib ich an einem

Buch. Die Goethe hatte meine Notlage mit der deutschen Sprache erkannt und schien sie dann behoben zu haben. Niemals hätte ich es für möglich gehalten, dass das Schreiben zu meiner Leidenschaft werden könnte. Daher betitele ich dieses Kapitel mit diesem berühmten Spruch. Betrachtet man die Bezeichnungen, die diese Schule im Laufe der Zeit erhalten hatte, dann wird mir die Prägung klar, woher ich gerne mit langen und komplexen Wortfolgen jongliere. Im Rheinisch-Westfälischen Tagblatt hieß es bereits am 7. Mai 1892: »Diese Schule hat eine sonderbare Carrière gemacht. Zuerst war sie Königliche Gewerbeschule; dann wurde sie höhere Bürgerschule, dann Realschule, jetzt Oberrealschule. Nächstens wird sie vielleicht noch zur Universität erhoben.« Letzteres ist bis heute nicht passiert. Mir aber hatte diese Schule nicht nur das Abitur erteilt und in mir die Liebe zur deutschen Sprache ebenso geweckt wie die Begeisterung für Kunst. Sie gab mir das Essenziellste im Leben: Sie formte mich zu einem differenziert denkenden Menschen, der bestrebt ist, Gutes in der Welt zu hinterlassen.

Da kam ich also tatsächlich mit meinen bescheidenen Deutschkenntnissen auf die Goethe-Schule. Es dauerte nicht lange, bis ein aufmerksamer Lehrer meine Defizite erkannte: Herr Bedinghaus, den wir damals in Deutsch hatten, schrieb mit uns ein Diktat. Während er den Text vorlas, wanderte er herum und warf einen kurzen Blick auf mein Heft. Er unterbrach das Diktat und forderte mich auf, den Text an die Tafel zu schreiben, wo ich ihn natürlich völlig chaotisch dahinschrieb. Ich verstand nicht einmal alles, was mein Deutschlehrer damals in seinem cholerischen Anfall aussprach, aber es war definitiv kein Lob. Anscheinend hatte er sich darüber brüskiert, wie man ein Kind mit derartigen Sprachdefiziten aufs Gymnasium schicken konnte. Auch wenn ich höchstens ein Drittel verstand, fühlte ich mich bloßgestellt und schämte mich zugleich. Durch das Schweigen im Raum spürte ich das

Mitleid meiner Klassenkameraden. Herr Bedinghaus hielt weiterhin mit bestimmter Stimme seinen Monolog, und die kleine Karel fing irgendwann an zu weinen. Doch dank diesem cholerischen Anfall von Herrn Bedinghaus bekam ich Zusatzunterricht in Deutsch. Meine Klassenkameraden gingen alle nach Hause oder zum Sport, ich jedoch blieb im Klassenraum und wartete auf einen der Lehrer, die sich abwechselnd erbarmt hatten, mir eine weitere Stunde in Deutsch zu erteilen. Zu dieser Maßnahme bekam ich noch Nachhilfestunden von Clara. Und das war alles nur dem cholerischen Anfall von Herrn Bedinghaus zu verdanken. Hätte er sich nur latent aufgeregt, hätte er diese Maßnahme nicht ins Rollen gebracht. Er hatte mir auch die Liebe zu Literatur mitgegeben, und dafür bin ich ihm zu großem Dank verpflichtet. Sonst würde ich jetzt nicht vor diesen Zeilen sitzen und mich in der deutschen Sprache herumtummeln. Allein das Wort »Verschmähen« würde vielleicht nicht zu meinem Wortschatz gehören. Offensichtlich trug das, was für mich damals geistige Folter war, schon bald Früchte. Es war nicht länger notwendig, nach der Schule eine weitere Stunde zu bleiben. Stattdessen durfte ich sogar in der Arbeitsgemeinschaft Rhythmische Sportgymnastik teilnehmen. Darin war ich deutlich motivierter, und meine tänzerischen Fähigkeiten kamen zur Geltung. Später durfte ich auch an Wettkämpfen teilnehmen. Des Öfteren bekam unsere Gruppe einen Platz oben auf dem Siegertreppchen, was sogar als Foto in der Zeitung landete. Da war ich selbstverständlich stolz wie Oskar. Ninang Fely hatte vermutlich die Befürchtung, dass ich dadurch abhob und meine schulischen Leistungen vernachlässigte. Dass sie stolz war, hatte sie mir nie gezeigt, mich dafür umso deutlicher ermahnt, dass man mit einem Pokal keine Lebensmittel kaufen könne. Boah, wat kommt die wieder damit an! Es war meiner Sportlehrerin und Trainerin Frau Bornholt nicht entgangen, dass meine Adoptiv-

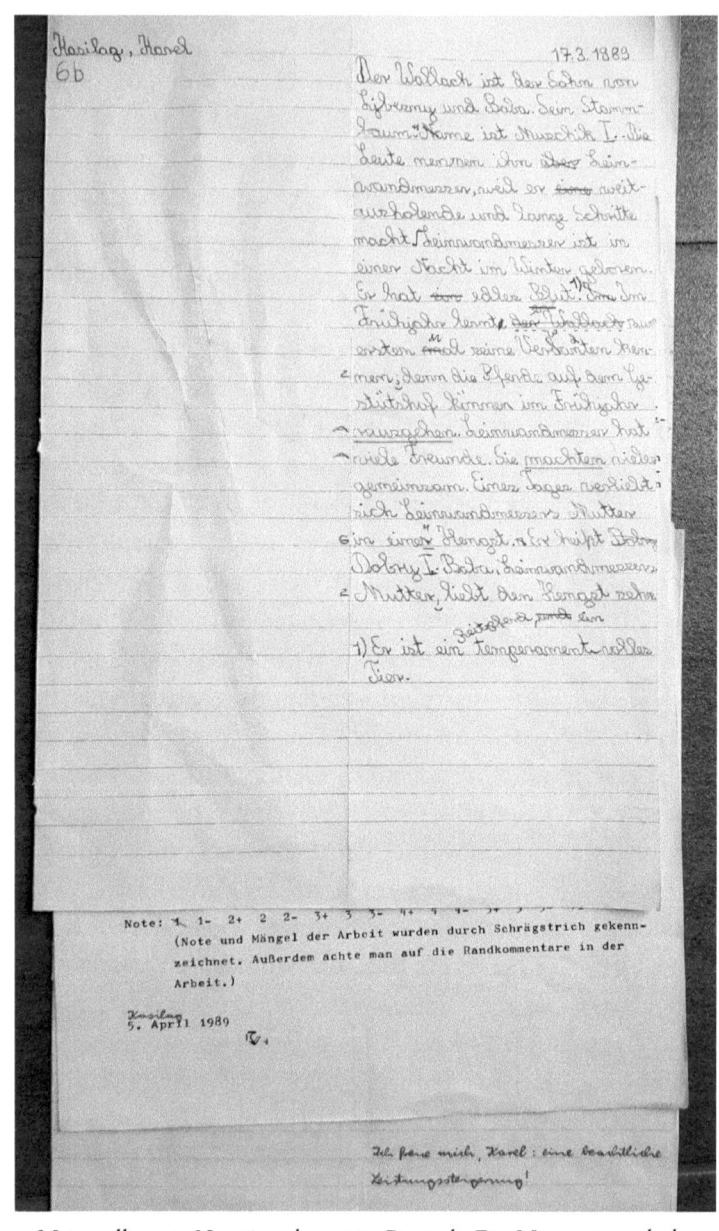

Meine allererste Note 1= sehr gut in Deutsch. Ein Motivationsschub von meinem Deutschlehrer, der mir die Liebe zur Literatur gab.

mutter im Gegensatz zu anderen Müttern sparsam mit über-
schwänglicher Begeisterung und Lob umging. Als ich nach
ihrem Tod meine stinkenden Gymnastikschläppchen, meine
Gymnastikgeräte und meine Gymnastikbänder liebevoll ein-
gerollt in einem schönen Kästchen verpackt fand, kam mir eine
weitere schmerzhafte Erkenntnis. Ihr Stolz auf meine Leistung
konnte und brauchte sich nicht im Niveau der überschwäng-
lichen Begeisterung messen. Sie behütete diesen Stolz mehr als
25 Jahre lang in ihrem Herzen. Welche Würdigung könnte
viel bedeutender sein als diese treue Handlung. Ein weiterer
Stich traf mich ins Herz, als ich diese Kiste entdeckte. Warum
musste es für diese Erkenntnis zu spät sein? Klar, besser spät
als nie. »Hätte, wenn und aber« zu denken ist müßig. Sie ist
aber da, diese Sehnsucht nach Richtigstellung und dem richtigen Verstehen. Mich trieb in dem Moment die Frage um, ob
ich nicht ein besserer Mensch geworden wäre, hätte ich ihre
Art der Wertschätzung verstanden. Hätte ich die Seele meiner
Adoptivmutter erkannt und das Gute in ihr gesehen … ja …
ich hätte mich nach diesem Fund nicht geschämt! Ich hätte
nicht auf ihrem Bett gelegen, ihr Kissen umarmt und eine
schneidende Leere gespürt. Dieses Schuldgefühl zerstückelte
meine Seele. Die verpassten Dinge … ja … verpasst. Der Zug
war abgefahren, und es würde kein weiterer kommen. Da lag
ich also, wie auf einem verlassenen Bahnhof abgestellt. Der
Zug mit der Mutter-Tochter-Liebe war abgefahren, und ich
konnte in keinen anderen mehr einsteigen. Tränen kamen
nicht. Ich war völlig leer. Ausgesaugt von Reue und Bitter-
keit. Warum solche Peitschenhiebe? Wut auf Gott überkam
mich. Wieder die Frage: Was soll diese verdammte Prüfung?
Für tröstende Sprüche à la »Gott gibt jedem das Schicksal,
das er tragen kann« hatte ich nur vulgäre Gedanken übrig!
Das Leben war wunderschön, und ich liebte es auch, aber dieser Schmerz war einfach unerträglich! Plötzlich kamen mir

meine depressiven und chronischen Schmerzpatienten in den Sinn. Wie gut konnte ich diese schwer erkrankten Menschen verstehen, die die Maßnahme des Suizids in Betracht zogen. Wenn das Leben aus solchen miesen Spielen besteht, dann will man doch nicht mehr mitspielen. Was sollte ich aus dem Verlust lernen? Sollte ich lernen, wie es sich anfühlt, im Dreck zu stecken? Wozu? Jeder weiß, dass das Leben kein Wellnessprogramm ist. Über solchen unbeantworteten Fragen ließ ich wieder einmal unproduktiv und völlig teilnahmslos die Zeit an mir vorübergehen. Dann gab es wieder diesen Tritt in den Hintern, hinter dem sicher indirekt meine Adoptivmutter stand. Ich zwang mich aufzustehen und sagte zu mir selbst: »Reiß dich zusammen, verdammt noch mal! Es gibt andere, die sind schlimmer dran und haben mehr Schmerzen zu ertragen! Du lebst immer noch, also steck die Schläge ein und steh wieder auf! Das ist nun mal dein Los, also nimm es und mach einfach weiter!« Mag sich für manchen hart anhören, ist jedoch meine Art geworden, dem tristen, einsamen Dasein zu trotzen. Vielleicht liegt dieser Charakterzug darin begründet, dass ich als Kind miterlebt hatte, wie populär in meiner Heimat der Boxsport war. Den berühmten »Thrilla in Manila« zwischen Muhammad Ali und Joe Frazier bekam ich über Erzählungen mit. Als er stattfand, war ich zwar noch gar nicht auf der Welt, doch bei jedem Boxkampf, der im Radio und später im Schwarz-Weiß-Fernsehen übertragen wurde, wurde dieses glorreiche Ereignis noch einmal wiederbelebt. Boxen mag den Ruf einer gladiatorenhaften Sportart haben, und nicht selten hört man das beleidigende Klischee von dummen Boxern. Die Rocky-Filme scheinen dieses Klischee auf den ersten Blick zu bestätigen. Schaut man sich diese Filme jedoch genauer an und hört sich an, was der Titelheld zwischen den Zeilen sagt, dann steckt aus meiner Sicht eine enorm tiefsinnige und motivierende Philosophie dahinter. Beispielsweise als Rocky und sein Sohn im letzten Film einen Streit auf der Straße haben: »Aber der Punkt ist nicht der, wie hart einer zuschlagen kann, es zählt bloß, wie viele Schläge er einstecken kann und ob er trotzdem weitermacht.« In diesem Zitat steckt eine große lebensbejahende Motivation, die jeder von uns sich ab und zu mal durch den Kopf gehen lassen sollte. Vor allem, wenn das Leben wieder einmal einen schweren Kampf parat hält. Klar, man bricht sich die Nase. Man blutet erbärmlich. Die Tiefschläge halten lange an. Die Platzwunde am Kopf muss mit schmerzlichen Stichen genäht werden und hinterlässt eine hässliche Narbe. Es bleibt einem allerdings nichts übrig, als das Ganze einzustecken. Schließlich hat man noch einige Runden vor sich. Hat man den Kampf bestanden, bringt der Triumph doch wahrhaftig einen unermesslichen Stolz, und man kann wieder auf der Welle des Glücks reiten. Daher hat Rocky im Grunde schon recht: Es geht darum, die Schläge einzustecken und, nach Ovid, den Nutzen des Schmerzes zu erkennen.

Jeder von uns hat auf die eine oder andere Art schon Schläge einstecken müssen. Bei einem mag es sich nur um die misslungene Färbung der Haare handeln, bei einem anderen um den Verlust eines geliebten Menschen. Jeder empfindet Schläge anders und nimmt sie unterschiedlich auf. Wir alle treten im Leben in verschiedenen Disziplinen an, aber für jeden von uns ist es immer Champions League. Wie schnell bagatellisieren wir die Probleme anderer und meinen durch unsere Erfahrungen den Verlauf der Olympiade des Lebens zu wissen. Dabei liegt unser Bestreben auf der Welt nur darin, unsere Pflichtübungen fehlerfrei zu turnen und mit der Kür zu glänzen. Aus meiner Sicht als ehemalige Gymnastin ist die Pflichtübung manchmal schwerer zu turnen als die Kür. Die Pflicht ist immer vorgeschrieben, und nicht selten kommen Elemente vor, die einen trotz mehrmaligem Üben ins Wanken bringen. Im Gegensatz dazu die Kür: Da kann man die Lieblingselemente einbringen und mit den Stärken einige Punkte holen. Verpatzt man allerdings ein Element aus der Pflichtübung, dann bekommt der Glanz der Kür einen Kratzer. Viele von uns sind darauf bedacht, den Pflichten in unserem Leben so gut wie möglich nachzukommen, und vergessen dabei, dass die Kür im Grunde viel wichtiger ist. In der Kür können wir zeigen, wer wir eigentlich sind und was unser Herz begehrt. Bei der Pflicht zwingen wir unser Selbst, das zu tun, wozu wir angewiesen worden sind. Dies soll allerdings nicht als Ansporn zur Trägheit oder zum süßen Nichtstun verstanden werden. Die Pflicht dient definitiv als Basis zur Kür. Heute verstehe ich, dass meine Adoptivmutter lieber zuerst die Kür getanzt hätte. Sie hätte mich von Anfang an gerne als Tochter behandelt. Die Pflicht allerdings maßregelte sie, sich so zu verhalten, wie sie es tat – aus Respekt vor ihrer älteren Schwester und vor allem auch, um mir die Verhältnisse klar aufzuzeigen. Ninang Fely wollte verhindern, dass ich die Entscheidung meiner Mutter, mich zur Adoption freizugeben, infrage stellte und missbilligte. Die Pflichtübung wollte Ninang Fely so sauber und korrekt ausführen, dass sie der Kür keine große Bedeutung beimaß. Ich vermute, dass sie mich gerne in ihrer Kürübung als Tochter behandelt hätte und sich von mir als »meine Mama« hätte betiteln lassen. Sie hätte gerne stärker ihre zugewandte mütterliche Seite gezeigt und konnte es nicht. Sie hatte nicht nur Angst, dass ich durch den Ruhm abhob, sondern natürlich auch davor, dass ich mir eine Verletzung zuziehen könnte. Tja, und dann kam für Ninang Fely eine von vielen Prüfungen ihres Mutterseins. Ich zog mir beim Training einen Bänderriss zu. Mit dem dicken Fuß humpelte ich auch noch zu ihr ins Elli – und wurde gleich am nächsten Tag zur Operation angemeldet. Da kam allerdings kein Levitenlesen oder lautes Schimpfen. Da waren Sorgen, Ängste und, ja, Mutterliebe, die ich viel zu spät erkannte. Auch wenn sie mich die neun Monate nicht unter ihrem Herzen getragen und sich nie als Mutter betitelt hatte, besaß Ninang Fely die Qualitäten und das Gespür einer Mutter. Sie kam jeden Tag, um nach dem Rechten zu schauen. Brachte mir Bücher und Zeitschriften ans Krankenbett. Als der Arzt bei mir Visite machte, unterbrach sie sogar ihren Dienst und kam extra auf die Kinderstation, um sich persönlich anzuhören, wie die weiteren Maßnahmen aussahen. Ich sah diese Menschen in Weiß, die etwas Heroisches ausstrahlten, und mittendrin befand sich meine Ninang Fely. Es machte mich sehr stolz, und ich glaube, dass es den Wunsch in mir aufkeimen ließ, ebenfalls in Weiß am Krankenbett eines Patienten zu stehen und mit lateinischen Wörtern zu jonglieren. So kam es zu einem weiteren Übel, das Ninang Fely aushalten musste: Ich wählte Latein!

An der Stelle möchte ich ein bereits oben erwähntes Zitat von Ovid als Trost für meinen ehemaligen Lateinlehrer Herrn Götting aussprechen: Perfer et obdura, dolor hic tibi proderit olim. Trage und dulde, eines Tages wird dir der Schmerz von Nutzen sein. Lieber Herr Götting, leider bin ich nicht in Ihre Fußstapfen getreten und der lateinischen Sprache verfallen. Nein, Lateinlehrerin zu werden, das stand so ziemlich an hinterster Stelle meiner Berufswahl. Es mag Sie vielleicht etwas tröstlich stimmen, dass die Schmerzen, die ich Ihnen aufgrund meiner Lateinresistenz zugefügt hatte, dennoch Früchte trugen. Die medizinischen Fachbegriffe hatte ich während meiner Ausbildung schnell intus. Das kam daher, weil Herr Götting immer ein tröstliches Lob für mich übrighatte, wie hervorragend meine Vokabelkenntnisse waren. Das war aber auch alles, was ich zum Lateinunterricht beitragen konnte. Das Trojanische Pferd, den Raub der Sabinerinnen und den Gallischen Krieg zu übersetzen, das war alles nicht schlimm. Nein, es war abgrundtief grauenvoll! Ich fragte mich, warum solch ein schreckliches Gemetzel und solche Hinterlist überliefert werden sollten. Doch hielt ich wacker durch! Mit

Ach und Krach hatte ich also das kleine Latinum geschafft und Herrn Götting dabei ans Ende seines Lateins gebracht. Da sagte er nach der Notenvergabe: »Jetzt hast du das kleine Latinum geschafft, was wirklich gut ist. Jetzt tu mir bitte den Gefallen und komm nicht auf die Idee, auch noch das große Latinum zu machen.« Die Entscheidung, mich das kleine Latinum doch noch bestehen zu lassen, hatte mein Lateinlehrer höchstwahrscheinlich bald schwer bereut. Gegen alle Widrigkeiten entschied ich mich nämlich, trotzdem weiter in seinem Lateinunterricht teilzunehmen und an meiner Lateinresistenz zu feilen. Alea iacta est. Die Würfel sind gefallen. Ich gebe mich nicht mit dem kleinen zufrieden. Was mich damals geritten hatte, ist mir immer noch schleierhaft. Die Kriege wurden blutiger und die Geschichten noch abgründiger. Ich verstand nur noch Bahnhof, und Herr Götting gewährte keine Gnade. Mit meinen Vokabeln allein konnte ich nicht mehr glänzen. Satzbau und Konjugieren waren angesagt. Wie konnte man nur so eine Verbissenheit an den Tag legen? Doch Wunder gibt es angeblich immer wieder, und in diesem Fall erbarmte sich das Schicksal. Mit einer knappen Vier schaffte ich tatsächlich das »große Latinum«, das zu der Zeit nur noch »das Latinum« genannt wurde. Herr Götting hatte mit Sicherheit ein Dankesgebet in den Himmel geschickt, dass die Lernresistente nie wieder seinen Klassenraum betreten würde. Mein Lateinlehrer strahlte mit seiner nikolausartigen Gestalt eine unglaubliche Geduld aus. Ich kann mich nicht erinnern, dass er einmal die Stimme gegen uns Rabauken erhoben hätte, wenn die ganze Klasse sich wie hungrige Schimpansen im Käfig benommen hatte. Herr Götting war allerdings sehr bestimmt mit dem, was er tat und was er uns lehrte. Seine Stimme war klar und sein Unterricht präzise. Zu Beginn der Stunde kam er schnurstracks ins Klassenzimmer gelaufen, setzte sich ans Pult und nannte eine Seitenzahl aus dem Lateinbuch mit der Textstelle, die wir übersetzen sollten. Sein Kleidungsstil entsprach vollkommen dem eines Studienrates. Stets adrett in Sakko und Hemd, aber ohne Krawatte. Er war etwas rundlich um die Hüften, was ihm etwas sympathisch Väterliches verlieh. Beim Nachdenken kaute er am Bügel seiner Brille. Hatte er den Bügel nur an seinen Lippen, dann hatte man vermutlich eine ziemlich falsche Übersetzung geliefert. Daraufhin kam dann etwa: »Ja … konjugiere mal *credere* … hmmmhhm … und jetzt übersetz noch mal … Aha … das klingt schon besser, ne?« Herr Götting hatte bei mir keine so außergewöhnliche Prägung hinterlassen wie mein Deutschlehrer Herr Bedinghaus. Doch er hatte mir auf eine subtile Art und Weise mitgegeben, dass Disziplin und Fleiß Früchte tragen. Allerdings auch, dass man keine allzu großen Erwartungen haben sollte. Man sollte nicht mit Wassermelonen rechnen, wenn man Kartoffeln angesetzt hatte. Er lobte immer meinen Fleiß beim Vokabellernen, und wenn ich wieder einmal mit meiner Note den Klassendurchschnitt nach unten gezogen hatte, sagte er aufmunternd nach der Stunde: »Ja, das war wieder nichts mit der Klausur. Nun … wir wissen ja, woran es liegt.« Einige Male versuchte er mir meine Fehler in der Klausur zu erklären. Es war bei mir wirklich Hopfen und Malz verloren, und mir scheint, dass er seine Bemühungen gegen Ende reduziert oder sogar ganz eingestellt hatte. Auch wenn ich ihm den letzten Nerv geraubt hatte, schien er mich doch irgendwie geschätzt zu haben. Nach meinem bestandenen Abitur gratulierte er mir recht herzlich. Oder aber ich verwechselte Herzlichkeit nur mit Erleichterung. So genau einschätzen konnte ich den lieben Herrn Götting dann auch wieder nicht. Wie auch immer. Würde ich ihn heute treffen, würde ich mich gerne noch mal mit ihm bei einer Flasche Wein über »den Raub des Lehrer Göttings Nerv« unterhalten. Denn wie heißt es so schön: »In vino veritas« – im Wein liegt die Wahrheit.

Ein weiterer Lehrer, dem ich hier ebenfalls meinen Respekt bekunden möchte, war Herr Hülsemann. Mein Mathelehrer und Klassenlehrer von der 5. bis zur 7. Klasse. Während der Mathestunden hatte er für mich keine besonders bedeutende Rolle gespielt. Ja, der Hülsemann halt. Mathelehrer, wie kann man überhaupt Mathelehrer werden! Typischer Gedanke einer Elfjährigen, die nur Bahnhof verstand. Für einen Mitteleuropäer war Herr Hülsemann nicht gerade sehr groß gewachsen, und sein modisches Verständnis entsprach meinem Verständnis vom Satz des Pythagoras. Nun ja, über die Mode der 1990er Jahre könnte man ohnehin ellenlang diskutieren. Auch ihm raubte ich den letzten Nerv, weil ich ebenso an Mathematikresistenz litt. So erging es mir allgemein im naturwissenschaftlichen Fachbereich. Mein Mathelehrer machte jedoch nie ein genervtes Gesicht. Irgendwie hatte er stets so eine Art freundlich lächelndes Pokerface aufgesetzt. Er hatte die Ausstrahlung eines lieben Onkels, und er erinnerte mich an diese Furby-Spielzeuge, die etwas Niedliches, Beruhigendes haben. Genauso war Herr Hülsemann. Genau wie Herr Götting wurde auch er nicht laut, konnte aber ebenfalls sehr bestimmt sein. Bei einer Klassenfahrt an die Nordsee hatten wir beim Abendessen einen Streich ausgeheckt. An jedem Tisch war eine große Schüssel mit Suppe, aus der sich jeder etwas ausschöpfen konnte. Bäh, Suppe! Welcher Fünftklässler möchte schon Suppe essen. Also machten wir doch etwas Interessanteres damit. Wir leerten die am Tisch stehende Zuckerdose und die anderen Kräuter und Gewürze in die Suppe aus. Wir überlegten uns, wie man die Schüssel unbemerkt mit der am Lehrertisch austauschen konnte, und freuten uns schon über die angeekelten Gesichter der Lehrer. Vermutlich hatte Herr Hülsemann unsere kulinarischen Experimente am Tisch beobachtet, denn plötzlich stand er bei uns und sagte in strengem, zischendem Ton: »Das darf doch wohl nicht wahr sein, was ihr da macht!

Ihr bringt die Schüssel jetzt in die Küche und sagt dort Bescheid, dass das nicht mehr essbar ist. Morgen bekommt euer Tisch keine Suppe mehr!« Schade, Plan fehlgeschlagen. Zum Glück bekamen wir darauf nicht noch eine Strafe, wie Geschirrspülen oder so. Das war das einzige Mal, dass ich Herrn Hülsemann verärgert erlebt hatte. Sein Unterricht war für das Fach nicht so trocken und monoton und eigentlich immer konstruktiv. Zumindest für die Schülerinnen und Schüler, die mit Mathematik etwas Konstruktives anfangen konnten. Zu der Gruppe hatte ich definitiv nicht gehört. Es gab keine großen persönlichen Gespräche mit Herrn Hülsemann, und es gab auch gar kein Thema, das unsere Klasse mit ihm zu besprechen gehabt hätte. Er war wirklich nur der Klassenlehrer, der aufpasste, dass wir keine schlimmeren Aktionen starteten wie mit der Suppe. Es kam mir vor, als ob Herr Hülsemann einfach morgens aufstand, zur Arbeit fuhr und nur seinen Job machte. Gut, unsere Klasse war auch relativ friedlich, und es gab keine gravierenden Probleme. Zu dem Zeitpunkt dachte ich auch, dass er von seinen Schülerinnen und Schülern nicht viel wisse oder es sogar vermied, sich für uns zu interessieren. Dann kam die Abiturfeier, und er sah, dass niemand aus meiner Familie da war. Ich stand angehängt bei der Familie einer Mitschülerin, als mein ehemaliger Klassenlehrer zu mir kam und sagte: »Schade, dass deine Adoptiveltern nicht da sind. Nein, traurig. Die können nämlich sehr stolz auf dich sein, dass du es bis hierher geschafft hast. Du konntest fast gar kein Deutsch, als du hier angefangen hast, und jetzt hast du das Abi in der Tasche. Das hätte ich gerne deinen Eltern gesagt. Aber das machst du gut. Du wirst schon deinen Weg gehen.« Diese Worte von meinem Klassenlehrer zu hören war für mich das Größte. Noch größer, als das Abiturzeugnis in den Händen zu halten. Wie ich danach beobachten konnte, suchte er noch einige von seinen ehemaligen Schülerinnen und Schülern aus der 5. bis 7. Klasse in der Menge auf und sprach zu ihnen ebenfalls ein paar Sätze. Herr Hülsemann kannte alle seine Schäfchen. Auch als wir nicht mehr direkt unter seiner Obhut waren, hielt er immer noch Ausschau nach uns. Für ihn war es nicht von großer Bedeutung gewesen, wie schnell oder wie gut man die komplexen Mathematikformeln gelernt hatte. Die persönliche Entwicklung und die Disziplin beim Lernen waren für ihn viel wichtiger. Es stellte sich heraus, dass er gar nicht nur »der Hülsemann halt, der Mathelehrer« war. Ich hatte einen auf subtile Art aufmerksamen Lehrer gehabt, der sicher bereit gewesen wäre, einzugreifen, wäre eines seiner Schäfchen vom Weg abgekommen.

In all den Jahren hatte ich natürlich meine Sportlehrerin und spätere Trainerin Frau Bornholt im Herzen getragen, auch liebevoll »Borni« genannt. Sie war es, die mein bescheidenes Talent für Tanz und Gymnastik entdeckt hatte. So kam es, dass sie mich in die von ihr geleitete Arbeitsgemeinschaft Rhythmische Sportgymnastik aufnahm. Anscheinend hatte ich keinen schlechten Job gemacht, wenn ich nach nur ein paar Wochen Training mit den älteren Mädchen als Zusatzturnerin zum Wettkampf antreten durfte. Ich hatte nicht einmal einen eigenen Gymnastikanzug. Von irgendwoher bekam ich ein älteres Modell, in dem ich aussah wie eine Pellwurst. Es war hellblau mit einem schrägen weißen Streifen über den Körper. Ich kann mich heute noch erinnern, dass ich bei meinem ersten Vorturnen von Anfang an falsch gelaufen war. Statt diagonal startete ich geradeaus und hatte es doch noch schnell bemerkt und korrigiert. Während ich turnte, hatte ich mich so geschämt und überlegt, wie ich das kaschieren könnte. Verunsichert schaute ich immer wieder zum Jurytisch und setzte mein asiatisches Kindchenschema-Lächeln auf. Ich war mit diesem Flirt so beschäftigt, dass ich einiges vergaß und dafür irgendwas improvisierte. Der Anfang wurde mir dermaßen zum Verhängnis. Soweit ich mich entsinnen kann, bestand die Gruppe der Einzelturnerinnen aus fünf Mädchen und einer Zusatzturnerin. Die besten fünf Punktzahlen kamen in die Gruppenbewertung. Klar, dass meine Punkte nicht mitgezählt wurden. Nun ja, wie heißt das olympische Motto: Dabei sein ist alles. Auch wenn es mir so peinlich war, ich fand, es supertoll mitgemacht zu haben. Na ja, vom Pellwurstanzug mal abgesehen. Nach diesem Fauxpas schwor ich mir, nie wieder aus der Bewertung auszuscheiden, und trainierte, so gut ich konnte. Hat sich schon ein wenig gelohnt. Ich wurde keine Weltmeisterin, aber immerhin durfte ich mal im Olympiastützpunkt in Wattenscheid mittrainieren. Leider war ich als Dreizehnjährige mit meinen 45 Kilo zu fett und, man kann es kaum glauben, zu alt für den Sport. Also blieb ich in der Schulmannschaft, in der ich mit meinen vier Mädels recht erfolgreich war. Zudem hatten wir uns auch alle sehr gut verstanden und waren Freundinnen. Es gab immer wieder Mädchengequietsche, wenn wir nach Wettkämpfen auf dem Treppchen einen guten Platz ergattert hatten und unser Gruppenbild in der Zeitung erschien. Von den fünf Mädchen war ich immer die Schüchterne, was man heute nicht mehr von mir behaupten kann. Durch meine Tätigkeit als Group-Fitness-Instruktorin hatte ich mich zu einer regelrechten Rampensau entwickelt. Vor Menschen zu stehen oder zu reden tangiert mich heute nicht mehr so sehr wie damals. Angst vor Blamage hatte sich irgendwie bei mir verflüchtigt. Dabei hatte ich wirklich einige Blamagen aufs Parkett gelegt: von schlechten Aerobic-Choreografien bis hin zu einer geplatzten Hose, in der mein Allerwertester sehr deutlich zum Vorschein kam. Ich bin überzeugt, dass ich diese Eigenschaft nicht erworben hätte, wenn Borni mich nicht in die Gymnastikmannschaft integriert hätte. Vor jedem Wettkampf war ich so unsicher und ängstlich, und manchmal verlor ich dadurch einige Punkte. Einmal sprach mich Borni nach einem Wettkampf an, in dem ich bei der Einzelbewertung knapp den Platz auf dem Treppchen verpasst hatte. Sie merkte an, dass ich beim Training sehr sauber die Übungen turne, aber wenn es darauf ankomme, sehe alles so aus, als hätte ich die Choreografie erst kurz vorher gelernt. Boff ... das hatte gesessen. Sie hatte völlig recht. Es war tatsächlich so. Bei Wettkämpfen traute ich mich nicht, die Bewegungen in voller Anmut auszuführen. Ich ließ mich von den konkurrierenden Mädchen beeindrucken. Je zickiger deren Blicke waren, umso mehr übermannte mich die Versagensangst. Besonders wenn Mädchen dabei waren, die nett und hübsch waren, war ich noch mehr verunsichert. In dieser Sportart wird Ästhetik natürlich großgeschrieben, und man bekam schon Extrapunkte, wenn man phänotypisch nicht von schlechten Eltern stammte. Ich fühlte mich nicht von Schönheit gekrönt, mein Selbstwertgefühl war daher im Keller. Das merkte Borni und wusch mir den Kopf: »Du bist eine gute Gymnastin und könntest noch viel besser sein, wenn du mal diese unnötige Angst zu Hause lässt. Warum denkst du eigentlich, dass du so minderwertig bist?« Wow! Auf die Art vor die Tatsachen gestellt hatte mich noch niemand, und sie hatte auch noch recht. Ich antwortete kleinlaut, dass ich mich von den anderen Mädchen beeindrucken ließe, und vor allem fand ich sie viel hübscher. Letzteres verunsichere mich besonders. Auch die Mädels in meinem Team waren in meinen Augen allesamt Schönheiten, und dann tanzte ich hässliches Etwas auf die Fläche. Dann sagte Borni: »Also, dafür könnte ich dich jetzt schütteln! Du würdest dich auch hübsch finden, wenn du es endlich mal zeigst. Du bist hübsch, aber wenn du so hässlich von dir denkst, dann denken das auch die anderen. Also sag dir zuerst selber, dass du hübsch bist.« Das erste Coaching meines Lebens! Die Umsetzung war schwieriger als der Spagat, aber nach einigen Wettkämpfen wurde ich anscheinend hübscher, meine Punkte zumindest verbesserten sich. Vor dem Betreten der Fläche begann ich nun mir selbst zu versichern, dass ich wunderschön sei und die Übung super turnen würde. Es klappte tatsächlich, ich gewann eine gewisse Sicherheit. Außerdem lernte ich von meinen Mädels, wie man ordentlich zurückzickt. Leider zu gut, ich beherrsche es bis heute hervorragend. Dank Frau Bornholt lernte ich meine Potenziale auszuschöpfen und beim Training die Disziplin aufzubringen, immer wieder an den Schwachpunkten zu üben. Disziplin war bei ihr das A und O. Sogar an Sonntagen wurden wir von ihr persönlich zum Training abgeholt. Ihr damaliger Mann Rudolf war auch dabei; er stellte uns die Halle an der Uni zur Verfügung. Meine Mädels und ich hatten uns darüber kaputtgelacht, wie Borni ihren Rudolf rief. Sie sang langgezogen: Ruuuuudolf. Der Ruuuuudolf war Dozent an der Bochumer Universität, natürlich für Sport. Er redete so wenig, dass ich seine Stimme gar nicht mehr in Erinnerung habe. Ruuuuudolf schloss die Halle auf, und dann verschwand er in den Katakomben der Universität, aber wenn Borni »Ruuuuudolf« rief, dann war er gleich zur Stelle. Einmal dachten wir Hühner, die beiden seien außer Hörweite, und äfften Bornis »Ruuuuudolf«-Gesang nach. Auf einmal stand er an der Tür und meinte: »Hat Ruth gerufen?« Wir verneinten mit unterdrücktem Lachen und prusteten laut los, als er daraufhin sagte: »Komisch, ich meinte, ich hab sie gehört.« Oh, der Ruuuuudolf war schon ein guter Kerl. Borni jedoch verstand es, uns kleine Zicken zu einem Team zu formen und uns füreinander einstehen zu lassen. Sie lehrte uns, in der richtigen Position zu stehen, um den Ball oder die Keulen zu fangen, und dabei auch noch gut auszusehen. Ich wäre ohne sie heute keine Rampensau und verbeuge mich auf die eleganteste Weise, so wie sie es uns beigebracht hatte.

Zu meiner Zeit hatte ich an der Goethe-Schule sehr gute Lehrer, und auch ein schöner war dabei: Wer könnte es anders sein als Herr Milber, der Biologielehrer, vorm Abitur sogar mein Leistungskurslehrer. Ich konnte zwar mit Naturwissenschaften sonst nichts anfangen, aber Biologie fand ich toll. Nein, ich fand Bio *wirklich* toll und nicht Herrn Milber. Mich in einen Lehrer zu verlieben, das sprach gegen meine ethisch-moralischen Grundsätze. Nicht minder ausschlaggebend war wahrscheinlich auch meine streng katholische Erziehung. Jetzt, wo ich mich ungefähr in seinem damaligen Alter befinde, und mal angenommen, er käme so als Vierzigjähriger daher, da würde ich sogar mit Herr Milber ausgehen. Ja, der hatte schöne Eltern. Es gab einige Mädchen, die für ihn schwärmten, was ich damals verwerflich fand. Ihhhh … wie konnte man auf einen alten Mann stehen! Aber Herr Milber war eben auch schön. Er hatte eine schlanke Figur und manchmal ein elegantes Halstuch an. O ja, dieser Biologielehrer hatte ästhetisch schon was dargeboten. Und er konnte so lebendig Mitose und Meiose erklären, was mir sehr gut haften blieb und mir später bei der Ausbildung half. Auch fand ich faszinierend, wie interessant er die Darwin'sche Theorie gestaltete. Zur Abi-Abschlussfahrt fuhren wir mit ihm und zusammen mit dem Matheleistungskurs nach Italien. Als Projekt nahmen wir Proben an verschiedenen Stellen aus dem Meer und analysierten deren pH-Wert. Da hatte sich Herr Milber was Spannendes ausgedacht, allerdings verminderte die Sonne Italiens das Denkvermögen unserer Abiturientenhirne. Auch bei den Mathematikern ließ die Motivation zu wünschen übrig, obwohl sie ebenso etwas Spezielles im Programm hatten: Sie hatten mit Vektorrechnung die Sternenkonstellation berechnet. Romantisch! Würg! Alle Kurse mussten Projekte angeben, um die Auflagen einer Abschlussfahrt zu erfüllen. Wir hatten alle darüber gelacht, weil unser Interesse ausschließlich dem Feiern, der Sonne, dem Strand und dem Meer galt. Was wir natürlich auch taten. Gleichwohl blieben wir alle relativ brav, auch wenn heimlich etwas Alkohol floss. Ich konnte wirklich von Glück reden, dass meine Mitabiturienten wohlerzogene Menschen waren. Der ein oder andere hatte schon mal gewisse Experimente durchgeführt, aber es blieb alles im Rahmen. Einige von ihnen sind jetzt bereits Eltern, und was ich so über Facebook sehen konnte, sind es wundervolle, liebevolle Eltern. An diese Fahrt erinnern sich die meisten sicher ein Leben lang und erzählen später ihren Kindern davon. Es war eine Fahrt, die als Sprungbrett zu weiteren Fahrten des Lebens diente. Danach begann ein neuer Lebensabschnitt. Auch irgendwie ein Abschied vom Kindsein. Der Eintritt ins Erwachsenenleben. Abitur kommt ja von dem lateinischen Wort *abire*, »davongehen«. Im 18. Jahrhundert hatten die Universitäten noch alleine bestimmt, wen sie als Studenten aufnahmen. 1788 hatte Preußen als erster deutscher Staat das Abiturreglement eingeführt. Diese Regelung geht auf Karl Ludwig Bauer zurück, der 1776 als Erster ein besonderes Examen einführte, mit dem Schulabgänger auf ihre Hochschulreife geprüft wurden. In der heutigen Zeit hat das Abitur leider längst seine Hochwertigkeit verloren. Für viele Studiengänge wird man erst ab einem bestimmten Notendurchschnitt zugelassen, andererseits wird das Abitur mittlerweile auch für Ausbildungsplätze verlangt. Leider sind heute Werte, die in der Vergangenheit selbstverständlich waren, nur noch Rarität. Höflichkeit und gewählte Aussprache sind voll spießig und uncool. Das war in meiner Generation zwar zum Teil auch schon so gewesen. Allerdings hatte man die uncoolen Spießer noch weitgehend in Ruhe gelassen. Klar, auch die haben mal was abgekriegt, aber landeten nicht gleich in der Psychiatrie dafür. Heute werden solche Leute heftig gemobbt, teils sogar bis zum Suizid getrieben. Ich weiß schon, jede Generation hat ihre Revolution, und jede Generation empfindet die nachfolgende Jugend schlimmer als die eigene. Wenn jedoch ein Mensch zum Spaß der anderen Qualen ertragen muss, dann bekenne ich mich gerne als Spießer. Wenn es solche Extremfälle schon zu meiner Zeit gab, dann kam davon wenig zutage. Vielleicht bekommt man heute mehr davon mit, weil wir durch die sozialen Medien tagtäglich damit konfrontiert werden. Wie auch immer: Ich wage zu behaupten, dass ein gutes Elternhaus und eine Portion eigenständiges Denken das Fundament für ein zufriedenes, erfolgreiches Leben bieten. Man kann die Firmen oder andere Ausbildungsstätten sehr wohl verstehen, dass sie höhere Schulabschlüsse bevorzugen. Es ist ja offensichtlich, dass sich in den deutschen Hauptschulen die sogenannte Unterschicht tummelt. Manche sind der Ansicht, dass die enorme kulturelle Vermischung das Problem noch verschärft. Meines Erachtens wäre die Lösung des Problems jedoch schlicht, den Kindern durch spezielle Bildungsmaßnahmen so früh wie möglich differenziertes Denken beizubringen. Dann besteht möglicherweise die Chance, dass sich diese Menschen von allein für die positiven Werte im Leben entscheiden. Natürlich ist das alles hier jetzt lapidar hingeschmettert. Wo und wie ansetzen, das ist die entscheidende und schwierige Frage, und an der Stelle übergebe ich gerne an die renommiertesten Bildungsminister. Politiker und Sesselpupser aller Länder, vereinigt euch!

Beim Schreiben dieser Zeilen kommt mir mein Politik- und Kunstlehrer Herr Markhof in den Sinn. Ich stelle mir gerade sein Gesicht beim Lesen der letzten Zeilen vor. Er hätte sicher die Hände über dem Kopf zusammengeschlagen und gesagt: »Und dat hab ich durchs Abi gelassen?! Sieht die Probleme, aber hört auf weiterzudenken und gibt et an die Sesselpupser weiter. Na, so wird dat nichts mit de Welt verändern!« Ne, dat wird echt nichts! Aber Herr Markhof, et dreht doch trotzdem weiter. Herr Markhof hatte was vom Papa Schlumpf mit seinem Vollbart, und sein Ruhrpottisch is dat genialste. Dat hab ich so wat von gern gehört. Er hatte eine ziemlich ruhige, gemächliche Art. Würde man ihn mit einem Hund vergleichen, dann wäre er für mich ein Bernhardiner. Sein Gang war immer entspannt. Ich kann mich nicht erinnern, ihn mal rennen gesehen zu haben. Immer nur gemütlich unterwegs. Von seinem Politikunterricht weiß ich allerdings absolut gar nichts mehr. Mag daran liegen, dass Politik für mich – natürlich – voll langweilig war. Ein weiteres Fach, in dem ich lernresistent war. Stärker präsent geblieben ist mir der Unterricht in diesem Fach bei Herrn Regner. Ein ganz anderer Typ als Herr Markhof. Er wäre für mich ein Labrador. Ein dynamischer Lehrer, der seinen Unterricht lebendig gestaltete. Mir gegenüber war er auch viel kritischer, was er auch direkt äußerte. Am Anfang hatte ich Angst vor ihm, weil er auch Leute drannahm, die sich nicht meldeten. Wenn er mich mal etwas gefragt hatte, dann gab es immer erst ein langes Schweigen. Herr Regner versuchte einen Transfer zu geben, aber es war hoffnungslos. Dann lieferte ich einen etwas merkwürdigen Beitrag, und Herr Regner suchte sich ein neues Opfer aus. Als es Richtung Abitur ging und ich etwas an Selbstbewusstsein gewonnen hatte, sagte er mal zu mir: »So langsam machst du dich aber. In der 5. Klasse warst du ja so was von öde. Hast den Mund nicht aufbekommen.« Den Satz hätte er bereut, wenn er gewusst hätte, dass ich inzwischen die Queen der Quasselstrippen war. – Also, wenn ich das alles so recht rekapituliere, war ich, zusammengefasst, schulresistent. Außer in Kunst und Sport, das waren meine absoluten Lieblingsfächer. Von mir aus hätte damals die Schule nur daraus bestehen können. Mit Kunst konnte mich Herr Markhof schon viel eher begeistern. Er weckte in mir die Faszination für die Malerei, ganz besonders für die Impressionisten, und er brachte mir das Verständnis für die Werke verschiedener Künstler bei. Im Kunstmuseum Bochum hielt er für uns einen Vortrag über Picassos berühmtes Bild »Guernica«. Man merkte gleich, wo seine Leidenschaft lag. Er wurde für seine Verhältnisse fast euphorisch. Das Bild war entstanden, als die spanische Stadt Guernica (heute baskisch Gernika) von der deutschen Legion Condor angegriffen wurde. Ein Satz von Herrn Markhof ist mir bis heute im Gedächtnis geblieben. »Mit Condor wurde eine Stadt zerstört und Menschen getötet. Abartig, dass wir Deutschen eine Fluggesellschaft danach benennen.« Ein Satz, der mir imponierte. Herr Markhof kam immer so ruhig daher, und ich dachte, dass er die Dinge einfach so hinnimmt, wie sie sind, seien sie gut oder schlecht. Er konnte aber auch zwischen den Zeilen lesen. Bei dem Vortrag ließ mein Kunstlehrer ein Stück von seinem Wesen durchscheinen. Ja, er war ein Bernhardiner, ein Papa Schlumpf, ein Mensch.

Wie sangen noch mal Roy Black und Anita? »Das Schönste im ganzen Jahr, das sind die Ferien.« Wir zählten die Tage, und in den Pausen wurden die Ferienpläne ausgetauscht. Mit den Klassenkameraden, die zu Hause blieben, verabredete man sich, um den Ferienpass auszunutzen. Den gab es nur in den Sommerferien, es war das Highlight des Jahres: freier Eintritt zum Tierpark, Stadtbad, Planetarium, zum Bergbau-Museum mit besonderen Veranstaltungen für Kinder und sogar auch zum Zirkus, wenn er gerade in der Stadt war. Auch nach erfolgreicher Beendigung der 7. Klasse war meine Freude über die Sommerferien groß. Der Ferienpass war zu der Zeit zwar nicht mehr so attraktiv, aber man entdeckte das coole »Abhängen« im Kinderzimmer. Man regte sich auf über das neugierige und nervige Anklopfen der Mutter, die mit einem Tablett voller gut gemeinter Plätzchen und Gummibärchen vor der Tür stand. Voll uncool, Mann! Oder man bekam vor Schreck Schnappatmung, weil die Mutter plötzlich mit der frisch gewaschenen

Wäsche im Zimmer stand. Mit den Worten »Oh, ich dachte, ihr seid draußen«, rechtfertigte sie ihr vermeintliches Missgeschick. Ja, schon klar! Die wollte doch nur hören, wer der tollste Junge in der Klasse war. Na ja, hätte ich eine Tochter, hätte ich höchstwahrscheinlich das Gleiche getan und hätte sie vor ihren Freundinnen blamiert. – Das Kinderzimmer. Das Zimmer, in dem Geheimnisse gelüftet und Peinlichkeiten ausgetüftelt wurden. In dem Sommer wurde mein Kinderzimmer zur Kammer des literarischen Schreckens. Vor den Ferien bekamen wir einen Vertretungslehrer in Deutsch. Der gefürchtete Herr Kneipert. Mit wohltuenden Kneippgüssen hatte dieser Lehrer nichts zu tun, mit ihnen verband ihn einzig und allein die Kälte. Herr Kneipert schien immer zu denken. Durch die Flure der Schule lief er mit zusammengekniffenen Augenbrauen, als versuchte er, aus ihnen einen durchgehenden Balken zu bilden. Er hatte bereits graue Haare, die sein damaliges Alter auf Mitte 60 schätzen ließen. Sein Kleidungsstil entsprach diesem Alter. Also, altbacken und überwiegend in beige. Er trug oft ein kariertes Sakko und darunter ein einfarbiges Hemd – oder, im regelmäßigen Wechsel, ein kariertes Hemd und darüber ein einfarbiges Sakko. Der Mann besaß wahrlich Mut zur Hässlichkeit. Für seinen strengen Unterrichtsstil war er bekannt und gefürchtet. Die Schülerschaft betitelte ihn als den Spießer unter den Lehrern. Als ich erfuhr, dass er unser Vertretungslehrer wurde, wurde mir angst und bange. O nein! Ich hatte Bedinghaus' cholerische Dusche doch schon überleben müssen, warum jetzt auch noch ein kalter Kneippguss? Als er das erste Mal unseren Klassenraum betrat und wir Rabauken in aller Lautstärke durch den Raum liefen, mäßigte uns Herr Kneipert mit den Worten: »Darf ich euch bitten, euch wie normale Mitteleuropäer zu benehmen!« Beinah hätte ich entgegnet: »Ich bin aber kein Mitteleuropäer. Darf ich also weiterschreien?« Das hätte vermutlich Nachsitzen als Konsequenz mit sich gebracht. – Bald jedoch gewöhnten wir uns an sein Spießertum, und ich verstand nicht, warum man vor diesem Menschen Angst haben sollte. Er war zwar kühl und redete bisweilen hochgestochen wie Goethe persönlich. Allerdings war er recht friedlich und hatte eigentlich eine angenehme Art zu unterrichten. Ich fing an, diese spießige Aussprache sogar zu mögen. Ihm war mein Migrationshintergrund bekannt. Vor den Sommerferien kam er auf mich zu und gab mir eine besondere Aufgabe. Eine Aufgabe, die meine Deutschkenntnisse sehr gefordert und geprägt hatte. »Du musst dir eine verblümte Sprache aneignen.« Dieser Satz ist in meinen Ohren immer noch präsent, als wäre es gestern gewesen: »Eine verblümte Sprache.« Das war kein Kneippguss. Das war Balsam und gleichzeitig Eistorte für meinen Geist. Da ich mit Metaphern noch nicht so viel anfangen konnte, fragte ich: »Wie mach ich das mit den Blumen?« Mit seiner gewohnt ernsten Miene holte Herr Kneipert Papier und Stift: »Also, ich schlage dir vor, folgende Bücher in den Sommerferien zu lesen. Pro Woche eines. Da wäre einmal ›Der Schimmelreiter‹ von Theodor Storm, ›Das Parfüm‹ von Patrick Süskind; und dann wage dich ruhig an Goethes ›Faust‹. Auch wenn du es nicht verstehst: Lies einfach weiter, und wenn dir ein Ausdruck besonders gefällt, lies ihn noch mal und versuche, ihn zu verstehen.« Er gab mir noch drei weitere Bücher, die wahrscheinlich den Rahmen meines damaligen deutschen Wortschatzes gesprengt hatten und mir daher entfallen sind. Ich sehe immer noch vor meinem inneren Auge, wie der Schimmel und sein Reiter mit der Laterne durch die Dünen reiten. Dieses Buch hatte meine Vorstellungskraft hochgradig gestärkt. Beim Süskind sah ich nicht so sehr das Verbrechen vor mir, sondern die Hingabe des Protagonisten, seiner Besessenheit mit akribischer Genauigkeit nachzugehen. Als das Buch Jahre später verfilmt wurde, wunderte ich mich, dass ich von der Geschichte keinen psychotischen Schaden bekommen hatte. Oder vielleicht war der latent aufgetreten und erklärt damit meine Berufswahl. Bei Goethes Faust war der geistige Ofen schnell ausgebrannt. Da verstand ich nur Bahnhof. Ich las es irgendwann noch mal, und der Bahnhof entwickelte sich zum Flughafen. Ich musste mir endlich darüber klar werden, was es mit diesem Mephisto auf sich hatte, also ging ich ins Theater. Auf der Bühne vor Augen musste ich das doch kapieren – und tatsächlich machte es klick. Nach den Sommerferien war der Vertretungsunterricht von Herrn Kneipert beendet. Er ließ es sich allerdings nicht nehmen, sich zu erkundigen, wie es mir mit den Büchern ergangen war. Ich hatte mich tatsächlich durch die »Blumen bringenden« Werke gelesen. Dennoch entgegnete ich: »Ich hab das mit den Blumen aber immer noch nicht kapiert.« Zum ersten Mal sah ich Herrn Kneipert lächeln: »So etwas kommt nicht einfach so. Es wird an dir wachsen, weil du jetzt die Saat gesät hast. Aber es liegt an dir, ob du den Boden weiterhin wässern willst.« In meinem dreizehnjährigen Kopf ging ein »Hä« mit drei dicken Fragezeichen durch die Hirnwindungen. Wat hat der nur immer mit den Blumen. Der ist doch Deutschlehrer und kein Botaniker! Während ich dieses Buch schreibe, wird mir mehr und mehr klar, dass Herr Kneipert den wilden Garten meiner Sprache gejätet hatte. Er hatte die Saat gestreut für die Blüte meiner Sprache, und es entstand ein wundervoller, farbenprächtiger Garten. Herr Kneipert war nur kurz mein Lehrer, aber er pflanzte in mir etwas ein, das mein Leben zum Blühen brachte. Um bei der Botanik zu bleiben: In der Kürze liegt die Würze.

Ja, die Goethe-Schule konnte mit einigen großartigen Lehrerinnen und Lehrern glänzen, und ich kann definitiv mit Stolz sagen, dass ich eine Goethe war.

Im Strudel des Bermudadreiecks

Die Erfahrung lehrt uns, dass Liebe nicht darin
besteht, dass man einander ansieht, sondern dass
man gemeinsam in gleicher Richtung blickt.
Antoine de Saint-Exupéry

Was tat man als Bochumer Abiturientin oder Abiturient an den Wochenenden? Ganz klar! Abfeiern am Bermuda3eck! In den 1980er Jahren hatte zwischen Südring und Konrad-Adenauer-Platz die Dichte angesagter Lokale stark zugenommen. So kam es, dass Bochum seitdem eine repräsentable Ausgehmeile vorweisen kann. Hier bekommt man den ersten Kaffee morgens um 8 und das letzte Bier um 6 Uhr morgens. Um 2 Uhr früh geht hier erst richtig die Party los. In kurzer Entfernung erreicht man das Bochumer Schauspielhaus und den Hauptbahnhof. Das Denkmal von Graf Engelbert III. von der Mark und sein Brunnen waren der Treffpunkt, bevor es auf die Piste ging. Leider wurde der Brunnen vom Grafen getrennt. Er befindet sich jetzt am Konrad-Adenauer-Platz, und der Graf steht nun auf dem Trockenen. Der Legende nach war der Graf 1388 an der »Großen Dortmunder Fehde« beteiligt, in der ein Viehraub stattgefunden hatte. Den Harpener Bauern und Bochumer Junggesellen gelang es jedoch, das von den Dortmundern gestohlene Vieh zurückzuholen. Als Dank dafür durften sich diese Bochumer und Harpener Helden jedes Jahr an einem Maiabend aus dem Bockholt, einem Waldstück bei Bochum, den besten Baum holen und von dem Erlös ein Fest feiern. Daraus ging auch unser berühmtes Maischützenfest hervor. Angeblich bekam das Bermuda3eck seinen Namen, weil man hier dasselbe Phänomen erlebte wie auf dem Seegebiet im westlichen Atlantik. Man war irgendwann einfach wech. Ertränkt vom guten Fiege Pils und vielleicht noch vom anderen Gesöff.

Kein Wunder, mittlerweile gibt es über 80 gastronomische Betriebe im Bermuda3eck. Jährlich Anfang Juli findet hier das viertägige Bochum Total statt, ein Straßenmusikfestival, wo Jung und Alt, Groß und Klein zusammenkommen. Da gibt es Stände mit allem, vom Kulinarischen bis zum Kitsch. Ein paar Meter von dieser Ausgehmeile befindet sich die Diskothek »riff«, in der ich mir mit meinen Freundinnen nächtelang die Schuhe abgetanzt hatte. Dort hatte auch unsere Abi-Party stattgefunden.

An einem lauen Maiabend 1995 ging ich mit einer Freundin also zum Bermuda3eck, und wir trafen noch einige Leute aus unserer Schule. Ich ahnte an dem Abend nicht, dass ich auf meine erste große Liebe treffen würde. Im Lokal »Mandragora« ergatterten wir draußen noch Sitzplätze, und da war ein Mitabiturient von uns mit seinem besten Freund. Der beste Freund wurde mir vorgestellt, und der Abend wurde immer lustiger. Man unterhielt sich gut, und es stellte sich heraus, dass der beste Freund, nennen wir ihn Tom, in der gleichen Fahrschule war wie ich. Wir stellten auch fest, dass wir nicht weit voneinander wohnten. Also machten wir uns im leicht alkoholisierten Zustand gemeinsam auf den Heimweg. Bei der Stadtbücherei setzten wir uns auf einen Stein an einem Blumenbeet und unterhielten uns weiter. Wir stellten noch eine Gemeinsamkeit fest: Tom und ich waren auf derselben Grundschule gewesen, auf der Max-Greve-Schule. Plötzlich erinnerte ich mich, dass mir damals immer ein Junge hinterhergelaufen war und gerufen hatte: »What's your name?« Ich hatte das damals als lästig empfunden und war einfach weggelaufen. Sobald er mich in der Pause sah, rief er: »What's your name?« Ich petzte sogar bei der Lehrerin, aber die sagte nur: »Er fragt doch nur nach deinem Namen. Ist das denn schlimm?« Ich sagte, damals noch auf Englisch, dass ich ihm aber meinen Namen nicht sagen wolle, weil ich ihn nicht möge. Doch nun, Jahre später, wendete sich das Blatt. Es stellte sich heraus, dass der Junge Tom war. (Sein Vater würde mir später erzählen, dass Tom eines Tages von der Schule nach Hause kam und freudig mitteilte: »In unsere Schule ist heute eine kleine Chinesin gekommen.«) Auf dem Stein sitzend, mussten Tom und ich über unser Wiedererkennen herzlich lachen, und dann geschah es. Unser erster Kuss. Ich glaube, dass es drei Küsse im Leben gibt, die man nie vergisst: den allererster Kuss, den ersten Kuss der ersten großen Liebe und den Kuss der ewigen Liebe. Wenn ich daran denke, zaubert es immer noch ein Lächeln auf meine Lippen. Händchenhaltend gingen wir weiter Richtung Stadtpark. Es war mitten in der Nacht, aber so verliebt, wie wir waren, war die Angst ausgeschaltet. Auf der roten Stadtparkbank wurden die Küsse leidenschaftlicher. Tom fragte mich, ob er mich anrufen durfte. Wir hatten nichts zu schreiben, und damals gab es noch keine Handys. Er musste also die Nummer auswendig lernen. Tom war so aufgeregt, dass er Angst hatte, die sechsstellige Zahl zu vergessen. Ich half ihm, sie sich einzuprägen, indem ich sagte: »Guck ma. Die Nummer ist 502378. Merk dir die 50, dann kommt 23 – nach der 2 kommt die 3, dann kommt 78 – nach der 7 kommt die 8. Das kannst du nicht vergessen. Also, wie ist meine Nummer?« Meine Güte, selbst eine Romanze hielt mich von meiner Klugscheißerei nicht ab. Als wir vor meiner Tür standen, sagte er: »Ich ruf dich morgen an. Also 50, 23 – nach der 2 kommt die 3, dann 78 – nach der 7 kommt die 8.« Natürlich küsste er mich noch mal, und ich ging mit einem verliebten Lächeln ins Bett. Meine didaktische Methode hatte funktioniert. Am nächsten Morgen rief er tatsächlich an, und wir trafen uns wieder zu einem Spaziergang im Stadtpark. Von da an hatte ich einen festen Freund. Tom, mein Freund. Wow! Die Wochenenden verbrachten wir immer zusammen, und wir trafen uns unter der Woche, sooft es ging.

Mit Tom erlebte ich die romantischsten Dinge. Wir fuhren das erste Mal zusammen in den Urlaub, nach Gran Canaria. Mit ihm erlebte ich zum ersten Mal ein Candle-Light-Dinner. Im Kino war er der erste Mann, mit dem ich eng umschlungen einen Film angeschaut hatte. Wir pflückten Erdbeeren und aßen währenddessen die Hälfte der Ernte. Sogar triviale Dinge wie gemeinsames Einkaufen im Supermarkt waren für mich ein Ereignis. Tom war mein romantischer Prinz. Der für mich bestimmt war. Er brachte mir die schönsten Rosen und schenkte mir die liebevollsten Blicke. Seine Berührungen brachten mich zum Schmelzen. – Ninang Fely aber war mit dieser Verbindung überhaupt nicht einverstanden. Sie sah mich eher neben einem Medizinstudenten. Tom machte zu der Zeit eine Ausbildung zum Feinmechaniker, und später wurde er Polizist. Das war natürlich nicht ausreichend für meine Adoptivmutter. Wo sie konnte, verhinderte sie unsere Treffen, und Übernachten war gar nicht drin. Sie befahl nahezu, uns zu verloben, wohl in der Hoffnung, das werde ihn abschrecken. Mein heroischer Tom überlegte nicht lange und sagte dazu: »Also, dann machen wir das.« Es gab keinen Antrag, das hatte ich auch nicht von ihm erwartet. Nach einem Jahr waren wir eigentlich auch noch gar nicht so weit, aber wir waren verliebt und wollten so viel wie möglich beieinander sein. Was Tom jedoch bemerkenswerterweise von sich aus tat, war, dass er zu meiner Adoptivmutter mit einem Blumenstrauß kam und um meine Hand anhielt. Von dem Vorhaben hatte ich nichts gewusst, und es war eine sehr reife Geste für einen Neunzehnjährigen. Ninang Fely war davon völlig überwältigt und konnte ihn nur noch umarmen, es flossen Tränen vor Glück. Ja, das war mein Tom! Danach gingen wir in jugendlicher Unbeschwertheit zum Juwelier und kauften uns Ringe. Erst hatte uns das nicht sonderlich viel bedeutet, aber als wir dort mit dem Sektglas in der Hand saßen und die Verkäuferin uns zu dem Schritt gratulierte, war es auf einmal wie der Himmel auf Erden. Wir waren sehr glücklich. Da war er tatsächlich, mein Prinz. Die Verlobung feierten wir im kleinen Rahmen bei uns zu Hause an der Küppersstraße. Toms Eltern und Bruder kamen, meine Cousine Diana mit ihren Eltern und eine Nachbarin von uns im Haus. Verspielt tauschten wir die Ringe und öffneten die Geschenke, die schon für die sogenannte Aussteuer ausgerichtet waren: Besteck und Bettwäsche. Ich trug jetzt einen Ring am Finger. Ich war gebunden. Wollte ich das mit meinen 20 Jahren wirklich? Aber ja! Davon träumte ich doch, seit ich denken konnte. Hochzeit und Familie gründen. Mein Glück war unbeschreiblich. Ich gehörte tatsächlich zu jemandem und würde bald unter der Haube sein. Gleichzeitig begannen wir unsere Ausbildungen. Ich ging zur Physiotherapieschule und er zur Polizeischule. Wir erlebten die Höhen und die Tiefen, die das Leben mit 20 Jahren zu bieten hatte, und meisterten sie. Gegenseitig unterstützten wir uns, und unsere Liebe wuchs immer mehr. Der Punkt kam schnell, an dem ich mir ein Leben ohne ihn nicht mehr vorstellen konnte. Wir sprachen über eine gemeinsame Wohnung und weitere Urlaube. Alles war wunderschön und einfach nur gut. Ja, zu gut. Tom war ein bescheidener, einfacher Mensch, und ich war eine vom Denken gesteuerte Abiturientin, die mehr vom Leben erwartete. Nach zweieinhalb Jahren Beziehung beging ich einen der ersten schlimmsten Fehler meines Lebens. Beim Gedanken daran bereue ich ihn noch jetzt von ganzem Herzen. Das Internet kam auf, und ich lernte in einem Chatforum einen anderen Mann aus München kennen. Die Gespräche waren geistig anregend, und München klang verlockend. Tom merkte nichts, weil er mir so vertraute. Ich fing an, mich bei Tom zu beschweren, dass wir im Grunde nicht auf derselben Wellenlänge lägen und es mir an Geistigkeit fehle. Zu der Zeit war Tom nicht an Horizonterweiterung interessiert. Ein einziges Mal war er mit mir im Theater, und das auch nur mir zuliebe. Seine Ausdrucksweise ging mir bald auf die Nerven. Es war nicht ordinär, aber die gewählte Aussprache fehlte. Oh, was ich von dem armen Kerl verlangte. Du meine Güte, er ging in die Polizeischule, und ich verlangte, dass er wie Goethe und Schiller redete. Ich hatte echt einen Knall. Ganz dramatisch beendete ich unsere Beziehung und gab ihm meinen Ring zurück. Schrecklich! Auch noch am Valentinstag! Mein Tom war am Boden zerstört, und ich fühlte mich, als hätte ich jemanden umgebracht. Ich brachte unsere Liebe um. Freunde von uns sagten mir später, dass er meinetwegen wirklich noch lange Liebeskummer hatte. Ich glaube, da begann das Dilemma meiner ewigen Suche nach meinem vermeintlichen Prinzen. Da hatte ich meinen Prinzen schon gefunden, und ich hatte nichts Besseres zu tun, als ihn wieder aufs Pferd zu setzen und ihn wegzujagen. Es tat mir zu dem Zeitpunkt nicht mal so sehr leid, weil ich mit der neuen Welt in München so beschäftigt war. Doch es stellte sich heraus, dass der Münchener Prinz auch nicht der richtige war, und auch ihn setzte ich wieder auf sein Pferd und gab noch einen kräftigen Klaps dazu. Vermeintliche Prinzen kamen immer wieder, und es lief bei mir jedes Mal umgekehrt wie in dem berühmten Märchen. Ich küsste die Prinzen, und sie verwandelten sich in Frösche. Eine tragische Wendung! Bei Tom war es anders gewesen. Ich fand ihn nach 20 Jahren über Facebook wieder. Welch Ironie des Schicksals. Ich gab ihm aufgrund des Internets den Laufpass und fand ihn übers Internet wieder. Er ist mittlerweile mit einer wundervollen Frau glücklich verheiratet, hat zwei Kinder, ein Haus mit Rosengarten und genießt die wunderschönen Momente im Leben. Die Träume, die wir hatten, hatte er verwirklicht, und ich gönne es ihm aus der Tiefe meines Herzens. Tom hat mittlerweile eine gewählte Ausdrucksweise und spielte sogar schwere klassische Stücke auf dem Klavier. Damit hatte ich wirklich nicht gerechnet. Chapeau, Tom! Der Frosch wurde zum Prinzen, weil die richtige Prinzessin ihn geküsst hatte. Beruflich ist er auch aufgestiegen, es scheint ihm an nichts zu fehlen. Er ist ein wundervoller Mensch, den ich leider aus Egoismus und dem Drang, das Leben aufzusaugen, verkannt hatte. Seine Frau kann sich wirklich überaus glücklich schätzen, dass sie so einen liebevollen Ehemann hat.

Als Ninang Fely starb, tröstete mich Tom per E-Mail. Es stand nicht zur Debatte, dass wir uns persönlich trafen. Das wäre aus meiner Sicht gegenüber seiner Frau nicht fair gewesen, und ich musste mit dem Verlust erst selber klarkommen. Er war jedoch sehr einfühlsam und aufbauend. Beim Aufräumen der Wohnung meiner Adoptivmutter fand ich noch eine besondere Kiste. Darin waren die Liebesbriefe von Tom und einige Fotos von uns beiden als glückliches Pärchen. Sie hatte meine große Liebe aufbewahrt. Als ich es Tom erzählte, antwortete er: »Vielleicht hatten wir sie wirklich falsch verstanden, und sie hatte uns eigentlich sehr gerne als Paar gesehen.« In einer Kiste verpackt eine Liebe, die 20 Jahre schon zu Ende war, und doch war es so, als hätte sie erst gestern angefangen. Unmittelbar kam wieder die Reue, und mir wurde klar, dass ich mir meine Situation selber ausgesucht hatte und niemand dafür die Verantwortung zu tragen hatte außer mir. Die Einsamkeit zermürbte mich wieder, und diese Erkenntnis machte es noch qualvoller. Das Schicksal meinte es gut mit mir, aber es war mir nicht gut genug, und ich verschmähte es. Ich war nicht einmal dankbar dafür, im Gegenteil. Nun musste ich die Lektion lernen. Ich glaube an das karmische Gesetz, dass einem im Leben eine Situation immer wieder gegeben wird, bis man daraus gelernt hat. Ich beschloss, diese Situation genau zu betrachten und bei der nächsten Möglichkeit anders zu handeln. Ja, wenn das doch nur so einfach wäre und wenn das Ego einem nicht immer ein Beinchen stellen würde. Zu erkennen, wann sich das Ego auf der Lauer befindet, das ist die hohe Kunst des persönlichen Wachstums. Als ich erkannte, dass ich mit Tom eigentlich schon das gefunden hatte, wonach ich mich immer noch sehne, wurde die Sehnsucht etwas milder. Ich hatte es schon, ich erlebe es jetzt nicht, aber ich durfte es erleben. Würde ich jetzt hier sitzen und ein Klagelied über meine verpasste Chance mit Tom einstimmen, dann hatte das Ego es geschafft, mich zu Fall zu bringen. Schätzte ich mich allerdings als glückliche, geliebte Frau von einem wundervollen Mann, dann brachte ich das Ego dazu, über seine eigenen Beine zu fallen. Schnell bereut man die Vergangenheit und sehnt sich danach, die Zeit zurückzudrehen. Können wir aber nicht. Trotzdem kommen einem immer solche Gedanken. Während unserer gemeinsamen Zeit schauten Tom und ich nicht in die gleiche Richtung. Erst allmählich hatte er sich in die gleiche Richtung gewandt, aber da sah ich schon andere Dinge, die er noch nicht sah. Vielleicht hatten wir gleichzeitig die Richtungen gewechselt und sahen plötzlich das, was der andere schon längst sah. Manchmal hatte ich mich gefragt, was gewesen wäre, wenn ich darauf gewartet hätte, bis er in meine Richtung sah. Unser Fokus war jedoch nicht derselbe, und es bleibt die Gewissheit, dass jedem von uns eine andere Bestimmung zuteilwurde. Und dann holt einen wieder dieses »Hätte, wenn und aber« ein. Die liebste gedankliche Beschäftigung der Menschheit. Man steht vor vollendeten Tatsachen, aber man taucht dennoch gern in die Parallelwelt, wie es hätte sein können. Ein tröstender Strohhalm, dass es durchaus möglich gewesen wäre. Der Wecker der Realität holt uns schon rechtzeitig aus diesem Traum raus. Es war vorbei und fertig. Und jetzt? Ganz einfach. Beim nächsten Mal die Blickrichtung des anderen besser erfassen. Danach ab ins Bermuda3eck und auf den Putz hauen.

Olé, olé, ab zum Stadion!
Das Spiel des Lebens gucken

>»Du musst Schläge wegstecken,
>morgen ist ein neuer Tag.«
>*Aus: Jerry Maguire – Spiel des Lebens*

Wat wäre et doch langweilig in Bochum ohne sein Fußballstadion mit dem VfL. Dat Vonovia Ruhrstadion hatte schon einige Namensänderungen mitgemacht. Von 1910 bis 1921 hieß es einfach: Sportplatz an der Castroper Straße. Damals war es nur eine Wiese, die nach ihrem Verpächter den Namen Dieckmanns Wiese trug. Das erste offizielle Fußballspiel fand mit 500 Zuschauern am 8. Oktober 1911 statt. 1921 wurde es zum Stadion an der Castroper Straße, diesen Namen behielt es bis 1979. Zu einem Stadion ausgebaut wurde es nach dem Ersten Weltkrieg. Nach mehrmaligen Umbauten hieß es von 1979 bis 2006 Ruhrstadion und hatte eine Zuschauerkapazität von circa 50000 erreicht. Diese Masse verringerte sich jedoch durch mehrere Umbauten. Aktuell kann es circa 30000 Fußballbegeisterte und zwangsweise mitgeschleppte Freundinnen einquetschen. Kriegt man ganz schön viel rein, ne?!

Ich kannte es noch, als es Ruhrstadion hieß, und es war das zweite Wohnzimmer meines Adoptivvaters. Es gab kein Spiel, das er verpasste. Egal in welcher Liga der VfL Bochum gerade spielte, er musste die Jungs anfeuern. Bei einem Spiel bekam die Küppersstraße eine blau-weiße Parade geboten. Die Fans schwenkten die Vereinsfahnen, und sämtliche Hymnen wurden lauthals gesungen. Es wirkte manchmal furchteinflößend, und es gab auch schon mal Schlägereien, aber zu großen Krawallen kam es in der Küppersstraße nie. Mit der Zeit wurde das alles auch für mich ein großes Ereignis. Mein Adoptivvater hatte sich allerdings geweigert, mich zu einem Spiel mitzunehmen. Er sagte, dass ein Fußballspiel nur auf'm Stehplatz zu genießen war, weil da die beste Stimmung herrschte – das sei aber nichts für kleine Mädchen. Ich konnte mir auch vorstellen, dass Ninang Fely es ihm verboten hatte. Ja, sie hatte die Hosen an. So blieb es dabei, dass ich mit meiner Cousine Diana die Nase auf die Fenster drückte und den Jungs nachschaute. Sie wohnte zwei Etagen über unserer Wohnung, was konnte es Praktischeres geben? Wir waren wie Pech und Schwefel. Es gab nichts, was wir nicht voneinander wussten. Später, als wir anfingen, uns für Jungs zu interessieren, wurde die Fußballparade gleichzeitig zu unserer Fleischbeschau. Nun ja, den Schönsten fanden wir darunter nicht, aber es war für uns die beste Plattform zum Lästern. Statt Schwärmereien kamen von uns überwiegend Kommentare wie: »Ihhhh … guck ma den an. Wie sieht der denn aus?! Na, der wird's mit 'ne Verabredung aber auch schwer haben, ne?!« Als wären wir die schönsten Prinzessinnen im ganzen Land, zogen wir weiter über die VfL-Fans her. Ne, Fußballfans gehörten definitiv nicht zu unserer Auswahl! Aus dem Fenster gucken wurde allerdings schnell unser gemeinsames Hobby, auch ohne ein Fußballspiel.

Diana war nicht nur meine Cousine, sie war wie meine kleine Schwester. Unseren Hof hinter dem Haus hatten wir zu unserem Spielparadies umgestaltet. Dort übten wir Handstand, vergruben tote Tiere und gingen den Nachbarn auf den Keks. In unserer Kindheit waren wir unzertrennlich, aber in der Jugendzeit entwickelten wir uns unterschiedlich. Ich war eher die Ruhigere und Vernünftige, Diana die etwas Rebellische und Mutigere. Lag einer von uns jedoch etwas am Herzen, dann war die starke Verbundenheit wieder da, und das Problem der einen wurde zu dem der anderen. So war es auch, als wir uns nach fast einem Vierteljahrhundert wieder persönlich trafen. Ninang Felys Krankheit hatte uns im Grunde wieder vereint. Ich benachrichtigte Diana über die Situation und dass ich wieder oft »zu Hause« in Bochum sein werde. Sie teilte mir mit, dass der Kontakt zu Ninang Fely nach dem Tod meines Adoptivvaters, der ihr Onkel war, deutlich nachgelassen hatte. Meine Adoptivmutter wurde nach dem Tod ihres Mannes sehr verschlossen, auch Dianas Eltern kamen nicht an sie ran. Von Ninang Felys Krankheit erfuhren sie auch erst, als es schon zu spät war. Als wäre es erst gestern gewesen, wie wir zusammen auf dem Hof gespielt hatten, war unser Wiedersehen sehr herzlich. Meine kleine Cousine hatte sogar schon zwei Kinder auf die Welt gebracht und war verheiratet.

Als Ninang Fely ins Lukas-Hospiz nach Herne kam, kam Diana mit ihrer Mutter nicht einfach zu Besuch, sondern eher schon zum Verabschieden. Es war ein Tag, bevor Ninang Fely ihre Reise antrat. Unsere beiden Mütter, die beide Pinays waren, verband ebenfalls eine tiefe Freundschaft. Doch nach dem Tod meines Adoptivvaters bekam diese Beziehung einen unnötigen, deftigen Kratzer und war bis zum Ende von Missverständnissen bestimmt. Der Kontakt wurde abgebrochen, und begegnete man einander beim Einkaufen, tat man so, als hätte man sich in der Menge nicht erkannt. Beiden Parteien wurden tiefe Verletzungen zugefügt, was die Wunde all die Jahre offen hielt. Dann tat Tante Mary, Dianas Mutter, etwas von beeindruckender menschlicher Größe. Sie kam an Ninang Felys Bett, nahm ihre schwache Hand und sagte in ihrer Muttersprache: »Fely, es ist jetzt alles gut zwischen uns. Du musst darüber nicht mehr nachdenken. Das ist vorbei.« Ninang Fely verzerrte das Gesicht zum Weinen, aber der Tod nahm ihr schon die Tränen weg. Ihre wechselseitigen Blicke verrieten, dass sich der Klumpen aus Hass und Missgunst gelöst hatte. Dann schloss Ninang Fely für immer die Augen. Das einzige Lebenszeichen, das man noch wahrnahm, waren die beschwerlichen Atemzüge, die ich nach ihrem Tod noch lange qualvoll in den Ohren hatte. Mit gläsernen Augen blickte Tante Mary zu uns, der nächsten Generation, herüber und sagte: »Lasst uns jetzt zusammen beten.« Meine Cousine und ich tauschten tränenerfüllte Blicke, die ein Versprechen enthielten. Nämlich, dass wir das Verhalten unserer Mütter nicht erben werden. Von uns fiel ebenfalls eine schwere Last ab. Dianas Weinen kam mir vor, als wäre meine kleine Cousine nur vom Fahrrad gestürzt. Gleich würde dieses hübsche Gesicht wieder lachen, und wir könnten uns weiter aufs Fahrrad schwingen. Nein, wir waren nicht auf dem Hof, in unserem Spielparadies. Wir waren im Ernst des Erwachsenendaseins eingepfercht, das uns mit höllischen Schmerzen konfrontierte. Eine unserer Trösterinnen würde bald nicht mehr sein, und wir würden unsere Augen nun selber trocknen müssen.

Sie blieben noch lange bei mir und sprachen mir Mut und Kraft zu. Ich durchlebte die Hölle in dieser Nacht. Ninang Fely bekam immer mehr Atemaussetzer, und je mehr es wurden, desto mehr fing ich an sie zu schütteln und hielt sie vom Gehen ab. »Hör auf damit. Atme, verdammt noch mal, und kämpfe, so wie du es mir beigebracht hast.« Ich konnte nicht loslassen. Die Schwestern vom Lukas-Hospiz fingen mich auf und gaben mir die Zuwendung, die ich in dem Moment brauchte. Sie beteten mit mir, hörten sich meine Verzweiflung an und unterstützten mich dabei zu erkennen, dass es nun an der Zeit war, sie wirklich loszulassen. Aber ich konnte und wollte nicht. Warum jetzt, wo doch alles gut zu werden schien? Mir war nach Schreien zumute, aber ich war gelähmt. Gelähmt von der Erkenntnis, dass sie sich schon von dieser Welt entfernt hatte. Leila, der Hospiz-Hund, kam plötzlich ins Zimmer und legte sich mir zu Füßen. Tiere besitzen hier ein besonderes Gespür, und als dieser Hund mich anschaute, konnte ich nicht anders, als mich der Tatsache zu stellen. Sie geht. Für immer. Leila ließ sich von mir kraulen und gab mir viel Trost. Ich beruhigte mich und schlief, Ninang Felys Hand haltend, im Sitzen ein.

Die Sonne oder das beschwerliche Atmen meiner Adoptivmutter weckte mich, und für den ersten Augenblick dachte ich, ich war in einem schlechten Traum. Der Hauch des Lebens war von ihr gewichen, aber sie atmete noch, und wieder kam bei mir Hoffnung auf. Vielleicht war es nur eine schlechte Phase, und sie erholte sich gleich wieder. Zwei Tage lang wich ich ihr nicht von der Seite, aber an diesem Morgen ließ mich etwas aus dem Hospiz flüchten. Wie ferngesteuert fuhr ich mit der U35 nach Bochum zu ihrer Wohnung und suchte in ihrem Schrank nach traditioneller philippinischer Kleidung, die ich Ninang Fely für ihre letzte Reise anziehen wollte. Ich handelte einfach, wie unberührt von Dramatik und Traurigkeit der Situation. Dann zog es mich zu unserer Eisdiele beim Casa Nova, und ich nahm Platz am Tisch 27, an dem wir zuletzt Eis gegessen hatten. Ich hatte nicht mal Lust darauf, aber ich bestellte trotzdem einen großen Eisbecher, und er schmeckte mir sogar, was mich extrem verwirrte. Mir ging es dreckig, aber das Eis schmeckte so gut, und ich leerte den Becher vollständig aus. Danach war ich wie benommen und konnte diesen Genuss nicht verstehen. Ich ging weiter zu den Geschäften in City Point. In einem Schuhgeschäft sah ich ein paar hübsche schwarze Schuhe. Als hätte mich etwas hierher gezogen, ging ich hinein und zog die Schuhe an. Wie fremdgesteuert bezahlte ich sie, und als ich die Tüte entgegennahm, überkam mich ein schönes Gefühl, als hätte meine Adoptivmutter mir die Schuhe gekauft. Wie ausgenüchtert nach einem Alkoholrausch, trieb es mich dann wieder zurück zu meiner Ninang Fely nach Herne in das Hospiz. Ihre Situation hatte sich nicht geändert, und so setzte ich mich wieder händchenhaltend neben sie. Mit nichts konnte ich mich ablenken außer mit Beten. »Lieber Gott, ich bitte dich, lass ein Wunder geschehen!« Ich betete Verse aus dem Gebetbuch, dann ein Vaterunser, dann wieder aus dem Gebetbuch, dann ein »Gegrüßet seist du, Maria«, das

Glaubensbekenntnis, wieder aus dem Gebetbuch, und innerlich schrie ich Gott an: »Mach dein verdammtes Wunder jetzt und hier!« Mit meinem Beten kam ich mir vor, als riefe ich bei einem Versand an und bekäme als Antwort: »Leider sind alle unsere Mitarbeiter belegt. Bitte haben Sie einen Moment Geduld, oder rufen Sie später noch mal an.« Ich legte meine Verbindung zu Gott ab und erstarrte. Da war nur noch Leere. Ich stand neben mir und spürte gar nichts, überhaupt gar nichts! Dann kam er wieder, dieser Drang, aus dem Zimmer zu flüchten. Ich kämpfte gegen diesen Drang. Die liebevollen Schwestern spürten meinen Kampf und ermunterten mich, doch rauszugehen. Zu Schwester Sigrid hatte ich einen besonderen Draht, weil sie auch im Elli gearbeitet hatte, und sie kannte Ninang Fely. Sie sagte mir, dass zwischen mir und Ninang Fely eine starke Verbindung herrschte. Ihrer Erfahrung nach würden die Sterbenden schon wissen, was für die Hinterbliebenen das Beste sei, und gingen meistens allein. »Ihre Mutter will Sie damit nur schützen.« Ich sagte darauf: »Ich habe sie all die Jahre alleingelassen, und diesmal werde ich sie sicher nicht alleinlassen. Das bisschen schulde ich ihr noch.« Die mitfühlende Schwester Sigrid sagte: »Sie haben sie nicht alleingelassen. Sie sind da gewesen, als sie Sie am meisten gebraucht hatte. Ihre Schulden sind beglichen.« Ja, das mochte so sein. Doch war das für mich nicht genug. Ich beschloss hartnäckig, wie immer, zu bleiben. »Gehen Sie ruhig raus. Das ist schon in Ordnung. Ich bleibe bei ihr.« Sie versprach mir, mich anzurufen, sobald sich ihr Zustand verschlechterte. Nein, ich lasse sie nicht allein. Dann war da wieder das Gefühl der Fremdsteuerung wie am Morgen. Mir selbst völlig unverständlich, zog ich meine Jacke an und ging, und plötzlich war ich in der Innenstadt von Herne. Eigentlich hatte ich nur die Straße auf und ab gehen wollen, damit ich schnell zu Ninang Fely zurückkonnte. Doch irgendetwas trieb mich, und ich konnte nicht anders, als dem zu folgen. In der Innenstadt ging ich plötzlich shoppen. Shoppen?! Schon wieder? In dieser Situation! Wie konnte ich nur! Ich verstand es selber nicht, aber ich tat es tatsächlich. Mir fiel auf, dass ich als Shopping Queen schon lange nicht mehr aktiv gewesen war. Meine finanzielle Situation war da ein guter Grund. Doch warum ausgerechnet jetzt?! Ich war damit, diesem Sog nachzugehen, völlig überfordert. Etwas zwang mich dazu, es zu tun. Ich kaufte ein Windlicht mit Schmetterlingen für Ninang Fely, und da kam wieder der Wunsch nach einem Wunder. Vielleicht ging es ihr gleich besser, und sie würde sich darüber freuen. Ich hatte ihr immer kleine Geschenke aus der Schweiz und Blumen mitgebracht, als ich sie regelmäßig besucht hatte. Also tat ich es auch jetzt. Es zog mich plötzlich in ein Kleidergeschäft, das ich seit Jahren nicht mehr besucht hatte, weil mich der Stil nicht mehr ansprach. Hier sind Ninang Fely und ich immer gerne hingegangen, und meistens hatte sie mir auch etwas gekauft. Merkwürdigerweise fand ich in diesem lange gemiedenen Laden nun eine passende schöne Hose und ein Oberteil. Ich nahm die Einkaufstüte, und ich spürte, wie schon am Morgen bei den Schuhen, die gleiche Freude wie damals, als Ninang Fely mir die Tüte nach dem Bezahlen der Kleider übergab. Paradoxerweise war ich wirklich glücklich. Mit meiner Beute ging ich langsam zurück Richtung Hospiz. Mitten auf dem Weg verließ mich auch dieses Mal auf einmal das Gefühl der Fremdsteuerung, und meine Wahrnehmung wurde auf den Boden der Realität geschmettert. Was hatte ich da gerade gemacht? Shoppen, während meine Adoptivmutter im Sterben lag?! Und ich wollte eine gute Tochter sein?! Eine tolle Tochter ist das, die lieber shoppen geht, als der Mutter in der schweren Stunde beizustehen! Mit schlechtem Gewissen rannte ich los, und plötzlich klingelte mein Handy. Es war Schwester Sigrid: »Ihrer Mutter geht es schlechter.« Sofort legte ich einen Zahn zu.

Meine Schuhe klapperten, und ich ließ mich von diesem Geklapper noch schneller zum Rennen treiben. »Ninang Fely … ich bin gleich da. Ich werde bei dir sein. Das musst du nicht allein machen. Wir schaffen das zusammen! Gleich bin ich da!« Wie vom Teufel verfolgt stürmte ich ins Hospiz. Ich raste in ihr Zimmer. Schwester Sigrid stand an ihrem Bett und schüttelte traurig den Kopf … Was?! Nein … nein, nein … ich schüttelte meine Adoptivmutter, als würde ich sie wecken wollen. Schwester Sigrid nahm mich in ihre Arme, während ich sie bat: »Geben Sie ihr bitte was … Nein … bitte geben Sie ihr was, dass sie aufwacht! Bitte!« Ich wusste selber, dass meine Bitte keinen Sinn hatte. Meine Ninang Fely war gegangen, als ich mit klappernden Schuhen vor den Eingang vom Hospiz galoppiert kam. Um eine Minute hatte ich sie verpasst, vielleicht waren es auch nur Sekunden. Am 13. April 2015, um 19.36 Uhr verließ sie diese Welt. Schwester Sigrid ging aus dem Zimmer, damit ich mich endgültig von meiner Adoptivmutter verabschieden konnte. Jetzt bin ich ganz allein … Ganz allein in Europa. Mein letzter Stützpunkt war nun nicht mehr da. Ich hatte sie verschmäht und aus meinem Leben verbannt. Und auch jetzt hatte ich sie alleingelassen! Nun war sie nicht mehr da. »Wach auf. Hör auf damit … du schläfst doch nur! Guck, was ich dir Schönes mitgebracht hab! Guck es an … Atme jetzt noch mal. Wach jetzt auf … Wach auf. Ich bin da … Warum machst du das?! Wach auf …« Ich nahm ihre Hand und suchte verwirrt nach ihrem Puls. Wo war er denn, er musste doch da sein. Es gab keinen Puls mehr, und sie wachte nicht mehr auf. Es gab sie nicht mehr. Das Wunder, das ich bei Gott bestellt hatte, hatte er nicht auf Lager. Schwester Sigrid kam mit einer Kollegin ins Zimmer, und sie wollten mit dem Ankleiden beginnen. »Warten Sie! Vielleicht wacht sie noch auf.« Mit liebevoller Stimme versuchte mich Schwester Sigrid zu beruhigen: »Ihre Mutter wollte es so. Das müssen Sie ihr lassen, und wie ich schon gesagt hatte, sie wollte Sie schützen.« Es war sehr schwer zu akzeptieren, aber mir blieb nichts anderes übrig. Der Kampf war zu Ende. Ich wurde k. o. geschlagen und lag am Boden. Der Tod hatte gesiegt und hob triumphal die Hände in die Höhe. Als wir sie ankleideten, hoffte ich dennoch, dass sie einen Atemzug machte. Komisch, dass die Hoffnung noch hinterherhinkte. Da lag sie nun, friedlich mit dem Ausdruck der Zufriedenheit. Unserer Familie auf den Philippinen und ihrer besten Freundin die Mitteilung zu überbringen kam mir vor wie ein Auftrag, den ich einfach ausführen musste. Ich war vollkommen stumpf und leer. Vielleicht war es doch nur ein schlechter Traum, aus dem ich gleich aufwachte. Ich konnte nicht mal mehr beten und überhaupt noch was denken. Regungslos saß ich da. Was jetzt? Was musste ich machen? Vor allem, wie sollte ich das alles schaffen? Draußen wurde es dunkel, und nur die Einsamkeit leistete mir Gesellschaft. Es klopfte an der Tür, und Ninang Felys beste Freundin Filomena, Tante Mary und Diana kamen herein. Mir fiel ein Stein vom Herzen, dass ich Gesellschaft bekommen hatte und meine Trauer teilen konnte. Es fielen nicht viele Worte, aber ihr Trost war mir in dem Moment überaus wertvoll. Die Umarmungen gaben mir Kraft, und das Vertraute in ihnen gab mir den nötigen Halt. Schweigsam und jeder vor sich hinbetend saßen wir am Bett meiner toten Adoptivmutter. Obwohl es absehbar war, war ich dennoch schockiert. Es gab sie nicht mehr! Fragen überrollten mich: Hatte sie starke Schmerzen? Gibt es noch Gefühle beim Sterben, und wenn ja, war es für sie so schmerzhaft gewesen wie soeben für mich? Gelangt sie an einen anderen Ort? Was hätte sie mir wohl noch gerne gesagt? All diese Fragen begleiteten mich noch Monate nach ihrem Tod. Mein starker Glaube gab mir die Kraft, diese Fragen mit Zuversicht auf das Gute zu beantworten. Filomena blieb über Nacht und stand mir stets zur Seite. Für ihr Beisein war ich sehr, sehr dankbar, weil sie wie die meisten Filipinos fest überzeugt war, dass Ninang Fely nun an einem schöneren Ort sei. Als wäre sie tatsächlich nur verreist, sagte Filomena: »Fely ist sicher jetzt bei deinem Ninong Uli und bei deinen Eltern. Ach, was die sich jetzt freuen. Sie hat uns alleingelassen, aber dafür ist sie jetzt glücklich und nicht allein. Das hat deine Ninang wirklich verdient. Das ist nun mal der Lauf der Dinge und uns bleibt nichts anderes, als es zu akzeptieren.« Der rationale, europäische Teil von mir baute gegen diese Gedanken eine Mauer auf. War es wirklich so? Gab es diesen Ort tatsächlich? Sehen wir uns alle wirklich wieder? Der emotionale, asiatische Teil von mir wiedcrum brach die Mauer der Ungewissheit. So könnte es doch sein! Es gibt in unserer Welt viele unerklärliche Dinge, die im Grunde keiner Erklärung bedürfen. An vermeintlich Absurdes zu glauben, das könnte ein Psychopharmakon ersetzen. Wie für alle Medikamente musste man allerdings dafür eine gewisse Empfänglichkeit haben und bei der Einnahme das richtige Maß halten. Filomenas Anwesenheit wirkte wie ein Schmerzkiller. Trotz dieses schmerzlichen Ereignisses konnten wir sogar lachen. Ja! Wir konnten dennoch lachen. Es mag für manchen pietätlos klingen, aber warum musste der Tod eigentlich immer so ernst und traurig sein? Warum deklariert unsere Gesellschaft den Tod zu etwas Endgültigem? Konnte er nicht auch ein Anfang sein? Auf solche Fragen gibt es nur spekulative Antworten, und wie man es dreht und wendet, kommt man doch wieder auf den Glauben zurück. Vielleicht können meine Landsleute daher besser mit dem Tod umgehen, weil sie die starke Überzeugung besitzen, dass er nicht das Ende ist. Dann könnte Lachen auch mal erlaubt sein.

Am folgenden Tag schaffte ich es irgendwie, einen Bestatter in der Nähe ausfindig zu machen, und der kam auch ziemlich rasch. Als er sich vorgestellt hatte, musste ich zu Ninang Fely herüberschauen, und in Gedanken sagte ich zu ihr: »Huch, hallo … willst du mich damit aufmuntern?!« Ich hatte einen alten, buckligen Mann erwartet, doch was zur Tür hereinkam, war ein Ryan-Reynolds-Verschnitt. Innerlich musste ich dermaßen lachen, weil der genau mein Typ Mann war. Das Abschiedsgeschenk meiner Adoptivmutter. Es tat gut zu glauben, dass es so war. Herrschaftszeiten, der war aber auch schön! Auf Philippinisch sagte ich zu Filomena: »Konnten die nicht einen Hässlichen schicken?! Das hätte besser zur Stimmung gepasst.« Sie wusste nicht, ob sie lachen oder weinen sollte, und sagte ebenfalls auf Philippinisch: »Das mit dem Nummerntauschen erübrigt sich dann ja.« Als typische Filipina bemerkte sie daraufhin: »Jetzt hast du dich nicht mal geschminkt!« Unmöglich! Herr Kornfeld war nicht nur ein ästhetischer Augenschmaus, er war in seinem Fach auch professionell. Er erklärte mir geduldig die Vorgehensweise und wiederholte seine Antworten mehrmals, als meine Gedanken immer wieder von Trauer übermannt wurden. Er öffnete eine Broschüre für Urnen. Ninang Fely wollte eine Feuerbestattung, und um mir keine Last aufzubürden, hatte sie mir gesagt, dass ich sie anonym begraben sollte. Das kam für mich absolut nicht infrage, und ich bat sie mit unterdrückten Tränen darum, etwas zu haben, wo ich sie besuchen durfte. Ihr liebevoller Blick reichte mir als Antwort. Ich wählte eine weiße Urne mit einer darauf gemalten Blume. Dann folgten die Grabsteine und Blumengestecke. Was für eine Ironie des Schicksals … In dem Jahr hätte ich meine Hochzeit gefeiert. Statt nun mit einem Weddingplaner mein Hochzeitskleid und Blumengestecke für die Trauung auszusuchen, saß ich mit einem schwarzgekleideten Bestatter im Hospiz und blätterte in Urnenbroschüren. Glück und Trauer lagen so nah beieinander. Mein Adoptivvater hätte jetzt womöglich Sepp Herberger zitiert: Der Ball ist rund, und ein Spiel dauert 90 Minuten. Wie dieser Fußballtrainer hätte mein Adoptivvater mich angehalten, mich nun auf das Wesentliche zu konzentrieren. So ist es nun mal, pflegte er zu sagen. Nach nur ein paar Tagen war ich über diese Ironie des Schicksals sogar dankbar. In meiner Trauer beging ich die Dummheit, meinen krawattentragenden Verflossenen trotz unsrer Trennung anzurufen, und er konnte mir in meiner Trauer nichts anderes sagen als: »Jetzt konzentrier dich und organisiere alles Schritt für Schritt. Oder hol jemand, der das organisieren kann. Hör endlich auf, ständig zu sagen, du bist allein. Du hast da doch jemanden.« Im Hintergrund hörte ich sogar, wie der Wasserhahn lief. Er kam anscheinend von seinem superwichtigen Sport und musste sich natürlich einen Proteinshake machen. Von ihm kam nicht mal mehr ein Anruf, und die reichlich verspätete Beileidskarte schickte er von seinem Arbeitsplatz aus. Als ich nach der Beerdigung wieder in die Schweiz kam, fand ich in meinem Briefkasten einen großen Brief von ihm. Naiv, wie ich war, glaubte ich an das gute Ende des bösen Märchens. Fehlanzeige! Es war das Kautionsrückgabe-Formular, das ich unterschreiben sollte, damit die Kaution unserer gemeinsamen Wohnung zurückerstattet wurde. Auf einem Post-it-Zettelchen war eine Nachricht, in der er mich vehement drängte, die Formulare so schnell wie möglich zu unterschreiben und wegzuschicken. Auf der Rückseite ließ er noch seinen Ärger über die Vermieter aus. Dieses Zettelchen in der Hand haltend, verspürte ich nicht den geringsten Ärger. Ganz im Gegenteil. Ich schätzte mich glücklich, weil ich vor einem wahrlich schlimmen Unglück bewahrt worden war. Man sagt, dass der Partner der Spiegel des eigenen Selbst ist, und so musste es auch mit diesem Mann gewesen sein. Zu der Zeit, als ich mit ihm zusammenkam, stand ich in der Blüte meiner Selbstständigkeit. Ich war erfolgreich mit meiner Praxis, und vor allem verdiente ich viel Geld, das mich abheben ließ. Was einen Mann von seiner Branche natürlich sehr beeindruckte. Die Möbel und die Kleidung, die er bevorzugte, mussten mit einem besonderen Etikett versehen sein. Das Püppchen, das ich an seiner Seite war, sollte auch die Krone der Etikette auf dem Kopf tragen. Diese Krone hatte ich mir unheimlich gern aufgesetzt und wachte morgens schon damit auf. Ich genoss das Bad in dem Strudel aus Gütern und Geld. Keine Frage, ich liebte die teure Handtasche, die er mir in einer Boutique in Nizza kaufte. Ich genoss meinen Champagner in der Business Class. Ich schätzte die Begrüßung der Hotelangestellten in einem Fünf-Sterne-Luxushotel als die Missis des Bankers, der gerade hier abgestiegen war. Wie toll ich mir vorkam, in seinen BMW einzusteigen und meine Gucci-Sonnenbrille aufzusetzen. Ja, die bescheidene liebe Karel aus der Provinz war nun voll abgehoben. Sie vergaß, dass sie einst nicht aus Gesundheitsgründen barfuß laufen musste. Sondern weil es kein Geld für neue Schuhe gab, nicht mal für Flipflops. Geld wurde mir plötzlich sehr wichtig. Ich hatte alles, was sich eine Frau nur wünschen konnte. Er verwöhnte mich von oben bis unten mit Dingen, und ich erkannte später, dass es seine Art war, Liebe zu zeigen. Die vorherigen Zeilen sollten ihn nicht verurteilen. Ich bemitleide ihn für seine armselige, schwache Haltung. Sein Verhalten war abgrundtief rücksichtslos, aber er sah sich in völligem Recht. Recht, das er sich durch seine Netzwerke erkaufen konnte. Er war meine Wahl, vielmehr die Wahl meiner Seele, und er musste so handeln, damit ich wachsen konnte. Ohne die Begegnung mit ihm und die Erfahrung seiner widerlichen Rücksichtslosigkeit hätte ich eine der wichtigsten Lektionen im Leben verpasst. Alles ist vergänglich, sogar das Leben und erst recht das Materielle. Ich trachtete nach dem Erstklassigen, wollte zu den besseren Menschen gehören und zwang mich wie in einem zu engen Kleid, zu einer Gesellschaft zu gehören, in die ich nicht passte. Durch diesen Krawattenträger fand ich zu mir selbst und kann ihm heute tatsächlich einen großen Dank aussprechen. In dieser Situation waren Liebe und Hass nah beieinander. Man hatte sich geliebt und doch verletzt. Was blieb, ist auch eine tiefe Narbe. Wächst die Wunde jedoch zu, dann ist das Narbengewebe viel kräftiger. Eine Verletzung führt nicht gleich zur Schwäche, sondern vielmehr zur Stärke.

Ich überstand das Gespräch mit dem gut aussehenden Bestatter und musste innerlich doch den Kopf über meine Unpässlichkeit schütteln. Mit den restlichen Sachen bepackt, stand ich am Totenbett meiner Adoptivmutter. Es war nun nicht mehr so, als schliefe sie. Ihr Körper war nur noch eine Hülle, es war leer. Trotzdem sagte ich: »Mach dir um mich keine Gedanken. Ich schaff das schon! Bis dann …« Die lieben Schwestern umarmten mich noch ein letztes Mal und wünschten mir Kraft für die kommende Zeit. Diana holte mich ab und setzte mich in Ninang Felys Wohnung an der Kortumstraße ab. Meine Cousine sorgte sich um mich, und es war ihr nicht recht, mich allein zu lassen. Ich versprach ihr, mich am Abend bei ihr blicken zu lassen. In der Wohnung angekommen, war mein Freund Mister Einsamkeit wieder da. Ich kauerte mich auf Ninang Felys Bett und fühlte mich ihr so nah. Meine verheulten, übernächtigten Augen fielen mir zu. Dann kam ich in einen merkwürdigen Zustand. Als würde ich träumen und doch wach sein. Ich konnte ganz klar das Schlafzimmer wahrnehmen und auch, dass ich mit dem Rücken zur Tür lag. Plötzlich erschien Ninang Fely neben mir und streichelte mir mehrmals über den Kopf. Etwas in mir wollte wach werden und sich zu ihr drehen. Doch so sehr ich auch wollte, ich konnte nicht. Meine Augen öffneten sich, und reflexartig drehte ich mich zur Tür um. Alles, was ich sah, war die Tür. Was war das? Hatte meine Adoptivmutter noch mal nach mir geschaut? Egal, was es war. Traum oder übersinnlich, es war einfach voller Liebe. Dieser Traum oder dieses Phänomen kamen noch einige Male – meistens dann, wenn ich mich besonders einsam und traurig fühlte. Von solchen und ähnlichen Phänomenen haben andere Menschen ebenfalls erzählt. Ob man nun daraus eine Wissenschaft machen sollte, sei mal dahingestellt. In jedem Fall gibt es den Hinterbliebenen Trost und nimmt ein Stück Trauer.

Ich hatte noch drei Tage die Möglichkeit, mich von Ninang Fely im Krematorium zu verabschieden. Mir war eigentlich nicht mehr danach. Ich war erschöpft, doch Filomena und ihre Freunde wünschten dort meine Anwesenheit. Irgendwie war es trotz der kalten Raumtemperatur ein schöner Raum. Der Hauptfriedhof am Freigrafendamm war in der Frühlingssonne sehr friedlich und lud zum Verweilen ein. Dann kam der schwere Tag. Die Beerdigung. Meine Adoptivmutter war relativ verschlossen gewesen und hatte sich nicht sonderlich viel mit ihren Landsfrauen getroffen. Stoisch ignorierte sie die Gerüchteküche und die Lästereien, sie verbrachte lieber mehr Zeit mit ihrer besten Freundin Filomena und einigen Pinays aus der Kirchengemeinde. Am 21. April 2015 war die Beerdigung. Ich rechnete nur mit ein paar Leuten und bestellte im Restaurant Strätlingshof einen Tisch für maximal zehn Gäste. Bei dieser Wahl hätte sich meine Adoptivmutter sicher im Grab umgedreht, es ist ein gehobenes Restaurant mit Tradition. Den Strätlingshof gibt es in Altenbochum schon seit 1831, und das Gebäude gehört zu den ältesten Bochums. Bis heute wird es von den Nachfahren der Familie Strätling geführt. Das Restaurant, das in circa fünf Minuten Fußweg vom Freigrafendamm erreichbar ist, bietet mit seinem urigen Stil ein gemütliches Ambiente und ist außerdem sehr ruhig gelegen. Meine bescheidene Ninang Fely hätte sich niemals einen Tisch in diesem Gasthaus geleistet. Einerseits war diese Wahl ihr zu Ehren vollkommen angemessen, und andererseits hätte sie mehr davon gehabt, hätte ich sie dort mal zum Abendessen eingeladen. Da waren sie schon wieder: meine »Hätte, wenn und aber«-Gedanken, die zu keinem konstruktiven Ergebnis führten. Also, ihr zu Ehren ein schickes Restaurant. Fertig, aus, entschieden! Es würden ohnehin nicht viele Leute kommen, ein Gedanke allerdings, der bei mir einen zusätzlichen Schmerz auslöste. Sie hatte ihre Eigenarten gehabt und war weiß Gott kein Engel gewesen, aber eine Beerdigung mit nur einer Handvoll Leuten, die ihr die letzte Ehre erwiesen, hatte sie auch nicht verdient. Ja, das dachte ich zuerst. Ich entschied mich daher, den Trauergottesdienst in der kleinen Kapelle abzuhalten. Nach und nach kamen immer mehr Landsleute von uns und stellten sich bei mir vor. Die meisten hatten mit ihr zusammengearbeitet oder kannten sie aus der Kirche. Einige deutsche Freundinnen waren auch vertreten, die mit ihr die jährliche Ostseefahrt gemacht hatten sowie den regelmäßigen Kaffeeklatsch. Die kleine Kapelle, in der die Messe stattfand, war voll, und einige mussten sogar stehen. Ich glaube, dass es dann doch ungefähr 50 Menschen waren. Der Ryan-Reynolds-Bestatter war auch anwesend und erledigte sofort das Tischproblem im Restaurant. Der Gang zu ihrem Grab glich einer philippinischen Parade, was mich zutiefst berührte. Ninang Felys Wunsch war es eigentlich gewesen, ihre letzte Ruhe auf den Philippinen zu finden. Doch beim Anblick der Menschen, die den gleichen Lebensweg bestritten hatten wie sie und die ihre Geschichte teilten, war mir klar, dass es so richtig war. Trotz ihrer Eigenart wurde meine Adoptivmutter geschätzt, und sie musste die letzte Etappe ihres Daseins nicht allein beschreiten. Mit den folgenden Worten erwies ich ihr die letzte Ehre:

»Man kann unseren gemeinsamen Lebensweg mit einem Marathonlauf vergleichen. Oft sind wir gefallen, hatten uns tiefe Wunden zugefügt, die schwer heilten. Hatten uns distanziert und uns dann wieder gegenseitig überholt. Jede von uns war von ihrem eigenen Ehrgeiz und Stolz gepackt, das Rennen für sich zu bestimmen. Besonders ich. Mit dem Fokus auf dem Ziel schenkte ich dir keine Beachtung. Bei dieser Strecke des

Lebens hast du mich nur beschützen wollen, aber ich konnte es nicht annehmen und verstehen schon gar nicht. Doch die letzte Etappe, so beschwerlich sie auch war, brachte uns sehr nahe zusammen. Mühselig und voller Leid hast du diese Strecke bezwungen. Unbeholfen sah ich dir bei deinem Kampf zu. Jeder Schritt war von Schmerz bestimmt. Auch dann wolltest du mich beschützen und bist allein ins Ziel gegangen. Noch heute höre ich dein beschwerliches Atmen. Atemzüge, die Stiche in meinem Herzen hinterließen. Du bist über die Ziellinie gekommen. Du hast es geschafft. Ich habe, wenn Gott will, noch eine lange Strecke vor mir. Doch weiß ich, dass du mich weiterhin, während ich diese Strecke laufe, beschützen wirst, so wie du es schon immer getan hast. Ich bin überzeugt, dass du weiterhin deine wachen Mutteraugen auf mich richten wirst und mir bei all meinen Entscheidungen zur Seite stehen wirst. Sollte ich irgendwann auch ans Ziel gelangen, bin ich mir sicher, dass du dort mit offenen Armen auf mich wartest. Bis dahin werde ich alles in meiner Macht Stehende tun, um der Mensch zu werden, dem du dein Leben voller Selbstlosigkeit und in aller Bescheidenheit gewidmet hast. Ich danke dir, dass du mir weiterhin Rückenwind gewährst und dass du dich selbst in den Schatten gesetzt hast, um mich leuchten zu lassen.«

Erst wenn ein Mensch nicht mehr da ist, fangen wir an, die wundervollen Seiten an ihm zu schätzen. Davor waren sie für uns so selbstverständlich. Dann fällt uns ein, dass wir noch jenes gern gesagt und dieses gern getan hätten. Das »Hätte, wenn und aber«-Phänomen mal wieder, es kann einen am Herzen piken und die Reue bis zum Wahnsinn treiben. Ob es um den Tod eines geliebten Menschen, das Ende einer hoffnungsvollen Partnerschaft, den Verlust des geliebten Berufes oder ganz einfach um das Zerplatzen des sehnlichsten Wunsches geht. Fakt ist, dass es im Leben Dinge gibt, die unwiederbringlich sind. Eine Rückspultaste gibt es nicht, obwohl man sie sich sehnlichst wünscht. Man geht hart ins Gericht mit sich selbst, sucht destruktive Kompensationen oder betäubt sich mit schädigenden Mitteln. Durch diese Maßnahmen hofft man auf Antworten, doch stattdessen bekommt man eine zusätzliche Malaise als Rechnung. Die aufmunternden Worte Außenstehender wie »Es wird wieder gut«, »Auch das geht vorbei« und »Es kommen bessere Zeiten« führen nur zur Reizung des Inhalts im Magen-Darm-Trakt, den man dem Tröstenden am liebsten sofort vor die Füße speien würde. Man schwimmt in der Kanalisation des Lebens und droht am Gestank zu ersticken. Völlig gefangen in dieser Grube. Das Gute ist nicht absehbar. Die bessere Zeit scheint utopisch. Das Ende der Qualen unerreichbar. In so einer akuten Situation ist man völlig resistent gegen positive Aufmunterung. Jede aufbauende Maßnahme stößt auf Granit. Doch was oder wem nutzt das Gejammer? Nichts und niemandem! Wir sind alle Schmiede unseres Glücks, und das Schmieden ist wahrlich eine anstrengende, hohe Kunst. Will man zu viel, kann das durchaus eine gefährliche Verletzung zur Folge haben. Das Leben ist eine Kunst oder aber auch nur ein Spiel. Manchen fällt es leichter, es zu bewerkstelligen, andere wiederum scheitern daran. Es liegt am Einzelnen zu entscheiden, wann und ob man überhaupt aus der Grube herauskriechen will. Glück ist nicht, wenn man Menschen um sich hat, die einen auf Teufel komm raus aus der Grube zerren. Das wahre Glück ist es, Menschen zu haben, die sich neben einen in die stinkende Grube setzen, egal wie lange es dauern mag. Ist man als Leidender wieder bereit, unter die Sonne zu treten, dann schieben diese Menschen einem sogar den Hintern nach oben. Man nimmt sie oft für selbstverständlich, weil man viel zu sehr mit seinen eigenen Problemen beschäftigt ist. Erst wenn die stinkende Kanalisation, in der man gefangen war, zugeschüttet wird, erkennt man ihren unermesslichen Wert. Diese Sorte von Menschen sind eine Rarität. Sie machen das Leben lebenswert.

Die Propsteikirche –
da, wo man mit Gott abhängt

Man kann auf die Dauer kein guter Christ
sein, ohne zu beten – so wenig man leben
kann, ohne zu atmen.
Romano Guardini

Die älteste und bis 1655 einzige Kirche in Bochum ist die Propsteikirche St. Peter und Paul. Und wenn ich alt meine, dann sprechen wir hier von der Zeit zwischen 785 und 800. Sie wurde dem Heiligen Petrus geweiht und war zuerst eine hölzerne Missionskapelle. Nicht verwunderlich, dass sie einige Brände und Kriege miterlebt hatte und infolgedessen einige Schönheitsoperationen über sich ergehen lassen musste. Heute ist sie eines der Wahrzeichen Bochums. Betritt man dieses Gotteshaus, wird man sofort von Ruhe und Kraft überströmt, die einen ins Innere des Hauses ziehen. An der rechten Seite des Altars ist der hölzerne Marienaltar mit dem Hauptbild der Rosenkranzmadonna und dem Jesuskind auf dem Schoß. Dieses Bild wurde 1875 von Franz Ittenbach angefertigt. Zur Weihnachtszeit wird unterhalb dieses Bildnisses eine wunderschöne Krippe aufgestellt. Die linke Seite des Altars schmückt ein Kruzifix aus Holz, das 1352 von Bernhard von Waltrop geschnitzt wurde. Der Altar ist von einem fünfseitigen Flügelretabel geschmückt, das aus der Zeit um 1884 stammt. Es ist aus Lindenholz angefertigt und zeigt Darstellungen aus dem Leben Christi.

In dieser Kirche bekam ich meine Firmung, und sie war unser sonntägliches Ausflugsziel für die Messe. Später, als Ninang Fely in die Kortumstraße zog und ich regelmäßig einige Tage in Bochum verbrachte, wurde sie zu meinem Kraftort. Dank meiner streng katholischen Erziehung waren Beten und

Glauben eine Selbstverständlichkeit, wofür ich bis heute sehr dankbar bin. Ohne meinen Glauben und das Vertrauen in Gott hätte ich, so würde ich behaupten, all die Herausforderungen des Lebens nicht ausgesessen und gemeistert. Selbst wenn ich am tiefsten Punkt angelangt war und Gott wahrhaftig verflucht hatte, gab mir mein Glaube eine enorme Kraft. Ich fühlte mich als Kind Gottes und erlaubte mir daher, mich ihm gegenüber wie ein pubertierendes Kind zu benehmen. Gerade nach dem Tod meiner Adoptivmutter hatte ich mir sehr viele blasphemische Ausbrüche erlaubt. Erstaunlicherweise bekam ich kein schlechtes Gewissen oder gar Angst vor den göttlichen Strafen. Diese Ausbrüche befreiten mich, und ich fühlte mich danach wie in einen Mantel voller Liebe und Geborgenheit gehüllt. Die Frage nach der Existenz Gottes hatte schon zwischen so manchen Geistern Zwietracht gesät. Jedoch für mich war Gott von Kindesbeinen an immer präsent. Es mag ganz sicher daran gelegen haben, dass nahezu die gesamte Bevölkerung der Philippinen keinen Zweifel an seiner Existenz hat. Da war es schwer, die gegenteilige Meinung zu bilden. Vor allem, wenn man Nonnen als Lehrerinnen hatte. Nun, so extrem geschadet hat es mir offenbar nicht, oder vielleicht doch sehr? Jedenfalls vertraute ich Gott auf eine besondere und, wie ich mit Blick auf meine blasphemischen Ausbrüche behaupten darf, grenzwertige Art und Weise. Fest daran zu glauben, dass Schicksale von Gott gegebene Lebensprüfungen sind, gab mir ein Quäntchen Mut, mich der Herausforderung zu stellen. Die erlebten Verluste und Trennungen hatten mich heftig niedergeschlagen, kurz bevor bis zehn gezählt wurde, lag ich am Boden. Doch bei neun kam mein Bewusstsein zurück. Die Schicksalsschläge einstecken und aufstehen. Bliebe man am Boden liegen, bis der Gong den Kampf beendete, dann würde diese Prüfung garantiert mit dem nächsten Kampf wiederholt. Ist das ein naiver, sarkastischer Gedanke? Vielleicht, aber er gibt einem einen deftigen Tritt in den Allerwertesten und dämpft das Jammern auf höchstem Niveau. Es gibt immer Schicksale, die grausamer sind. Für manche Menschen hat mein Schicksal sicher die Tragweite von Pickeln auf der Nase. Doch ist es immer das gleiche Leid. Und es kommt nicht darauf an, ob es Gott, das Universum oder eine energetische Form ist – letztlich ist es der Glaube als solcher, der den nötigen Halt geben kann.

Während der Krankheit von Ninang Fely suchte ich Zuflucht in der Propsteikirche und nahm fast täglich an den Abendmessen teil. Manchmal flüchtete ich sogar zweimal am Tag vor die Marienstatue und betete, dass Ninang Fely nicht so leiden möge. An manchen ohnmächtigen Tagen bat ich sogar um ein Wunder, wobei mir die Sinnlosigkeit dieses Wunsches bewusst war. Dann bat ich um Stärke und Kraft für die bevorstehende Zeit. Doch irgendwie ahnte ich, was für ein steiniger Weg vor mir lag. An einem Sonntag im Februar ging Ninang Fely ein letztes Mal mit mir zur Messfeier. Zur Kommunion musste ich sie schon stützen, und das Aufstehen und Setzen wurde ihr zu beschwerlich. Ans Hinknien war erst recht nicht zu denken. Die 500 Meter Fußweg zu ihrer Wohnung fühlten sich wie eine qualvolle Ewigkeit an, und sie musste einige Male pausieren. Sie kämpfte um jeden Schritt, und ich konnte nichts anderes tun als tatenlos zuschauen. Tränen stiegen mir auf, krampfhaft versuchte ich sie runterzuschlucken. Ich wollte es ihr nicht noch schwerer machen. Dann plapperte ich los in der Hoffnung, dass sie etwas abgelenkt würde. Vor allem aber plapperte ich für mich, um meine Tränendrüse an dem Tsunami zu hindern. Ich zwang mich sogar, was Lustiges zu quasseln, und meine Adoptivmutter schaute zu mir herüber und zwang sich ebenfalls zu einem Lächeln. Eine typisch philippinische Haltung. Eine regenbogenähnliche Fassade, obwohl das Innenleben alles andere als schön ist. Die Treppen zu ihrer Wohnung glichen dem Aufstieg zum Mount Everest. In der Wohnung angelangt, ließ sie sich auf ihr Bett fallen. Mantel und Stiefel auszuziehen war ihr nicht mehr möglich. So sanft, wie es ging, versuchte ich sie zu entkleiden, was mir halbwegs gelang. Hilflos und wie verlassen saß ich noch eine Weile neben ihr am Bett. Ich beobachtete, wie ihre Lungen ihre Kapazität bis aufs Letzte ausschöpften. Plötzlich musste ich daran denken, wie ich einmal nach dem Röntgenbild ihrer Lungen bei ihr nachgefragt hatte. Sie erzählte mir von einer CD, die sie vom Krankenhaus bekommen habe. Es war eine CD-Rom, die sie in einen CD-Player steckte. Verwirrt wunderte sie sich, warum das nicht funktionierte, und glaubte, das Gerät sei nicht mehr funktionstüchtig. Zur Kontrolle legte sie eine Musik-CD von Elvis Presley ein, und wie sie mir später erzählte, habe »Love me tender« einwandfrei geklungen. Ich prustete los, als sie das mit inbrünstigem Unverständnis erzählte. Daraufhin habe sie mit der CD samt CD-Player ein Elektrogeschäft aufgesucht und einem Fachmann ihr Problem geschildert. Ich konnte mir das konsternierte Gesicht des Mannes vorstellen. Sicherlich hatte der sich gefragt, von welchem Stern diese Frau kam. Er war jedoch sehr verständnisvoll und freundlich. Geduldig erklärte er ihr den Unterschied zwischen einer Musik-CD und einer CD-Rom. Meine technisch versierte Ninang Fely! Er bot ihr sogar an, die CD auf einem im Laden stehenden Computer zu öffnen. Ninang Fely war die Sache jedoch dermaßen peinlich, dass sie ebenso dankend wie entschuldigend ablehnte. Sie hatte den Umgang mit dem Computer strikt abgelehnt, das Handy allein war für sie schon eine hochkomplexe Welt.

Bei meinen sonntäglichen Kirchgängen lernte ich den Probst kennen, der nach der Messe immer Zeit hatte für einen kleinen Schwatz mit seinen Besuchern. Er war sehr engagiert und den Menschen sehr nahe. Seine Predigten waren stets lebendig und der gesellschaftlichen Situation angepasst. So fiel ihm eines Tages auch auf, dass Ninang Fely nicht mehr an der Messe teilnahm. Ich erklärte ihm ihre Situation, und er versprach, sie in seine Gebete aufzunehmen. Dann kam der erste Sonntag, an dem Ninang Fely nicht mehr auf mich in der Wohnung wartete und mich über die Predigt ausfragte. Der Probst kam in seinem wallenden Gewand auf mich zu, und ich entnahm seinem Gesichtsausdruck, dass er ahnte, was passiert war. Ich sagte nur: »Die Mutter ist nicht mehr da.« Er breitete seine Arme für eine Umarmung aus, wobei sich sein Gewand ausbreitete. In den Mantel gehüllt kam ich mir vor, als umgebe mich Gott persönlich mit einer Wolke des Schutzes. Der kurze Moment gab mir das vertraute Gefühl, dass Ninang Fely irgendwo aufgehoben an einem guten Ort war. Ich kannte ihn nur aus der Messe und vom Händeschütteln am Ausgang der Kirche. Sah er mich mit Ninang Fely, sagte er stets freudig: »Ah! Die Tochter ist wieder da.« Dann widmete er seine Aufmerksamkeit meiner Adoptivmutter, fragte nach ihrem Wohlergehen und segnete sie. Diese Zuwendung gab ihr in der akuten Phase ihrer Krankheit sehr viel Halt. Es schien mir, als bereite sie sich auf den Eintritt an der Himmelspforte vor. Der Probst schenkte mir an dem Sonntag besonders viel Zeit. Er versicherte nicht, dass Gott sich ihrer angenommen habe oder dass sie im Paradies sei, gab auch sonst keine unüberprüfbaren religiösen Aussagen von sich, die man trotz des starken Glaubens in dieser Situation nicht hören wollte. Es war mitfühlende Menschlichkeit, mit der er mir ganz selbstverständlich begegnete. Aus einem unerklärlichen Grund lud ich all meinen Schmerz und meine Trauer bei diesem eigentlich fremden Menschen ab. Geduldig und mit sanftmütigem Gesichtsausdruck hörte er mir zu. Mir kam es vor, als wäre die Kirche ein Versandhaus und der Probst ein zufälliger Verkäufer, bei dem ich mich über die Fehlfunktion einer Ware beklagte. Kirche und Religion hatte ich an Tagen wie diesem stets infrage gestellt. Während ich nun meinen Monolog über die Ungerechtigkeit des Todes und des

Leidens hielt, beschäftigten mich folgende Fragen: Dient der Glaube in unserem irdischen Dasein dazu, Punkte für die Zulassung an einem besseren Ort zu sammeln? Machen wir uns nicht einfach vor, dass dadurch die Angst vorm Sterben vermindert wird? Wurde die Religion erfunden, um das Leid im Leben hinzunehmen oder gar auszuhalten, mit der Hoffnung auf etwas Besseres? Ja sogar, um das Ganze zu bagatellisieren? Wer hatte die exakten Antworten darauf? Gab es überhaupt eine Antwort, oder hatten wir uns einfach eine Lüge aufgebaut? All diese Fragen hätte ich dem Probst am liebsten gestellt. Sicherlich hätte er mir einige Erklärungen geben können, aber hätte ich die wirklich hören wollen?

Er vergewisserte sich, ob ich in der Lage sei, die Beerdigung zu organisieren, und bot mir seine Hilfe an. Ich könne jederzeit in die Kirche kommen und mit ihm sprechen. In den späteren Gesprächen gab er mir mehr psychologische Unterstützung als die vielen Psychotherapeuten, die ich bei meiner Trauerverarbeitung aufsuchte. Die kirchliche Arbeit war seine Berufung, was er auch nach außen hin ausstrahlte. Leider geriet eine solche Berufung durch die Skandale in der katholischen Kirche in ein negatives Licht. Seien es Übergriffe gegenüber Schutzbefohlenen, seien es Veruntreuungen von Kirchengeldern. Ersteres löste bei mir wie sicher bei vielen anderen das Bedürfnis aus, ihre strahlenden Gesichter mit dem restlichen Mittagessen reinzuwaschen. Es gibt tatsächlich geweihte Priester, die ihren vermeintlich göttlichen Status als Freifahrtschein zur Legalisierung ihrer Sünden benützen. Im Auftrag des Herrn halten sie sich für berechtigt, die Sünden aller vergeben zu können, und gleichzeitig meinen sie, dass für sie andere Regeln gelten. So als stelle ein Polizist einen Strafzettel wegen Trunkenheit aus und habe selber zwei Promille im Blut. In manchen Gemeinden ist es auch selbstverständlich, dass der Priester ein großes Haus mit einem riesigen Grundstück bewohnt, mit davor geparktem BMW – welch ein immens hohes Gehalt sie, von unserer Kirchensteuer finanziert, einheimsen, kann man sich ausmalen. Ganz zu schweigen von den Anstellungsverhältnissen, die grenzwertige Abhängigkeiten mit sich bringen. Sollte jemand mit dem »Gott in menschlicher Gestalt« nicht der gleichen Meinung sein, würden die anderen Untertanen dazu animiert, denjenigen subtil aus der Mannschaft herauszubefördern. Da würden sich alle Mittel, die Gott verboten hatte, zunutze gemacht. Intrigen würden mit der vermeintlichen Segnung Gottes in die Welt gesetzt, und da das von einem geweihten Menschen käme, gäbe es selbstverständlich keinen Zweifel an der Wahrheit. Manche von ihnen verpflichten ihren Hofstaat sogar, sie mit ihrem Titel zu begrüßen: »Guten Tag, Herr Pfarrer.« Die selbstverschriebene Erhabenheit wurde hier deutlich ausgelebt. Das ist wahrscheinlich die Erklärung dafür, warum manche von der Sorte selten eine krumme Haltung haben: Ihr Stolz lässt sie automatisch eine aufrechte Körperhaltung einnehmen. Doch wie heißt es so schön: Hochmut kommt vor dem Fall. Warten wir's ab, denn Karma is a bitch! Der Schutzpatron der Priester, der Pfarrer von Ars Jean-Marie Vianney, bekam eine krumme Haltung, da er sein Leben für die Menschheit geopfert hatte. Er hatte es den heute statusorientierten Pfarrern im Grunde vorgelebt. Dieser Pfarrer hatte in vollkommener Askese und Demut gelebt und ein Haus für Waisenkinder gegründet. Erführe er von den dubiosen Machenschaften seiner heutigen Schützlinge, würde er sich dreimal im Grab umdrehen und behielte zuletzt das Hinterteil nach oben gerichtet. – Mein Patenonkel war ebenfalls ein geweihter Priester und lebte so, wie es der Patron seiner Berufsgattung tat. Ich erlebte ihn immer nur mit einem Koffer, mit dem er von einem Konvent zum anderen pilgerte und Messen abhielt. Er lebte in nur einem Zimmer, und seine wenige private Kleidung bestand aus Geschenken. Geldgeschenke, die wir ihm in einem Umschlag dezent gaben, gab er stets den Bedürftigen weiter. Er nahm nur das, was er brauchte, und wenn es ein anderer nötiger brauchte, verzichtete er selbst darauf. Probst Michael Ludwig widmete sich den an den Rand der Gesellschaft Verstoßenen, was auf manche konservativen Kirchenleute sicher abschreckend wirkte. Er baute für diese Menschen eine Anlaufstelle auf und hatte stets ein Ohr für ihr Anliegen. Michael, mit dem ich mittlerweile per du bin, gebührt wahrlich der Titel Pfarrer. Dabei bleibt er authentisch und mit seinen Schäfchen auf Augenhöhe. Zur Zeit der Flüchtlingskrise baute er eine Organisation auf, für die er zu Kleider- und anderen notwendigen Spenden aufrief. Da kam es gelegen, dass ich sämtliche Sachen von Ninang Fely der Kirche abgeben konnte. Es gab mir ein gutes Gefühl, dass die Dinge, die sie geliebt und bedächtig gehortet hatte, zu einem guten Zweck verwendet werden konnten. Bei dieser Aktion bemerkte ich auch, wie hilfsbereit viele Bochumer waren. Kistenweise türmten sich Toilettenartikel und Kleider vor der Kirche, und viele helfende Hände opferten ihre Zeit und Kraft, das Gesammelte zu transportieren. Freiwillige Helfer standen tatkräftig bereit, für die Flüchtlinge die Integration zu vereinfachen und für ihr Wohlbefinden zu sorgen. Man hörte zu dieser Zeit von vielen unrühmlichen Vorfällen, die sich in anderen deutschen Städten gegenüber Flüchtlingen zugetragen hatten. Nicht aber in meinem Bochum! Sicher gab es dort den ein oder anderen, der sich über die Lage brüskiert hatte. Diese Stimmen drangen jedoch nicht so weit in die Öffentlichkeit und gehörten in Bochum zur Minderheit. In der Stadt hörte man keine negativen Diskussionen über die Flüchtlingsproblematik. Zu der Zeit grassierte in der deutschen Bevölkerung schon die Angst, wie lange man der Situation noch Herr bleiben könnte. Die Bochumer waren da aus anderem Holz geschnitzt. Diese Zeit in der Grube kriegt man auch noch rum. Die Freundlichkeit und das Entgegenkommen dieser Menschen prägten mich schon als Zehn-jährige ohne Deutschkenntnisse, als ich nach Bochum kam. Die liebevoll überreichte Gratiswurstscheibe beim Metzger oder die Zuckerstange vom Fischverkäufer waren für mich enorm große Gesten. Ich verstand nicht, was sie sagten, aber die Freundlichkeit in ihren Gesichtern war nicht zu übersehen. Später, als ich der deutschen Sprache mächtig wurde, spürte ich die Intensität dieser Freundlichkeit noch deutlicher. Der liebevolle Sarkasmus mag zwar nicht für jedes Ohr geeignet sein. In einer auf angemessene Ausdrucksweise bedachten Ge-sellschaft kann das Raue abschreckend erscheinen und das proletarische Klischee bestätigen. Ja, wir sind nun mal der Pott und sind stolz, Proletarier zu sein! Hier wird Tacheles geredet! Klar, das ist nicht immer leicht verdaulich, aber da weißt du, wo du dran bist. Nach meiner langen Abwesenheit wurde al-lerdings auch mir die Mentalität dieser Stadt fremd. Gewöhnt an Diskretion und eine gewisse Unnahbarkeit, verlor ich das Verständnis für diese liebevolle raue Art. Es mochte daran ge-legen haben, dass ich mich in meiner neuen Wahlheimat, der Schweiz, sehr einsam gefühlt und mich gezwungen hatte, meine ehrliche Ruhrpott-Mentalität abzulegen. Das hatte mir sicherlich die Integrität erleichtert und bestimmt auch mein asiatischer Phänotyp. Noch heute habe ich das Gefühl, dass ich das Weltbild einiger Menschen zum Wackeln gebracht hatte. Optisch eine unscheinbar aussehende, kleine, fragile Asiatin – das Mundwerk jedoch, furchteinflößend wie ein deutscher Panzer. Mit der Zeit glaubte ich ein Mittelmaß ge-funden zu haben. Das kurze »Ich krieg ein Bier« verwandelte ich in ein langatmiges »Wäre es Ihnen möglich, mir ein Bier zu bringen, bitte«. Klingt übertrieben, aber diese hochgesto-chene Ausdrucksweise brachte mir in mancher Situation tat-sächlich den gebührenden Respekt. Fragt sich vielleicht, wie ehrlich er gemeint war – aber immerhin bekam ich mein Bier.

Ich glaube und hoffe zumindest, dass keiner reingespuckt hat. Die Kraft der Sprache. Mit der Zeit habe ich festgestellt, dass es nicht immer negativ ist, sich wie ein Fähnchen nach dem Wind zu richten, soweit man an einen festen Mast gebunden ist. Betrete ich den Bochumer Boden, dann ist es mit meinen Umgangsformen und meiner Sprache so, wie wenn man den obersten Knopf von der Jeans aufmacht und die Wampe hängen lässt. Die Bochumer haben halt lieber einen mit 'ner Macke als was Eingezwängtes. Mit dem Einzwängen geht es nie lange gut. Entweder bekommt man Koliken oder die Hose platzt. In meinem Fall hatte es gewaltig geknallt, und der Knopf traf den Gegenüber auch noch genau ins Auge. Die Kunst des Integrierens liegt darin, sich nicht vollkommen aufzugeben und dennoch die Umgangsformen zu lernen sowie Verständnis für die Mentalität zu zeigen. Sich dagegen aufzulehnen bringt meistens eine Niederlage. Als rücksichtsvoll erzogene, nahezu zur Unterwürfigkeit tendierende Filipina fiel es mir nicht leicht, mit einem Mal das Herz auf der Zunge zu tragen. An meinen kulturell gemischten Adoptiveltern beobachtete ich, wie man gewisse Verhaltensweisen einsetzt und differenziert. Ich bin überzeugt, dass mir meine bikulturelle Erziehung einen großen Vorteil im Hinblick meiner Anpassungsfähigkeit beschert hatte. Und da ich die prägenden Jahre meines Lebens in Bochum verbracht habe, ist es natürlich unvermeidbar, dass der Ruhrpott sich in meinem Charakter und meiner Denkweise widerspiegelt. Mein Herz schlägt jedoch den philippinischen Takt, und dazu gehört der feste Glaube.

In meiner neuen Wahlheimat lebte ich sogar in einem katholischen Pilgerort. Aber mein Glaube wurde trotzdem nicht aufrechterhalten, und der sonntägliche Kirchgang wurde mit der Zeit immer seltener. Wie viele Neugläubige oder Wiedergläubige musste mich das Schicksal mit einem lauten Knall dazu bewegen. Ninang Fely war es, die mir die Verbindung zu

Gott wieder herstellte. Möglicherweise war es eine ihrer letzten Aufgaben, die sie mit Erfolg absolviert hatte. Meine täglichen Gebete, auch wenn ich sie aufgrund meiner mangelhaften Zeiteinteilung unter der Dusche sprach, und der sonntägliche Kirchgang gehörten mittlerweile zu meiner Routine. Mein Glaube gibt mir bis heute einen beständigen Halt und die nötige Kraft, die Herausforderungen des Lebens zu meistern. Katastrophen, Schicksale und unerträgliche Schmerzen jeglicher Art lassen viele Menschen an ihrem Glauben zweifeln. Diese Haltung ist absolut berechtigt, und man stößt schnell auf Unverständnis bis hin zum Hass auf diese vermeintlich höhere Macht. Warum lässt Gott das zu? Wenn es einen Gott gibt, dann sollte es so was doch nicht geben! Warum macht er das? Hat er uns nur dazu kreiert, um mit uns masochistische Spiele zu treiben? Das Argument, dass er uns einen freien Willen gab, ist ein schwacher Trost und wirkt wie kalter Kaffee. Wo liegt da überhaupt der Sinn? Meiner Überzeugung nach liegt er darin, dass Gott uns durch solche einschneidenden Erlebnisse die Möglichkeit bietet, unsere Seele robuster zu machen, um unser Dasein zum Wachstum zu führen. Als Gegenargument könnte jetzt berechtigterweise folgen, dass es nun nicht gerade einen Tumor oder einen Tsunami zum Wachstum brauche. Doch gäbe es solche Einschläge nicht und würden wir nur im harmonischen Glück schwelgen, würden uns wiederum Mut, Stärke und Durchhaltevermögen verwehrt bleiben. Hierbei fällt mir eine Aussage einer achtzehnjährigen querschnittsgelähmten Patientin ein. Ich fragte sie einmal, wie sie dieses schwere Gepäck eines unfairen Schicksals tragen könne. Ihre kraftvolle Antwort darauf machte mir einen Kloß im Hals und ließ meine Probleme auf beschämend kleine Größe schrumpfen. Sie sagte: »Jeder Mensch bekommt seinen Rucksack mit so viel Gewicht bepackt, wie er tragen kann. Und anscheinend hatte Gott mir vertraut und mich entsprechend konzipiert, dass ich diese schwere Last tragen kann.«

Der Bochumer Tierpark –
das Glück im goldenen Käfig

> Der Mensch ist frei geboren,
> und überall liegt er in Ketten.
> *Jean-Jacques Rousseau*

Mitten im Stadtpark gelegen befindet sich der Bochumer Tierpark, der am 3. März 1933 vom Verein Bochumer Tierparkfreunde e. V gegründet wurde. Am Anfang gab es dort nur Tiergehege für Hirsche, Greifvögel und Schafe, die kostenlos bis 1937 besichtigt werden konnten. Später kamen Affen-, Vogel- und Exotenhaus dazu. Trotz des Krieges wurden 1939 die Bärenschlucht und ein Aquarienhaus gebaut. Die umliegenden Schulen nutzten den Tierpark zur Ergänzung des Biologie- und Zeichenunterrichts. Im Zweiten Weltkrieg wurde der Tierpark von Bomben völlig zerstört, und die verbliebenen Tiere wurden am 24. Juni 1943 an den Zoo Wuppertal und an die Vogelwarte Essen abgegeben. 1949 kam es zum Wiederaufbau und einer Geländeerweiterung um circa zwei Hektar. In den nachfolgenden Jahrzehnten bis in die Gegenwart erfuhr der Tierpark durch seine Zuchterfolge große Anerkennung. Da wären, um nur einige zu nennen, die Haflinger-Pferde, die Sumatra-Tiger, die Indochina-Leoparden oder die Mönchsgeier. Diese zahlreichen Handaufzuchten trugen zum steigenden Ansehen des Bochumer Tierparks bei. Als Folge davon erklärten sich immer mehr Firmen bereit, den weiteren Ausbau finanziell zu unterstützen. 1988 spendete die Sparkasse Bochum eine hohe Summe, wodurch ein völlig neues Aquarienhaus errichtet werden konnte. Geht man die Klinikstraße entlang, dann stößt man auf den beinahe unscheinbaren Eingang des Zoogeländes. Von der Stelle aus sticht der markante Bismarckturm hervor, und man bekommt den Eindruck, als schieße er mitten aus dem Tierpark empor. Es ist ein beliebtes Ausflugsziel für Familien und bei jeder Jahreszeit einen Besuch wert. Die Ziegen warten stets darauf, gestreichelt und mit einem Leckerchen gefüttert zu werden. Täglich findet eine Fütterungsvorführung statt, und wenn man Glück hat, bekommt man einen Fisch vom Personal in die Hand gedrückt, um damit eine Robbe oder einen Pinguin zu beglücken. Für die Aktivierung der Lachmuskeln sorgt das Affengehege mit seinen lustigen Protagonisten. Und wer einen Blick ins »Fenster in die Lebenswelt der Dinosaurier vor 150 Millionen Jahren« erhaschen will, der kann sich im Fossilium, das 1996 dazugebaut wurde, austoben.

Mein erster Besuch im Tierpark müsste etwa zwei Wochen nach meiner Ankunft in Deutschland gewesen sein. Ich weiß noch, dass ich ein Sportuniform-T-Shirt aus meiner alten Schule von den Philippinen trug und dazu eine hellblaue Sommerhose. Meine Cousine und ich waren dort mit unseren Vätern. Es war der erste Vater-Tochter-Ausflug, den ich mit meinem neuen Papa machte. Ich wusste gar nicht, wie es war, plötzlich einen Papa zu haben. Er war mir noch fremd, aber meine quirlige Cousine vertrieb mir schnell diese Gedanken und richtete meinen Fokus auf die Tiere. Im Ziegengehege fühlte ich mich in meine Heimat zurückversetzt und wäre am liebsten dort geblieben. Das wohlige Gefühl, wieder etwas Lebendig-Felliges in den Armen zu halten, ließ mich auf eine Art ankommen. Die Aquarien mit den farbigen Fischen hatten mich fasziniert, auch dort hätte ich den ganzen Tag verweilen können. Man konnte die Herkunft der Fische auf Tafeln seitlich an den Aquarien nachlesen, und einige stammten von den Philippinen. Ich weiß noch, wie mich Stolz und gleichzeitige Freude überkamen, als ich den Namen dieses Herkunftslands sah. Ein Tier, das genauso um die halbe Weltkugel gereist war. Es hatte genauso viele Meilen zurückgelegt wie ich und sein gewohntes Umfeld verlassen. Dieser Fisch hatte sicher Angst gehabt, als er gefangen wurde, und vielleicht war er allein ohne jemand Vertrautes bei sich. Vielleicht dachte er nach, ob er jemals wieder in seine Heimat zurückgehen könne und alles dort wieder so wäre, wie er es verlassen hatte. Was würde ihm das neue Leben bringen? Würde er glücklicher werden? Würde er derselbe Fisch bleiben, der er war, oder würden ihn die äußeren Umstände zu einem ganz anderen Fisch formen? Ein ganz anderer als der, der er auf den Philippinen geworden wäre? Würden ihn seine neuen Mitfische akzeptieren, könnte er unter ihnen Freunde finden? Würde er sich wohlfühlen und den ihm gestellten Aufgaben gerecht werden? Könnte er sich an die Grenzen des Aquariums gewöhnen oder würde er ein paarmal am Glas anecken? Wie würde er sich allgemein in diesem neuen Leben zurechtfinden? Er war ja nur ein Fisch, der nicht besser wissen konnte, dass alles hier nur zu seinem Besten war. Ich wurde nicht gefangen, als ich nach Deutschland kam, und ich war auch nicht allein. Meine Tante Delia hatte mich begleitet, und es war für mich ein aufregendes Abenteuer. Was gefangen wurde, war mein Herz, gelockt mit einem Appell an meinen kindlichen Verstand. Man erklärte mir, es sei das Beste für mich und die neue Welt sei wunderbar. Ich wusste, dass ich immer wieder zurückgehen konnte. Als Kind hat man keine Vorstellung davon, was Veränderung wirklich bedeutet und was sie mit sich bringt. Mit unbeschwerter Haltung springt man neugierig auf die Veränderung zu. Ehe man sich's versieht, wird man mit der Definition von Glück konfrontiert. Man bekommt zwar regelmäßig Futter und sauberes Wasser. Das Futter jedoch schmeckte damals anders und manchmal auch gewöhnungsbedürftig. Das Wasser floss einfach. Doch fühlte es sich ebenfalls anders an und konnte manchmal zu kalt sein. Die Mentalität der neuen Welt hat mich zu einer selbstständigen, manchmal recht frechen Frau geformt. Vielleicht wäre ich andernfalls ein, wie man in der Schweiz sagt, »Huscheli«

geworden. Umgänglich, lieb, häuslich und vor allem: verheiratet. Möglicherweise besteht noch die Chance, das Zwischenmaß zu erreichen. Im Laufe der Zeit wird das Formen des Charakters jedoch immer schwieriger. Die Herausforderung besteht darin, sich selbst zu definieren. Die Aufgaben können auf vielerlei Weise bewältigt werden, auch wenn man bei manchem Gegenüber aneckt. Baut man sich genügend Stärke und Vertrauen auf, dann ist es im Grunde egal, wo und wie man das Leben führt. Man schwingt einfach mit, weil man in sich die Wurzeln aufgeschlagen hatte. Es schwingt sich vor allem noch besser, wenn man es mit Humor und Lachen nimmt. So unbeschwert durchs Leben zu schwingen wie die Affen an der Liane, das wünschen sich vermutlich die meisten Menschen. Als wir damals beim Affengehege angelangt waren, kamen wir aus dem Lachen und Staunen nicht mehr raus. Zum ersten Mal in meinem Leben sah ich diese Tiere und war erstaunt, wie ähnlich sie uns sind. Nur sind sie in ihren Handlungen viel unbeschwerter. Vermutlich liegt es daran, dass wir Menschen uns die Fähigkeit des Sprechens und des konstruktiven Denkens angeeignet hatten. Worte haben eine enorme Kraft. Sie können das Gegenüber beflügeln und sie können es verletzen wie ein Messer im Rücken. Die Kommunikation bei den Tieren funktioniert über Mimik, grobe Laute und Körpersprache. Wir Menschen können unsere Aussagen durch Substantive, Verben und Adjektive in eine vernichtende Richtung lenken. Mit ironisch-sarkastischem Getue kann man gewisse Bosheiten beim Gegenüber deponieren und das als Witz verpacken. Eigentlich, so denke ich manchmal, hätte sich die Menschheit diese evolutionäre Entwicklung dann doch auch sparen können.

Die Tiere in ihrem Verhalten zu beobachten war am Anfang befremdlich für mich. Von den Philippinen war ich es so gewohnt, dass einige unserer Tiere frei herumliefen. Tiere, die im Stall gehalten wurden, waren immer zugänglich zum Streicheln oder zum Füttern. Sei es das Schwein, das man in den Schlaf kratzen konnte, seien es die Hühner, mit denen man auf der Bambusstange hockte. Okay, zugegeben, es war auch lustig, das Huhn am Schwanz zu packen und es am Boden entlang kratzen zu lassen. Meine unendlich geliebten Hunde, die mich auf Schritt und Tritt verfolgten. Die ich mit meiner Liebe sogar im wahrsten Sinne des Wortes erdrückte. Als Zweijährige soll ich angeblich einen frisch geborenen Welpen in den Arm genommen und liebkost haben, bis er leblos war. Bis heute ist für mich das Maß der Liebe schwer einzuhalten. Mit dem entscheidenden Unterschied, dass die Lebewesen meine Liebe dann doch überlebten. Zumindest in den mir bekannten Fällen. Da war noch meine weiße Ziege, für die ich Verantwortung trug. Vor der Schule brachte ich sie aufs Feld, wo sie den ganzen Tag grasen durfte. Ich sorgte dafür, dass der Trog genügend Wasser hatte, dass sie in ihrer Nähe ein schattiges Plätzchen hatte und der Pflock, in dem das lange Seil befestigt war, fest genug im Boden hielt. Nach der langen Jeepney-Fahrt von der Schule befreite ich mich zuerst aus meiner Schuluniform und rannte dann unverzüglich zu meiner weißen Ziege. Sie zufrieden wiederzusehen machte mich damals überaus glücklich. Stolz brachte ich sie zurück nach Hause und richtete ihre Schlafecke ein. Einen Namen gab ich ihr nicht, weil ich sie nicht für immer behalten durfte. Ich sollte sie zu einer schönen, prächtigen Ziege großziehen. Sobald dieses Ziel erreicht wäre, würde sie verkauft werden und jemand anderem gehören. Ich hatte sie sehr geliebt, aber aufgrund dieser Erkenntnis offenbar unbewusst keine zu tiefe Bindung aufgebaut. Merkwürdige Ironie des Schicksals. Als Sechsjährige nahm ich die Tatsache gelassen hin, dass diese Art von Liebe auch ihre Grenzen hatte. Mein Vater ging, und so auch meine weiße Ziege. Es war eben so, das Normalste auf der Welt, nicht wahr? »Was du liebst, lieben auch andere.« Der liebe Gott liebte meinen Vater und nahm ihn zu sich, so wie vielleicht ein anderes Mädchen meine weiße Ziege liebte. Als kleines Mädchen hatte ich nie den Tag befürchtet, an dem meine weiße Ziege nicht mehr da sein würde. An ihren Weggang kann ich mich auch gar nicht mehr erinnern. Als erwachsene Frau trachtete ich nahezu verbissen nach der »wahren Liebe bis in alle Ewigkeit« und stand bei jedem ernsten Versuch vor einem Scherbenhaufen. Das kleine Mädchen, das ich war, fügte sich dem vermeintlichen Lauf der Dinge. Der innerliche Schmerz musste zugeschüttet werden und blieb es, bis das Leben aus diesem Scherbenhaufen etwas ausbuddelte. Mit zehn Jahren im Tierpark hüpfend gab es für mich keinen Scherbenhaufen, zumindest nicht bewusst. Ich erfreute mich an den Tieren hinter den Absperrungen und Metallzäunen, die nicht mal einen elenden Eindruck machten. Ich erkannte eine gewisse Parallele zu ihnen. Auch sie hatten ihre Heimat verlassen, und die Türen hatten sie zu Gefangenen gemacht. Aber wir waren keine unglücklichen Gefangenen. Auch sie galten als Exoten und zogen Blicke auf sich. Aber wir waren keine unbedeutenden Gefangenen. Unsere neue Umwelt war zwar beengter, und wir mussten uns den Gegebenheiten anpassen. Aber wir waren keine verängstigten Gefangenen. Auch sie hatten sich eine neue Geborgenheit aufgebaut und ließen sich in Sicherheit wiegen. Aber wir waren keine schwachen Gefangenen. Auch sie waren nicht mehr unter ihresgleichen und machten Bekanntschaft mit der Einsamkeit. Aber wir waren keine verlassenen Gefangenen. Wir hatten das Glück, im Käfig zu sein.

Bei meiner Ankunft in Deutschland, als mir die Haustür an der Küppersstraße 37 geöffnet wurde, wunderte ich mich über das Treppenhaus. Ich hatte nicht mal gewusst, dass es so was wie ein Treppenhaus gab. Dann wurde die Wohnungstür aufgeschlossen, und was mir zuerst auffiel, waren weitere geschlossene Türen zu den verschiedenen Räumen. In meiner Heimat gab es zwar auch Türen. Die Haustür wurde jedoch nur nachts oder wenn das Haus verlassen wurde, geschlossen. Die Türen zu den Räumen waren immer offen oder höchstens mit einem Vorhang versehen. Als ich in Deutschland mein eigenes Zimmer bekam, war es äußerst gewöhnungsbedürftig, die Tür zu schließen. Auf den Philippinen schlief ich in einem Bett mit meiner Mutter und meiner Tante. Im Nebenraum war mein Bruder, und wir hatten uns bis zum Einschlafen immer etwas erzählt. Sogar mein Großvater im unteren Raum konnte an den Gesprächen teilnehmen. Man war schlicht nie allein. Es gab keine Einschlafprobleme, weil man vom Gequassel eingeschläfert wurde. Beschäftigte einen ein Gedanke, dann beredete man ihn, bis die Müdigkeit eintrat. Vielleicht war es auch das sichere Gefühl, in eine »Herde« zu gehören. Wenn Gefahr drohte, wurde sicher einer wach. In Deutschland hatte ich diese Form der »Herde« nicht mehr. Ich musste mich allein in meinem kleinen Gehege zurechtfinden. Dinge, die mich beschäftigten, musste ich allein in meinen Gedanken ausmachen. Mein Kassettenrecorder wurde meine Ersatzherde. Bibi Blocksberg und Benjamin Blümchen ersetzten mir die einschläfernden Gespräche. Es war mir hier allerdings nicht möglich zu intervenieren. Ich glaube, dass das der Punkt war, an dem mich die Bedeutung der Einsamkeit gelehrt wurde. Für die Zehnjährige wurde es schnell zur Normalität. Alle anderen Kinder in meiner Klasse hatten ja ebenfalls ein eigenes, oft sogar größeres Zimmer mit einer Tür. Außerdem hätten mich meine Spielkameraden auf den Philippinen dafür beneidet. Schnell lernte ich meinen goldenen Käfig zu schätzen. Er wurde zu meinem Schloss und zu meiner Wohlfühloase. Ich liebte mein kleines Kinderzimmer mit den Möbeln aus hellem Holz, dem spärlich ausgestatteten Kleiderschrank und daneben dem Schreibtisch mit dem Bücherregal. Auf der gegenüberliegenden

Seite befand sich das Bett, das man tagsüber zu einem Sofa umfunktionieren konnte. Am Kopfende war ein Schrank mit einer Ablage für meinen geliebten Kassettenrecorder, darüber waren meine Spielsachen verstaut. Jede Woche putzte und räumte ich auf und hielt das Zimmer stets in ordentlichem Zustand. Ich weiß auch nicht, was im Laufe der Jahre passiert ist, aber dieser Ordnungssinn ist mir irgendwo abhandengekommen. Ich bewohnte später Häuser, die für meine Verhältnisse Paläste waren, unter anderem auch eines mit grandiosem Seeblick. Die Einsamkeit war stets mein Mitbewohner, und wir lernten uns zu verstehen. Die kann zwar immer noch ganz schön nervig sein und macht mich manchmal dermaßen wütend. Dann tröste ich mich aber mit dem Gedanken, den ich schon in meinem damaligen Kinderzimmer hatte: Andere würden mich dafür beneiden. Zugegeben, manchmal wäre es schön, eine andere zu sein. Als Erwachsene fängt man an zu differenzieren und zu hinterfragen. Durch die hormonellen Schwankungen werden Dramen zum Bestandteil des Alltags. Der ein oder andere wird sogar dramasüchtig, um die Geltungssucht zu stillen. Man kategorisiert sich in der dramatischen Phase als Opfer des Schicksals. Benachteiligt und der Sonnenseite entzogen. Die Probleme anderer erscheinen im Vergleich zu den eigenen belanglos und unwichtig. Ehe man sich's versieht, bemerkt man, dass man im goldenen Käfig sitzt. Man ist verblendet und gibt dem Schicksal die Schuld, in Gefangenschaft geraten zu sein. Es ist ja auch viel einfacher so. Beim Verlust eines Menschen hat das Schicksal natürlich die Finger im Spiel, und in der Trauer wird es verflucht. Daraus eine Lehre zu ziehen erscheint zunächst absurd und nahezu pervers. Wie kann ein Ende ein Anfang sein? Alleinsein als positive Kraft? Nach dem Dunkel kommt das Licht? So ein Schwachsinn! Da sind wir nun in unserem goldenen Käfig. Ich bin die Ärmste der Welt. Einsam und allein und was sonst noch alles. Man ist überhäuft von materiellem Zeug, von dem man sich vorher nicht vorstellen konnte, dass es so etwas gibt. Mit diesen Dingen hat man sich über die Einsamkeit und auch das Heimweh schnell vertröstet. In dieser neuen Welt gibt es alles doppelt und dreifach. Geht mal etwas kaputt, dann muss man nicht extra dafür sparen und warten, bis man es kaufen kann. Nein, man geht einfach in den Laden und kauft ein neues. Mittlerweile ist es sogar noch einfacher, man klickt einmal im Internet, und am nächsten Tag wird es ins Haus geliefert. Die Freude darüber, dass man den Betrag zur Verfügung hat und mit Stolz die Errungenschaft nach Hause mitnehmen kann, gehört nun in die Kategorie »unbekannt«. Man versucht, die innere Leere mit einem neuen teuren Kleid und den dazu passenden Schuhen zu füllen, und stellt fest, dass das nicht den gewünschten Effekt erzielt. Man überhäuft sich weiterhin mit den Sachen, die einen vermeintlich schöner, ja unfehlbar erscheinen lassen. Wenn ich die Handtasche dieser Marke trage, dann stuft man mich in einer besonderen Schicht ein. Fahre ich diesen neuwertigen Wagen mit allem neuen Komfort, sehen die Leute, wie erfolgreich ich bin. Gebe ich mich nur mit dauerhaft adrett gekleideten Menschen ab, dann wird mir ein perfekter Lebensstil zugeordnet. Nach meinen Verlusten wurden Outlet-Center und die Zürcher Bahnhofstraße zu meinem zweiten Zuhause. Beim Einkaufen saßen zwei Wesen auf meiner Schulter. Das eine Wesen war die Bescheidenheit, die sagte: »Brauchst du das wirklich? Hast du nicht schon so was Ähnliches?« Das andere war das zu tröstende Wesen in mir, das sagte: »Du hast doch sonst eh nichts, und wer weiß, wie lange du diese Dinge überhaupt noch genießen kannst.« Eine Zeit lang siegte das Letztere der beiden. Das Bewusstsein der Vergänglichkeit begleitete mich und ließ mich wie ein Jäger auf der Pirsch durch die teuren Geschäfte herumirren. Auf der Jagd nach dem Besten und Schönsten, nach dem, was mich als etwas Wertvolles erscheinen ließ. »Ich habe ja sonst nichts.« So definierte ich mich, und das bekam ich auch. Von Nichtigkeit geprägte Partnerschaften und Freundschaften. Bestrebt, meinen goldenen Käfig zu polieren, gab es außer Louis Vuitton, Prada, Versace und Co. in meinem Kleiderschrank keinen anderen Inhalt in meinem Leben. Es gab mir unverständlicherweise tatsächlich Halt, und ich zog mit diesen Dingen die vermeintlich perfekte Gesellschaft an. Und es war nicht genug. Es musste noch mehr her. Als der vermeintlich perfekte Partner mich auf seine Businessreisen mitnahm und mich im Spa des Fünf-Sterne-Hotels deponierte, überkam mich plötzlich ein starkes Schamgefühl. Mir kam das Bild in den Sinn, wie ich auf den Philippinen als kleines Mädchen barfuß herumlief. Meine Flipflops waren kaputtgegangen, und neue gab es nicht. Meine Shorts waren zerrissen, und ich weinte, weil es nur wieder mal Trockenfisch und Reis gab. Meine Familie strahlte dennoch Dankbarkeit aus, weil immerhin Essen auf den Tisch kam. Nun planschte ich in einem Luxushotel, wo mir alles hinterhergetragen und mir jedes Essen gebracht wurde. Beschämend! Ich vergaß, wo ich herkam. Mit dem Mann, der mir diese »perfekte Welt« bescherte, versuchte ich darüber zu reden. Wie zu erwarten war, stieß ich auf Unverständnis, das in ein Pseudo-Liebesbeweis-Geschwafel ausartete: »Ist das nicht toll? Kannst du dich an das Leben gewöhnen? Ich habe extra für dich das Mandarin Oriental Hotel und Business Class gebucht. Ich wollte, dass du es schön hast, während ich arbeite, und ich dachte, das kennst du sicher nicht. Du bist für mich das Wertvollste, und daher mach ich das.« Zusätzlich wurde ich an meinem linken Ringfinger daran erinnert, dass ich für ihn zwei Karat wert war. Ich kannte Business Class bereits, denn ich hatte mir das schon einmal mit meinen Meilenpunkten zusammengesammelt, und auch in ein Fünf-Sterne-Hotel war ich schon einmal eingecheckt, als ich auf meiner Australienreise genug von überfüllten Hostels und Airbnb hatte. Allerdings hatte der Champagner mit meinen Meilenpunkten deutlich besser geschmeckt und die Dusche vom Hotel, in dem ich meine letzten 200 eigenen Dollar ausgab, war erfrischender. So wie ich erzogen wurde, ist es nicht verwerflich, etwas Schönes zu besitzen, solange man selber dafür gearbeitet und gespart hatte und Benachteiligten einen Teil davon gab. Es verleiht den Dingen einen besonderen Wert, wenn einem verdeutlicht wird, wie viel Schweiß dafür geflossen war. Ich dachte, dass ich damals den Schlüssel zum Glück in den Händen hielt. Mein jetziger Partner hielt einmal eine Rede, in der er über den Schlüssel zum Glück sprach. Er war mir noch unbekannt, aber nach seiner Rede geschah etwas in meinem Herzen, was ich wieder mal als Spinnerei abtat. Es habe ihn ein Jugendlicher gefragt, was der Schlüssel zum Glück sei. Daraufhin nahm er sein Schlüsselbund und stellte die verschiedenen Schlüssel vor. Unter anderem: die Schlüssel für die Kasse, die das Geld repräsentierte. Ein Lottogewinn kann das Leben in wunderbare Richtungen lenken, doch gibt es das Phänomen, dass die Gewinner hinterher alles und noch mehr verloren hatten. Die Autoschlüssel, die Freiheit bedeuteten: Sie ermöglichten uns, unbeschwert an einen anderen Ort zu gelangen. Mit dem Auto wird aber auch die Umwelt belastet, und wir oder andere werden in Gefahr gebracht. Die Haustürschlüssel, die Geborgenheit vermittelten: Hier konnte man die Liebe finden, die auf einen wartete. Sie können aber auch die Tür zur Einsamkeit aufschließen. Als er diesen Schlüssel in der Hand hielt und den Zuhörern zeigte, schoss mir der Gedanke durch den Kopf: »Ich kann auf dich warten.« Ich war erstaunt über diesen Gedankengang, zumal ich den Mann ja kaum kannte. Doch seine Reden hatten mich immer fasziniert, und seine Anwesenheit hatte schon des Öfteren meine Aufmerksamkeit geweckt. Im Fitnessstudio hatten sich einmal unsere

Blicke getroffen, und das gab mir damals schon ein vertrautes Gefühl. Meine Freundinnen, die schon ihr Glück in der Partnerschaft gefunden hatten, sagten mir immer: »Wenn der Richtige kommt, dann spürst du es.« Das hatte ich nie verstanden. Wie spürt man denn so was?! Ein guter Freund sagte einmal zu mir, dass man seinen Seelenverwandten nicht unbedingt als Liebespartner treffen muss. Wenn man einen Menschen nur einmal anschaut, und man bekommt dieses Gefühl von »Ach, da bist du ja«. Angeblich würden die Seelen verwandt sein. Man muss das vielleicht gar nicht verstehen, denn dafür gibt es keine Worte, die es annähernd beschreiben könnten. Ich habe das Glück, dass ich wahrlich meinen Seelenverwandten in diesem Leben lieben darf und dass ich den Schlüssel zum Herzen dieses Mannes besitze. Er hatte den Schlüssel zu meinem goldenen Käfig und zeigte mir, dass ich viel mehr wert war als ein zweikarätiger Diamant, Business Class und Fünf-Sterne-Hotel. Er schenkt mir das Funkeln, das mein Herz berührt. Die First-Class-Reise in sein Leben, und er wird mir immer als heller Stern scheinen, um mir den richtigen Weg zu ebnen. Durch ihn bin ich aus meinem goldenen Käfig ausgeflogen, und er verstärkte die Erkenntnis, was wirklich wichtig im Leben ist. Einen Zweikarätigen trägt man nicht am Finger, sondern im Herzen. Die teuren Cocktailkleider, die ich beim Geschäftsessen in Hongkong und Singapur tragen durfte, spendete ich und andere Geschenke verscherbelte ich beim Flohmarkt für wenig Geld oder verschenkte sie an Leute, die davon Gebrauch machen konnten. Es war eine Wohltat, dieses Leben abzugeben und es noch zu etwas Positivem zu transformieren.

Bei dieser Aufräumaktion wurde mein minimalistisches Denken noch einmal gestärkt. Was in unserer Gesellschaft mittlerweile zum Trend wurde. Wie es mir ging, so geht es sicher vielen Menschen. Man hat sich mit Dingen vollgestopft, um die schmerzliche Leere zu füllen, und ehe man sich's versah, wurde man von den Dingen erdrückt. Viele Minimalisten verspürten den Drang, sich von Sachen zu »entleeren«, um sich mit wahrhaftig Wichtigem zu füllen. Beim Ausmisten musste ich an die Wohnung meiner Adoptivmutter denken, in der sich viele Sachen angesammelt hatten. Ich erinnerte mich, wie schwer es mir gefallen war, die berühmten Staubfänger-Mitbringsel wegzuschmeißen. Es waren ihre Erinnerungen, ein Teil von ihr, und ich sollte es wegwerfen?! Ich hortete diese Staubfänger und auch ihre Kleider lange, bis mir bewusst wurde, dass ich sie so weiterleben lasse und ihre Seele im Grunde davon abhalte, den verdienten Frieden zu finden. Es tat mir unheimlich weh, aber es fiel mir auch eine schwere Last vom Herzen. Denn sie war bereits mit dieser Last ihren Marathon gelaufen, aber ich laufe immer noch, und auch ich habe meine eigene Last zu tragen.

Ein Leben im goldenen Käfig mag in gewisser Hinsicht erstrebenswert sein, doch das Funkeln währt nicht lang. Ist die Zeit gekommen, unser Erdendasein zu verlassen, ist uns nicht einmal ein Handgepäck zum Mitnehmen zugelassen. Die Louis-Vuitton-Handtasche wird nicht mehr als Erinnerungsstück zur Feier der Selbstständigkeit dienen, denn sie bekommt eine andere Geschichte mit einem anderen Menschen. Möglich, dass sie auch sinnlos verrottet. Das Kleid, das wir für besondere Anlässe aufgehoben hatten, würde möglicherweise achtlos im Container landen oder zu Putzlappen verarbeitet. Was unsere Seele sicher weitertragen würde, wären die schönen Gefühle, Momente und, wenn man das Glück hatte, die Liebe, die man erleben durfte. Glaubte man an mehrere Seelenleben, so könnte diese Liebe, die man mit einem Menschen austauschen durfte, als Erkennungszeichen im anderen Leben fungieren. Es ist eine unbeweisbare Theorie. Daran zu glauben könnte eine Methode sein, das Wichtige vom Unwichtigen

in unserem Leben zu trennen und sich auf das Wesentliche
zu konzentrieren. Darunter wäre: Nicht durch Burn-out das
Zeitliche zu segnen.

Nach einer Woche in Deutschland an meinem 10. Geburtstag. Verschüch-
tert von der großen Schwarzwälder Kirschtorte und im Unbehagen, ein
langärmliges Shirt und lange Hosen zu tragen.

Der erste Besuch im Bochumer Tierpark im Sportuniform-Shirt und mit der einzigen langen Hose, die ich besaß. Wird aus dem Entlein noch ein Schwan?

Das Zeiss-Planetarium
oder wie man zum hellsten Stern wird

Distanz war wohl in der Schöpfung
nicht vorgesehen, sonst müsste man sie
nicht erst schaffen.
Siegfried Wache

An der Castroper Straße steht seit 1964 dieses Gebäude mit dem ufoähnlichen Kuppeldach. Es ist weltweit eine der modernsten Einrichtungen dieser Art. Unter diese Kuppel passen circa 260 Personen, die sich für Himmelskunde oder auch nur für das Betrachten der Sterne interessieren. Das Bochumer Planetarium wartet nicht nur mit astronomischen Vorführungen auf, es werden auch Sonderveranstaltungen sowie spezielle Musik-Shows angeboten.

Gleich an meinem ersten Tag in Bochum spazierten wir am Planetarium entlang, und das Gebäude wirkte auf mich wie etwas Außerirdisches. Wie ein abgestürztes Ufo stand es da auf dem Hügel der Castroper Straße. In meiner kindlichen Fantasie glaubte ich dort drinnen lauter kleine E.T.s zu treffen. Nach Hause telefonieren …

Als ich das Planetarium das erste Mal besuchte, hatte es tatsächlich ein »extraterrestrisches« Flair. Man ging in einem umlaufenden Gang herum, und man konnte Bilder von Planeten und Sternen betrachten. Im Herzstück des Gebäudes befindet sich der Projektionsraum. Darin wirft ein zentraler Projektor ein Bild des Sternenhimmels unter das Kuppeldach. Dadurch wird den Zuschauern ein realistischer Himmelseindruck vermittelt. Es war wirklich so, als schwebte man mitten im Universum. Wenn man in Bochum zur Schule ging, gehörte das Planetarium zu den Ausflugszielen. Hier wurden kindgerechte und später wissenschaftliche Vorführungen für

Jugendliche durchgeführt. In den Sommerferien konnte man mit dem Ferienpass besondere Vorstellungen mit Erzählungen besuchen, und bei Schnitzeljagdspielen konnte man die Antworten in dem Gebäude finden. Als Halbwüchsige hatten uns die Sterne weniger interessiert, und wir hingen nur vor dem Eingang mit einer Flasche Fiege Pils ab. Wer ganz cool sein wollte, der wagte es, sich auf die Wiese vorm Planetarium mit dem Blick auf die Castroper Straße zu setzen, in der Hoffnung, Mama und Papa kämen nicht zufällig vorbei. Mir war das allerdings immer zu riskant, weil das der Arbeitsweg meiner Adoptivmutter war. Den Anblick von mir mit einer Flasche Fiege Pils und ein paar coolen Jungs hätte ich mit zwei Wochen Hausarrest verbüßt. Und für eine Jugendliche sind zwei Wochen eine verdammt lange Zeit. Davon kann ich ein Lied singen, o ja! Ich hatte daher immer präventiv mehr Bücher aus der Stadtbücherei ausgeliehen, falls dieses Urteil ausgesprochen wurde. Ja! Das war tatsächlich häufig vorgekommen, und meine Plädoyers waren nie überzeugend genug für einen Straferlass gewesen.

Bei einer Vorführung über die Sternbilder in der 7. Klasse wurde uns beigebracht, welche Bilder man bei Nacht in der ganzen Welt betrachten kann. Auch wenn ich schon mehr als drei Jahre in Bochum war und mir die deutsche Sprache und deutsche Gewohnheiten immer vertrauter wurden, überkam mich doch das Heimweh, und ich fragte mich, was wohl meine Mutter und mein Großvater gerade taten. Wenn sie in den Himmel sahen, fragten sie sich wohl auch, was ich gerade tat? Wir waren viele tausend Kilometer voneinander entfernt und schauten doch auf das gleiche Sternbild. Diese Sterne sind die Verbindung zu meiner Heimat, zu meinen Wurzeln, und trotzdem war ich irgendwie abgekoppelt. Als ich diese funkelnden Diamanten an der Decke betrachtete, war es so, als fiele der Blick meiner Mutter und meines Großvaters auf mich. Diese

Sterne erblickten ihre Augen und jetzt auch die meinen. In diesem Augenblick waren sie mir so nah und blieben doch so fern. Von dieser Zeit an wurde mir die Trennung von meiner Heimat und meinen geliebten Menschen noch deutlicher bewusst. Es waren mittlerweile zwei Jahre ins Land gegangen, seit ich meine Heimat verlassen hatte. Was hatte sich dort wohl verändert? Was für Geschichten hatten sich in unserem Dorf zugetragen? Und die selbstverständlichste Frage überhaupt: Wie ging es meiner Familie dort? Zu der Zeit hatten wir noch keinen Telefonanschluss in unserem Dorf, und die einzige Kommunikationsmöglichkeit bestand aus Briefeschreiben. Bis der Brief allerdings ankam, vergingen zwei bis drei Wochen, und meistens war das Geschriebene gar nicht mehr relevant. Das kann man sich heutzutage in der Zeit von Messenger und Facetime gar nicht mehr vorstellen. Sehnsüchtig hatte man Ende der 1980er Jahre auf den Postwagen gewartet. Wie groß war die Vorfreude, das Türchen des Briefkastens zu öffnen, um den weitgereisten Umschlag mit den rotblauen Streifen am Rand an sich zu nehmen. Öffnete man den Brief, war es wie eine Umarmung aus der Heimat. Nach jedem Lesen schloss ich meine Augen und roch an dem Papier. Manchmal benutzte meine Mutter einen parfümierten Kugelschreiber, und ich saugte den fruchtig-blütenhaften Geruch auf. Ich reiste gedanklich in unser Dorf zurück, stellte mir vor, wie meine Freundin mich zum Spielen abholte und wie wir unter unserem Mangobaum ein Abenteuer ausheckten. Kehrte ich wieder in die Realität zurück, überlief mich ein Schauer der Wehmut. Sie sind weit weg. Warum muss man sich für ein gutes Leben trennen? Was maßte sich die Trennung an, sich in einer so hohen Preiskategorie zu platzieren und auch noch einen inneren Schmerz zu hinterlassen? Sie sind weit weg. Meiner Mutter an der Feuerstelle beim Kochen zuzuschauen war mir nun verwehrt. Ebenso das Gackern der Hühner, das uns aufweckte, und das Grunzen der Schweine, mit dem sie ihren Hunger zum Ausdruck brachten. Das Knacken von Holz, das mein Großvater (Mamay) zum Feuern zerkleinerte, werde ich womöglich nie mehr hören. Sie sind weit weg. Ich hörte tatsächlich nie wieder dieses knackende Geräusch, das am 8. März 1989 für immer verstummte.

Ich kam wie so oft fröhlich von der Schule und fand meine Adoptiveltern in gebückter Haltung am Küchentisch sitzen. Ninang Fely hatte gerötete Augen, es war offensichtlich, dass sie geweint hatte. Mein Adoptivvater war zugegen, daher sprach sie auf Deutsch: »Ich hab dich von der Schule befreit. Wir fliegen morgen nach Hause.« Seit drei Jahren hatte ich meine Heimat nicht gesehen, und mein Herz machte einen kurzen Freudensprung. Die Freude wurde jedoch gleich vernichtet. Als wäre mein Herz aus Porzellan, das hochgeworfen und nicht aufgefangen wurde, zerbarst es auf dem Boden der Tatsachen. Irgendwas war passiert. Ich fragte vorsichtig meine Adoptivmutter: »Warum wollen wir jetzt schon fliegen? In einer Woche sind doch schon Osterferien.« Sanft antwortete sie: »Opa geht es nicht so gut.« Ich wollte zum Plappern ansetzen, aber mein Adoptivvater entgegnete liebevoll: »Schätzle, fang doch schon mal an, deine Sachen zu packen. Na, komm ma mit im Keller. Wir holen dein Köfferken hoch.« Ich wagte es nicht, mein neugieriges Mundwerk aufzumachen. In meinem Kinderzimmer packte ich meine Sachen und fühlte eine kleine Freude, die aber verstärkt von etwas Schwerem zugeschnürt wurde. Was war da nur los? Es ging Opa nicht gut – also schlecht? Aber schlimm sicher nicht! Es fiel mir ein, dass ich meinem Großvater Nike-Turnschuhe versprochen hatte und ... O Schreck! Wir hatten ja gar keine Mitbringsel gekauft! Das war immer noch eine Art Tradition, dass man Geschenke, sogenannte Pasalubong, der Familie, Freunden und manchmal für das halbe Dorf mitbrachte. Die kleinen Geschenke sind auch eine Art geteiltes Glück, eine Teilhabe am neu errungenen Wohlstand. Da werden allerlei Sachen eingepackt. Von der Zahnbürste bis zu teuren Parfüms. Von Küchenutensilien bis zu Kleidungsstücken. Immer noch ahnungslos stürmte ich in die Küche, wo meine Adoptivmutter allein saß: »Ninang, was machen wir jetzt? Wir haben kein Pasalubong! Vor allem hab ich keine Nike-Schuhe für Mamay! Ich hatte ihm das doch versprochen! Darf ich schnell noch in die Stadt?« Ninang Fely brach in Tränen aus, und ich konnte mein Unbehagen nicht mehr zurückhalten: »Da ist doch was passiert! Warum heulst du denn? Darf ich jetzt die Schuhe kaufen?« Ninong Uli beschützte seine Frau vor meinem sprudelnden Temperament: »Schätzle, es wär jetzt gut, wenn du zu Ende packst. Das mit den Geschenken ist schon erledigt.« Das Schätzle ließ sich beruhigen. Doch ich ging mit gemischten Gefühlen ins Bett. Einerseits freute ich mich so sehr auf mein Zuhause mit meinen Lieben, auf die Hunde, auf meine Freundinnen, auf das Essen, den Duft der Blumen und vor allem auf das warme Klima. Andererseits … Was war mit Mamay? Da stimmte doch einfach was nicht. Auf den Philippinen glauben wir, dass die Seele eines Verstorbenen sich in einen Falter begibt, um sich von den Hinterbliebenen zu verabschieden. Es ist für mich immer noch sonderbar: An dem Abend saß tatsächlich ein Falter an der Decke von meinem Kinderzimmer. Nein, bitte nicht! Das ist ja nur Aberglaube, und ich bin in Deutschland. Hier funktioniert so was doch nicht! Nein, nicht in Deutschland, wo es schon das größte Wunder ist, wenn der Pfandautomat eine zerdrückte Flasche annimmt. Ich wollte das Tier aus dem Zimmer verjagen, aber es rührte sich kaum. Es schlug zwischendurch leicht seine Flügel, und es kam mir vor, als wollte es mich beruhigen. Irgendwann wurde ich des Beobachtens müde und löschte das Licht. Ein paarmal wachte ich nachts auf und schaute, ob der Falter noch da war. Er war da und schlug immer noch leicht mit seinen Flügeln. Am nächsten Morgen wanderten meine Augen als Allererstes zur Decke, und die Seele meines Großvaters war immer noch da. Ich wollte es erst Ninang Fely zeigen. Dann aber fiel mir die sicher traurige Reaktion meiner Adoptivmutter ein, und ich behielt es für mich. Ich wusste nicht genau, wie ich die Situation einschätzen soll. Es fiel kein Wort darüber, dass mein Großvater gestorben war. Also war es auch nicht so. Mein Gedanke kreiste wie bei der Theorie von Schrödingers Katze. Ganz banal, die Katze ist erst dann tot, wenn man weiß, dass sie tot ist, quasi darüber geredet hat, dass sie es wäre, wenn sie es geworden war. Oder so ähnlich. Na ja, diese Katze war doch noch schwerer zu begreifen als die Tatsache, dass mein Opa nun nicht mehr lebte. Ich sollte mich im Grunde genommen auf die Reise und auch auf das Wiedersehen freuen. Es war mein erster Besuch in der Heimat, seit ich sie verlassen hatte. Die Freude sollte überschwänglich sein, aber ein Schatten bedeckte das Glück. Was aber löste dieses Schwermütige aus? Es war doch alles in Ordnung. Okay, da war ein Falter, aber vielleicht hatte der sich wirklich nur zufällig in mein Zimmer verirrt. Bei der Fahrt zum Flughafen wie auch im Flugzeug war die Konversation zwischen mir und meiner Adoptivmutter recht bescheiden. Wir tauschten nur das Nötigste aus. Einerseits lag es mir auf der Zunge, das, was ich vermutete, auszusprechen, ich riss mich jedoch zusammen, wie es sich für eine wohlerzogene Filipina gehört. Andererseits hielt ich an der Hoffnung fest, dass ich mich mit meiner Vermutung irrte und mich zu Hause nichts Schlimmes erwartete. Zwischendurch kam bei mir die Vorfreude auf das Wiedersehen, und wiederum spekulierte ich, was mit meinem Mamay war. Je näher unser Flugzeug dem Ziel kam, desto mehr setzte mein Schutzmechanismus ein. Nein, Opa war zwar schon 84 Jahre alt, aber er spazierte noch täglich durchs Dorf und über die Reisfelder. Ich musste innerlich schmunzeln, als mir ein befremdliches

Bild in den Sinn kam, wie er statt den einfachen Gummi-Flip-flops die sportlichen Nike-Schuhe zum Spazieren angehabt hätte. Diese Schuhe gingen mir nicht aus dem Kopf! Warum hatte ich die nicht schon früher gekauft und aufgehoben? So gern hätte ich seine freudig-treuen Augen gesehen, wenn er den Karton ausgepackt hätte. Vielleicht hatte er ja nur schweres Fieber und wegen Dehydrierung ins Krankenhaus gemusst. Möglicherweise war er gestürzt und lag nun einfach im Bett. Das Schlimmste, was sein könnte, war, dass er von einer Schlange gebissen worden war und eine offene Wunde hatte. Und da hatte sich meine Schutzmauer vollumfänglich aufgebaut. Er war nicht tot. Nein, er musste einfach noch einmal in seinem Leben diese tollen Nike-Schuhe an den Füßen spüren. Das Flugzeug landete. Als ich die Palmen sah, beschützte mich meine Mauer, und wie ein kleiner Welpe lief ich aufgeregt zur Passkontrolle. Meine Adoptivmutter schlich hinter mir her, was mich extrem genervt hatte. Wir waren endlich wieder zu Hause, und es kam mir vor, als ob sie lieber wieder zurück ins Flugzeug wollte. Ich drehte mich um und wollte sie schon anfahren, dass sie mal einen Zahn zulegen sollte. Da sah ich eine Träne langsam über ihre Wange herabgleiten. Sie zog ein schwarzes Kleid aus ihrem Handgepäck und flüsterte: »Ineng, Opa ist gestorben. Würdest du auf die Toilette gehen und das Kleid anziehen?« Wie von einem Panzer wurde meine Schutzmauer durchbrochen. Vor uns erstreckte sich eine Warteschlange vor der Passkontrolle. Eine Gruppe deutscher Jugendlicher bemerkte meinen Kampf mit den Tränen. Verwirrt und mit einem Hauch von Mitleid richteten sie ihre Blicke auf mich, als wäre ein Unfall passiert. Ninang Fely wandte sich zu ihnen und rechtfertigte mich: »Das sind Freudentränen.« Die Wut in meinem Bauch wollte am liebsten wie ein fürchterliches Monster rausspringen und schreien: »Das ist eine verfluchte Lüge! Bloß keine negativen Äußerungen rausbringen, nicht wahr! Keine Schwäche zeigen! Besser ist es zu lügen, um die Fassade zu wahren! Wie konntest du mich in dem Glauben lassen, dass es nichts Schlimmes ist!« Von den mitleidigen Blicken getrieben, ging ich beschämt zur Toilette und zog das schwarze Kleid an. Als ich zurückkam, hatte sich die Warteschlange nur müßig bewegt, und mehrere Augenpaare starrten mich abermals neugierig an. Es war mir dermaßen peinlich zu weinen, und mir blieb nichts anderes übrig, als auf den Boden zu schauen. Wie ein undichter Wasserhahn versuchte ich die Tränen zurückzuhalten und schluckte jedes Schluchzen runter. Nach einer gewissen Zeit erinnerte sich die Gruppe wahrscheinlich an ihren bevorstehenden Urlaub, und ihre Blicke ließen von mir ab. Auf dem Weg zum Ausgang war deutlich spürbar, wie die warme Luft die kalte Brise der Klimaanlage bekämpfte. Draußen hatte die dampfbadähnliche Hitze die Alleinherrschaft. In Schwarz gekleidet sah ich in der Menschenmenge meine Mutter und meine Tante Delia. Mit ausgebreiteten Armen kamen sie auf mich zu. Ich zwang mich zu einem Lächeln, aber mein Gesicht verzerrte sich, und es war unmöglich, den Tränenstrom zurückzuhalten. Mein Mamay pflegte immer zu sagen, dass ich ziemlich hässlich sei, wenn ich weine, und ich sollte es daher möglichst lassen. Bei dem Gedanken musste ich paradoxerweise lachen. Meine Mutter bemerkte dies, und als hätte sie meine Gedanken gelesen, sagte sie: »Ja, das ist besser. Wie Opa schon sagte, du bist ziemlich hässlich, wenn du weinst.«

Die Rückkehr nach Hause hatte ich mir anders vorgestellt. Die Wiedersehensfreude mischte sich mit der Trauer über den Verlust. Da lag mein Mamay nun friedlich wie im Schlaf. Mir kamen Erinnerungen, wie er meine kindliche Fantasie forderte. Meine Mutter unterrichtete bis zum Nachmittag in der Schule, daher passte mein Großvater auf mich auf. Wir blätterten gerne in einem Katalog, in dem Spielsachen und auch ein Swimming

Pool abgebildet waren. »Mamay, ich will das!« Ich zeigte auf einen großen Pool, in dem Kinder spielten und dem Betrachter das Glück dabei vermittelten. »Gut, das willst du. Also, dann spring rein und schwimm. So, schau. So geht Schwimmen. Und lass uns Wellen machen!« Dabei machte er Kraulbewegungen, als trüge ihn das Wasser tatsächlich. Ich tat so, als bespritzte ich ihn mit Wasser, und er schützte sein Gesicht, als wollte er nicht nass werden. Und so bekam ich meinen Tag am Pool. Er nahm mich mit zum Holzsammeln, oder ich durfte Kaffeebohnen sammeln und sie dann zum Trocknen an der Sonne verteilen. Später durfte ich auch beim Zermahlen helfen. Einmal spielte ich Prinzessin und holte aus dem Schmuckkästchen meiner Mutter einen Ring, der natürlich viel zu groß an meinem Finger war. Ich spielte die schöne Prinzessin, die ihren Untertanen zuwinkte, und, schwupp, weg war Mutters Ring. Ich suchte und wühlte in dem Gestrüpp, aber ich konnte ihn nicht finden. Mamay sah mich im Dreck rumwühlen und rief: »Ineng, was machst du denn da? Du wirst ganz dreckig!« Der Ring war unauffindbar, und die Prinzessin tat, was sie in solchen Situationen am besten konnte. Ich heulte los: »Ahhh. Mamay. Ich wollte nur spielen, und der Ring ist auf einmal weg. Der ist hierhergeflogen, aber jetzt ist er auf einmal nicht mehr da. Oh! Ich bekomm von Inay (Mutter) den Hintern versohlt! Nein, ich will das nicht. Mamay! Inay soll mir nicht den Hintern versohlen!« Mein Mamay eilte herbei und tröstete mich. »Den finden wir schon, und deine Mutter wird dir gar nichts tun.« Er nahm eine Schaufel und grub in dem Radius, in dem ich mir meine Untertanen vorgestellt hatte. Doch leider auch vergeblich. Es dämmerte immer mehr, was hieß, dass meine Mutter bald aus der Schule zurückkam. »Mamay. Inay kommt bald, und ich hab Angst, dass sie mir wehtut und schlimm schimpft.« Dabei weinte ich wirklich bitterlich. Mein Großvater geriet wahrscheinlich in Stress, weil er mich nicht weinen sehen konnte, und lief meiner Mutter entgegen. Später erzählte sie mir, dass er sie auf dem Weg von der Schule abgefangen und angefahren habe: »Wenn du nach Hause kommst, wirst du mit dem Kind nicht schimpfen! Hast du verstanden? Sonst schimpf ich mit dir!« Kinder bleiben immer Kinder und Eltern Eltern. Meine Mutter musste daher gehorchen. Ich versteckte mich hinter meinem Mangobaum und beobachtete aus sicherer Entfernung, wie sich meine Mutter näherte. Sie rief ganz liebevoll, ich solle zu ihr kommen. Ich witterte dennoch Gefahr, denn ich hatte ja was verbrochen. Heulend und mit Schnappatmung schlich ich mich ins Haus. Mein Großvater nahm mich an die Schulter und schob mich sanft in Richtung meines Vollstreckers. Dabei kontrollierte er mit seinen Blicken seine Tochter. »Was ist denn passiert?«, fragte sie mit beängstigender, aber liebevoller Stimme. Statt zu antworten, ließ ich ein Sirenengeheule los. »Ahhh … ich hab Prinzessin gespielt …« – Schluchzen – »… und Prinzessinnen tragen doch Schmuck …« – Schnappatmung – »… und ich hab keinen, da hab ich deinen Ring genommen …« – Schnappatmung – »… und dann war es einfach weg. Ahhh.« – Schluchzen, Schnappatmung – »… tut mir leid.« Meine Mutter trug auch Modeschmuck, und wahrscheinlich hoffte sie, dass das Stück eines davon war. »Was für einen Ring hast du denn genommen?« Ich griff fest Mamays Hände. »Ahhh … deinen Liebling, den du sonst immer trägst …« Schnappatmung, Schluchzen. Die Stimme meiner Mutter verlor plötzlich an Sanftheit: »Was!!! …« Doch wurde sie anscheinend vom strengen Blick ihres Vaters gemaßregelt. Ich weinte noch lange. Vater und Tochter schwiegen sich an diesem Abend an. Mein Mamay und ich waren ein Team. Der Ring kam nie mehr zum Vorschein. Meine Mutter erzählte mir oft diese Geschichte, und sie beendete sie immer mit den Worten: »Dein Mamay hatte dich so sehr geliebt. Mehr als mich.« Und zwinkerte dabei.

Mein Großvater war am 21. August 1907 in äußerst ärmlichen Verhältnissen auf die Welt gekommen. Er hatte nur das Grundgerüst einer Bildung genossen, danach zwangen ihn die Lebensumstände, einfachen Tätigkeiten nachzugehen. Mit seinem bescheidenen Verdienst konnte er dazu beitragen, die wichtigsten Ausgaben der Familie zu decken. In seiner Adoleszenzphase sagte man ihm nach, dass er mit seinem Charme die Herzen der Frauen berührte. Er war ein talentierter Gitarrist und konnte auch passabel singen. Leider hatte er versäumt, mir dieses Talent zu vererben. Aus der spanischen Tradition überliefert, war die Liedform der Serenade zu der Zeit sehr angesagt. Besonders, wenn man das Herz einer Dame erobern wollte. Junge Männer gruppierten sich zu einer »Boyband«, und da wurde mein Großvater meistens zum Bandleader auserwählt. Ungeschickt war es von jedem verliebten Mann, meinen Mamay zu engagieren, um seiner Herzdame eine Serenade darzubieten: Denn diese Damen verliebten sich grundsätzlich in meinen Opa. Es gab Gerüchte, dass einige Romanzen aufgrund des Charmes meines Großvaters nicht zustande gekommen waren. In den 1930er Jahren verließ er das Dorf, um als Händler von kleinen Haushaltswaren zu arbeiten. Er ging nach Cebu und traf dort eine liebreizende Frau aus vermögendem Hause. Sie verliebten sich, allerdings ließen es die äußeren Umstände nicht zu, dass sie ein Paar wurden. Dabei war die Dame sogar, trotz strenger Einwände der Eltern, gewillt, zu meinem Großvater ins Dorf zu ziehen. Eine Disharmonie mit den zukünftigen Schwiegereltern war für meinen Opa absolut inakzeptabel. Er ahnte auch, was für Widrigkeiten diese Ehe in Kombination mit der Klassenungleichheit mit sich bringen würde. Er versuchte es ihr zu erklären und ging für immer aus ihrem Leben. Zurück in unserem Dorf, lernte er meine Großmutter kennen und lieben. Sie heirateten und bekamen fünf Kinder, wovon eines mit sieben Jahren einer Krankheit erlag.

Als meine Großmutter ihr fünftes Kind zur Welt brachte, erlag sie sechs Monate später dem Kindbettfieber. Davon erfuhr die Frau in Cebu nie. Für sie war mein Mamay die große wahre Liebe, die ihr bedauerlicherweise verwehrt wurde. Es gab für sie keinen anderen auf dieser Welt. Sie war felsenfest davon überzeugt, dass man sich nur einmal verlieben konnte und dass es nur einen bestimmten Menschen für einen gab. In unserer Zeit der Promiskuität würde man diese Haltung als naiv bezeichnen, wenn nicht als völlig verblödet. Diese Frau aber wusste mit Begriffen wie Treue, Ehrlichkeit und Loyalität – zu anderen und vor allem zu sich selbst – etwas anzufangen. Auch in der Liebe sind wir Maximalisten geworden. So wie man einst die 20-bändige Enzyklopädie im Regal stehen hatte, so sollte man heute mindestens diese Anzahl der Männer oder Frauen gehabt haben. Von Liebe sprechen nur noch die wenigsten. Man würde sonst als prüde oder frigide gelten. Diese Frau aber ließ meinen Großvater weiterziehen und fasste den Entschluss, in ein Kloster zu gehen. Sie widmete Jesus ihr Herz bis ans Ende ihrer Tage. Es wurde mir übermittelt, dass sie als Nonne in diesem Kloster starb. Als mein Opa aus Cebu wieder in sein Dorf zurückkehrte, bekam er zu Weihnachten ein Andenken von seiner Verflossenen. Es war ihr kleines Gebetbuch mit einer Widmung an meinen Großvater: »Zur Erinnerung an unsere Freundschaft«. Dieses kostbare Zeugnis ihrer unerfüllten Liebe ist nun in meinem Besitz, und ich bewahre es auf meinem Altar auf. An dieser Stelle muss ich an den Disney-Film »Küss den Frosch« denken. Das Glühwürmchen war felsenfest davon überzeugt, dass der hellste Stern am Himmel seine geliebte Evangeline sei. Die anderen Tiere hielten ihn für verwirrt, aber für ihn war es seine Evangeline, mit der er eines Tages die Liebe erleben dürfe. Das Glühwürmchen starb, und neben diesem hellen Stern leuchtete daraufhin ein weiterer heller Stern. Das Warten hatte sich für das Glühwürmchen gelohnt. Vielleicht haben sich auch die Seelen meines Großvaters und seiner ersten großen Liebe wiedergetroffen, und sie leuchten mir nun hell vom Himmel herunter. Mit Sicherheit freuen sie sich, dass ich ihre Hinterlassenschaft wie einen Schatz behüte, und ich gewähre es nur einem besonderen Menschen, dieses wertvolle Vermächtnis zu teilen. Ein wundervoller Mensch, den ich sicherlich schon über 200 Seelenleben lang kenne.

Ein heller Stern hatte schon die Heiligen Drei Könige zu Jesus geführt, und Schiffskapitäne vertrauten auf die Sterne, wenn ihre Navigationssysteme ausfielen. Manche glauben, dass die Sterne die Seelen von den Verstorbenen sind, die darauf warten, reinkarniert zu werden. Wir können eine solche Vermutung nicht belegen, aber der Gedanke kann uns Trost und Halt geben, dass die, die von uns gegangen sind, über uns wachen und uns in gewisser Weise leiten. Realitätsverhaftete Menschen lehnen diesen Gedanken vehement ab und halten sich lieber an den negativen Tatsachen fest. Die sind zwar ersichtlich und fassbar und bedürfen keiner großen Überlegung. Was aber spricht dagegen, an so etwas zu glauben, wenn es uns eine vertraute Geborgenheit schenkt, auch wenn die vielleicht nur von kurzer Dauer ist? Qualität ist ja bekanntlich wichtiger als Quantität. Die Sterne können für jeden von uns als Kompass dienen und das Finstere in uns aufhellen. Ihr Funkeln hat etwas magisch Beruhigendes, sogar etwas Tröstendes. Ihre erhabene Position erinnert uns daran, dass wir nur ein Teil vom Ganzen sind, das auch irgendwann das Ablaufdatum erreicht. Das, was wir Leben nennen, wird es nicht mehr geben. Sogar das Universum samt unserem Planetensystem endet in einem unendlichen Nichts. Wir wiegen uns mit dem Gedanken in Sicherheit, dass wir die Apokalypse sowieso nicht mehr erleben und unserer Umwelt daher keinen besonderen Respekt erweisen müssen. Wir verdrängen, welche Konsequenzen das mit sich bringt, die wir noch in unserem Leben ertragen müssen.

Darunter der deutliche Anstieg der Krebserkrankungen und die vermehrte Resistenz von Viren. Uns ist zwar bewusst, dass die Gletscher immer weiter abschmelzen und uns jährlich Naturkatastrophen heimsuchen. Auf andere Kontinente mit dem Jumbo-Jet in unseren Jahresurlaub zu reisen, darauf können und wollen wir allerdings nicht verzichten. Wir leben möglicherweise nur einmal. Hier greift das Argument, die Welt in unseren vitalen Jahren noch besuchen zu wollen – unangenehmerweise muss ich mich ihm auch anschließen. Auf jeder meiner Fernreisen spürte ich beim Start der Riesenmaschine, wie wir unserer Mutter Erde schaden. Sehr unangenehm war einmal ein Flug von Dubai nach Zürich, der nur zu einem Viertel belegt war. Der Flug musste dennoch stattfinden, weil es für einige Passagiere ein Anschlussflug war. Manche freute es, dass man drei Sitze für sich hatte. Ich für meinen Teil dachte über diese unsinnige Aktion nach. Seit Geld die Macht über unser Denken eingenommen hatte, zwangen wir unsere Welt, zum Sklaven unserer Sucht zu werden. Die Rechtfertigung kommt oft, dass man als Einzelperson ja nichts bewirken kann. Als Mutter schon gar nicht. Die 500 Meter müssen mit dem Auto gefahren werden, weil es mit dem Kind anders zu kompliziert sei; zugleich beschweren sie sich, dass man die Pfunde nach der Schwangerschaft ja nicht mehr wegbekomme. Wie heißt es so schön: Kleinvieh macht auch Mist. Also warum nicht mal den Plastikkonsum reduzieren, das Fahrrad oder die öffentlichen Verkehrsmittel nehmen und einen Energiesparschalter benutzen? Warum nicht mal das Zeitmanagement besser einteilen, ein paar Stunden mit dem Kind verbringen und per pedes zusammen die Umgebung erkunden? Eine sportliche Mutter in meinem Pilateskurs sah man die meiste Zeit mit einem Fahrradanhänger durch die Gegend fahren, in dem freudig ihre beiden Jungs saßen. Diese Frau war bestrebt, ihrem Nachwuchs ein umweltbewusstes Leben einzuprägen, was später auch Früchte trug. Die Jungs wurden zu

Naturverbundenen und zu sportlichen Halbwüchsigen, die in Zufriedenheit schwelgten. Den Kontrast dazu bildete eine korpulente Mutter im selben Kurs, die die 500 Meter zu meiner Praxis mit dem Auto kam. Mit der Pilates-Methode hoffte sie, ihr Gewicht zu reduzieren. Als ich sie aufklärte, dass man zusätzlich Ausdauertraining absolvieren sollte, war ihre Rechtfertigung ellenlang und artete zu theatralischem Gejammer aus: Mit zwei Kindern, einem Haus und einem 20-Prozent-Job im elterlichen Familienbetrieb sei das absolut unmöglich. Die Kinder spiegelten das Verhalten und leider auch die Konstitution ihrer Mutter. Da musste ich an eine neunzigjährige Patientin denken, die neun Kinder großgezogen hatte und einen Bauernhof mit ihrem Mann unterhielt. Zu ihrer Zeit gab es keine Waschmaschinen, Geschirrspüler und Staubsauger. An ein Auto war bei dem Einkommen gar nicht zu denken. Auf die Frage, wie sie das alles geschafft hatte, gab sie als Antwort: »Ich hab einfach gemacht und die Kinder, so weit es ging, mit einbezogen. Fürs Jammern hatte ich keine Zeit!« Wie faszinierend diese Unterschiede sind. Eine Frau vermittelte dem Nachwuchs ihre Werte, eine andere bot den Lebensumständen die Stirn, und die andere hätte die Welt am liebsten auf die Anklagebank gesetzt.

Machten wir uns bewusst, dass wir im Grunde nur ein Hauch dieser Schöpfung sind und alles irgendwann in das ewige Nichts endet, dann wäre ein hysterischer Anfall bei zwei Kilo Gewichtszunahme völlig unnötig. Sind die Probleme, die wir uns in den Tag legen, wirklich von Bedeutung, dass man sich in negativer Energie suhlen muss? Ist der Tod wahrlich das Schlimmste, und ist er tatsächlich das Ende? Würden wir uns über die Vergänglichkeit klar werden, dann wäre durchaus ein friedliches Leben mit uns selbst und mit anderen möglich. Unseren Planeten könnten wir der Schöpfung wieder sauber und geheilt zurückgeben. Somit hätten unsere Sterne ebenfalls ihren Dienst getan, und wir könnten getrost ihr Leuchten ausschalten.

Das Deutsche Bergbau-Museum – befördert wird man immer

*Freundschaft, das ist eine Seele
in zwei Körpern.*
Aristoteles

Das Wahrzeichen Bochums überhaupt! Dieses grüne dreieckähnliche Fördergerüst ist als Motiv für Postkarten und Souvenirs sehr beliebt. Vom Architekten Fritz Schupp konstruiert, erstreckt es sich 71,4 Meter in den Himmel und lässt daher schon seine Lage aus großer Entfernung erkennen. Bei schönem Wetter lohnt sich der Aufstieg zur Aussichtsplattform, wo ein hervorragender Blick über die Stadt geboten wird. Das größte Bergbau-Museum der Welt lockt jährlich über 350000 Besucher in die Stadt. Es dient als Forschungsinstitut für Montanarchäologie und Archäometrie und beherbergt Archive für diese Fachbereiche. Ihre Anfänge nahm diese Institution bereits in den 1860er Jahren, als die Westfälische Berggewerkschaftskasse sich entschied, einen Ausstellungsort für Bergbauutensilien einzurichten. Am 1. April 1930 wurde offiziell das öffentlich zugängliche Bergbau-Museum gegründet. Da sich in der Zeit möglicherweise nichts anderes angeboten hatte, wurde die alte Großvieh-Schlachthalle des stillgelegten Bochumer Schlachthofs zur ersten Halle des Museums umgebaut. 1936 begann der Bau des Anschauungsbergwerks, das wiederum 1943 durch alliierte Luftangriffe größtenteils zerstört wurde. 1946 wurde eine Wiedereröffnung mit einer kleineren Ausstellung durchgeführt. In den 1950er Jahren kam es zum Neuaufbau und zur Erweiterung des Museums. 1960 erreichte das Anschauungsbergwerk eine Streckenlänge von 2.510 Metern, 1976 erhielt das Haus seinen vollständigen Namen: Deutsches Bergbau-Museum Bochum.

Dieses Wahrzeichen begrüßte mich täglich auf meinem Schulweg zur Goethe-Schule. Am Ende der Küppersstraße präsentierte es sich in seiner prächtigen Erhabenheit. Im Sommer leuchtete das grüne Gerüst hell und prägnant, wie vom Scheinwerfer des Sonnenlichts erfasst, bereit für eine Bühnenaufführung. An düsteren Regen- oder Wintertagen wirkte es einsam und dennoch stabil. Setzte die Dunkelheit ein, dann wurde unser Wahrzeichen ehrenvoll beleuchtet und vermittelte bei einem Spaziergang einen romantischen Flair. Wer wollte bei diesem wunderschönen Anblick schon zum Eiffelturm nach Paris? Ja, auch das hat Bochum zu bieten! Statt Escargots beim Le Meurice haben wir Currywurst mit Pommes Schranke, das wir uns am wohlverdienten Feierabend an der Bude schmecken lassen. Statt glatt gestriegelten Messieurs haben wir bodenständige, treue Jungs, die wissen, wie man Tacheles zu reden hat. Statt der Angebeteten bei einem Fleuriste cher ein Bouquet de Roses zu kaufen, haben wir den Schrebergarten, wo man vom Adonisröschen bis zum Zauberglöckchen alles selber pflücken kann. Statt in Prêt-à-porter zu einer Verabredung zu gehen, stülpen wir uns das Gemütlichste über, was der Kleiderschrank zu bieten hat. Man weiß eben nie, wie lang die Nacht wird. Die Bochumer sind halt bescheiden und brauchen das ganze Gedöns drum herum nicht. Sie sind mit Stolz Proletarier und wissen dank harter Maloche, was im Leben wirklich zählt. Treue wird bei uns großgeschrieben. Ist ein Problem im Anmarsch, krempeln wir die Ärmel hoch, machen erst mal ein Pilsken auf, und dann wird geguckt, wie man die Plage loswird. Wenn was kaputtging, wird es nicht gleich zum Sperrmüll gebracht und gegen was Neues eingetauscht. Nee, wenn man es noch reparieren kann, dann her mit Werkzeug und Kleber! Das Gleiche gilt für zwischenmenschliche Beziehungen. Man haut nicht einfach ab, weil einem etwas nicht passt. Es wird passend gemacht! Nur wenn etwas wirklich zertrümmert ist, dann sieht man auch ein, dass es sich nicht mehr lohnt. Man schreibt Menschen für gewöhnlich die Mentalität zu, die zu den Gegebenheiten passt, die das Land, in dem sie leben, zu bieten hat – seien diese landschaftlicher oder historischer Art. Südländer sind gesellig, aber auch faul. Leute aus dem Norden sind kälteresistent, aber auch unnahbar. Asiaten sind freundlich und liebevoll, aber auch geldgierig und unberechenbar. Amerikaner sind schnell zugänglich, haben aber auch einen harten Kern. Menschen aus den Bergen sind naturverbunden und hart im Nehmen, aber auch engstirnig und stur. Stadtbewohner sind konsumorientiert und mögen die Anonymität, sind aber auch sensibel und weltoffen. Die Australier sind die Gefangenen, die die Aborigines unterdrücken, aber auch offenherzig. Wir Deutsche sind die ewigen Nazis, und von unangenehmer Direktheit. Andererseits sind wir aber auch lernfähig, loyal und wahrlich sensibel. Hamburger sind kühl, aber auch hilfsbereit. Münchener sind konservativ, aber auch gastfreundlich. Wir Bochumer tragen das Herz auf der Zunge und ecken damit ganz schön an, aber wir halten zusammen, wie Pattex die Leiste an der Wand hält! Durch diese Einstellung wird auch der Charakter dieser Menschen geprägt. Kommt die Dunkelheit, verstehen sie sie auszuhalten und graben sich durch. Heißt es dann »Schicht im Schacht«, bedeutet das nicht nur, dass man mit dem Förderkorb wieder nach oben gebracht wird. Es bedeutet auch, dass man andernfalls eine Nacht im Stollen zu verbringen hat. Beides wird aber in Kauf genommen. Mit der Gewissheit, dass man früher oder später immer nach oben befördert wird. Ohne ein treues Herz ist das alles nicht machbar. Auf Facebook sehe ich einige frühere Schulkameraden, die mit ihren ersten Liebschaften immer noch zusammen sind. Manche können mittlerweile einen bemerkenswerten 20. Jahrestag feiern. Sie sind die Hälfte ihres Lebens zusammen und werden es höchstwahrscheinlich ein Leben lang bleiben. Wehmütig betrachte ich ihre Bilder vom letzten Urlaub mit ihren Kindern, und oft überrollt mich eine Sehnsucht. Wie gern hätte auch ich solche Bilder der Welt mitgeteilt. Bei meiner Partnersuche war ich bis zuletzt äußerst anspruchsvoll und wechselte immer wieder die Voraussetzungen. Sein Intellekt musste definitiv herausragend sein – dann war die Liebesglut schnell entfacht. Eine Zeit lang wiederum brauchte es einen trainierten Adonis-Körper zum Eintritt in den Tempel meiner Leidenschaft. Und eine ästhetische Haltung sollte in ihm auf jeden Fall innewohnen. Wobei unweigerlich ein blondes Mannsbild meine Aufmerksamkeit erweckte.

Einem Exemplar letzterer Gattung begegnete ich unglücklicherweise, während ich in meiner ersten Liebesbeziehung mit Tom war. Sie waren bedauerlicherweise auch noch gute Freunde, was später gehörige Konsequenzen mit sich brachte. Sein Name war Frederik, aber die meisten nannten ihn Fred, und er war zwei Jahre jünger als ich. Tom und ich waren bei seinem Bruder zu Besuch, und irgendwann kam er ins Zimmer und stellte sich mir vor. Sein Erscheinen löste in mir ein unerklärliches Verzücken aus. Fred war mit seinen damaligen 17 Jahren recht gut gewachsen und hatte eine auffallend adrette Präsenz. Wir bemerkten, dass wir auf gleicher Wellenlänge waren, und wurden schnell die besten Freunde. Er erlebte meine Abiturzeit und den Beginn meiner Ausbildung mit. Fred tröstete mich auch über die Trennung von Tom hinweg. Wir telefonierten sehr viel und trafen uns auch bei ihm zu Hause, wenn ich an den Wochenenden nach Bochum fuhr. Es verlief alles sehr freundschaftlich ohne irgendwelche Hintergedanken. Unseren gemeinsamen Wissensdurst nach Anatomie wie nach philosophischen Denkanstößen genossen wir in vollen Zügen. Er wollte Medizin studieren, als angehender Physiotherapeutin schmeichelte mir das. Bis zum Morgengrauen diskutierten wir, und ich ging intellektuell beflügelt nach Hause. Irgendwann deutete er an, dass unsere Freundschaft viel mehr eine Seelenverwandtschaft sei. Nach vier Jahren tiefer Verbundenheit geschah, was offensichtlich bei solch einer wesensgleichen Verbindung geschehen musste. Wir verliebten uns, und ich erlebte mit Fred eine außergewöhnliche Romanze. Er wirkte von Anfang an sehr anziehend auf mich, aber ich hatte es nie in Betracht gezogen, mit ihm eine Beziehung zu führen. Wie die meisten Menschen in dieser Situation wollte auch ich meinen besten Freund nicht für eine misslungene Liaison verlieren. Was Frauen anging, war mein bester Freund auch überaus anspruchsvoll. Was das äußere Erscheinungsbild betraf, äußerte er zwar keine genauen Präferenzen, aber eine Tendenz zu großen, blonden Frauen war mir nicht entgangen. In einem vertrauten, entspannten Moment gestand er: »Meine erste Freundin habe ich mir immer wie dich vorgestellt. Das erste Mal mit der besten Freundin zu erleben muss das Schönste sein, weil man schon geistig sehr vertraut ist.« Vor Schreck bekam ich nicht mehr heraus als: »Boah, ist das schon wieder spät. Ich glaub, ich muss nach Hause.« Am nächsten Tag waren wir wieder normale Kumpels und erwähnten das Gespräch vom Vorabend nicht. Ich war ziemlich verunsichert, weil ich im Grunde genommen nicht in sein Beuteschema passte. An einem Wochenende schauten wir, wie bei den meisten Treffen bei ihm, einen Film an, und wie gewohnt saß ich sehr nah neben ihm auf seinem Bett. Ich machte am Ende lachend eine wirklich beschränkte Bemerkung: »Ha! Bei Tom war es immer so, dass wir uns näherkamen, wenn der Abspann kam. Schön, dass ich meine Klamotten bei dir anbehalten kann.« Das hätte ich mir wirklich verkneifen können! Während ich mich noch weiter über meine Bemerkung amüsierte, schaute ich zu ihm herüber, und plötzlich waren seine weichen Lippen auf den meinen. Ich erwiderte seinen Kuss, und darauf folgte das schlechte Gewissen gegenüber Tom. Was in aller Welt machte ich da?! Reflexartig und erschrocken sagte ich: »Aber meine Sachen behalte ich an, okay!« Und setzte meine gewohnte Drohung an: »Sonst geh ich nach Hause.« Ja, wo sonst sollte man hinflüchten? Er küsste wahnsinnig gut, und ich wollte auf keinen Fall nach Hause. Fred machte sich ebenfalls Gedanken, wie Tom es wohl auffassen würde. Wir beschlossen daher, unsere Treffen und unsere Zuneigung füreinander so weit wie möglich geheim zu halten, was nicht einfach war. Sein Bruder hatte nämlich nebenan sein Zimmer. So schlich ich mich bei meiner nächtlichen Wanderung wie auf Katzenpfötchen die Treppen herunter. Freds Bruder Rafael war anfänglich sehr diskret und zwinkerte mir nur zu, wenn er mir peinlich berührt mit meinen High Heels in den Händen auf dem Flur begegnete. Später konnte er nicht widerstehen, mir einen schelmischen Spruch auf den Weg zu geben. »Na? Lohnt es für dich noch, nach Hause zu gehen? Die Sonne geht gleich auf, und nachher biste eh wieder da!« Oder auch ein freches: »Und? Ihr habt anscheinend wieder mal Spaß gehabt, ihr zwei. Warum gehst du überhaupt noch nach Hause?!« Auch wenn er Toms bester Freund war, ließ er nichts von der Liebschaft zwischen mir und seinem Bruder durchdringen. Gegenüber seinen Eltern hielt er gleichfalls dicht. Da waren die Brüder sehr loyal zueinander und hielten wie Pech und Schwefel zusammen. Doch bei zu viel Ballast bekommen sogar die stabilsten Gefäße einen Riss. Beim gemeinsamen Basketballspielen fragte Tom beiläufig: »Was ist eigentlich mit Fred los? Hat er 'ne Freundin, oder warum kommt der nicht mehr so oft mit?« Im Eifer des Basketballspiels kam von Rafael ein unbedachtes: »Ach, der hängt doch lieber mit Karel rum.« Mein Ex-Freund wurde hellhörig, und Rafael erschrak über seinen Versprecher: »Was meinst du damit, der hängt lieber mit Karel rum?« Freds Bruder versuchte sich aus der Situation zu retten, indem er sich mit aufgesetzter Coolness rechtfertigte: »Ja, komm! Reg dich nicht auf. Als ihr noch zusammen wart, haste doch auch gewusst, dat die rumgehangen sind und gegenseitig irgendwelche Klugscheißerei ausgetauscht hatten. Da haste dich nicht aufgeregt! Bleib ma locker, hier!« Tom hakte nach: »Dat war doch anders! Raus mit der Sprache! Da läuft doch wat mit denen! Sind die zusammen, oder wat?!« In die Ecke gedrängt konterte Rafael: »Was ist dein Problem, Mann! Dat ist schon lange fertig mit euch, und Karel hat dir ganz deutlich gesagt, dass dat nichts mehr mit euch wird! Ihr tickt nun mal verschieden! Warum führst du dich jetzt so auf? Nimm es hin, Mann!« Das Spiel endete angeblich beinah mit einer Schlägerei. Voller Zorn schrie Tom Rafael an: »Sind die jetzt zusammen oder nicht? Sag es jetzt! Was bist du für ein Freund, der mir das verheimlicht?! Wie lange geht das schon mit den zweien? Hattest du überhaupt vorgehabt, es mir zu sagen?« Darauf folgten böse Schimpfwörter, und Rafael versuchte Tom zu beruhigen: »Tom, Alter! Komm ma runter jetzt! Wat hättest du denn an meiner Stelle gemacht? Du bist mein bester Freund, aber er ist mein Bruder! Seien wir mal ehrlich, als ihr bei uns wart, da war die erste Frage von Karel, ob Fred auch da ist. Haste da nichts gemerkt? Und wenn wir am Zocken waren, ging die zu Fred rüber! Geredet ham se über Medizin und irgendwelche Korinthenkackerei! Die zwei sind nun mal so und passen leider auch zusammen! Die spielen in 'ner anderen Liga, Mann! Vergiss es!« Der verletzte Tom war nah dran, Rafael gewaltig zu vermöbeln und Fred anschließend direkt ins Jenseits zu befördern. Schimpfend trennten sich ihre Wege. Der mit Schuld beladene Rafael beichtete seinem Bruder direkt, was vorgefallen war, und kassierte den nächsten Anpfiff: »Wie kann das passieren, Mann?! Du hast doch immer dichtgehalten, und jetzt wirste schwach oder wat?! Was geht in dein Hirn ab, Alter?! Du bist mein Bruder, Mann!« Rafael konnte nur wütend erwidern: »Ist jetzt halt passiert, Mann! Früher oder später wäre dat doch mit euch eh rausgekommen. Ich will ja nichts sagen, ne, aber Mama und Papa haben auch schon die Lunte gerochen! Hab da nichts gesagt, aber dat sollste mal langsam klären, dein Mist da!« Das musste für Rafael wohl einer dieser schlimmen Tage gewesen sein, an denen man das Gefühl hat, die Welt habe sich gegen einen verschworen. Auweh, während ich im siebten Himmel schwelgte, wurden eine Freundschaft und eine Verbindung zwischen Brüdern zerstört! Bum! Als ich von dem Vorfall hörte, sprach ich meine Entschuldigung bei Rafael aus: »Hey, Raffi! Dat wollte ich nicht, dass dat passiert! Tut mir echt volle Kanne leid! Ist voll meine Schuld, dass du mit Tom Krach hast! Und ich finde das echt bemerkenswert, wie lange du es für dich geheim gehalten hast. Ich glaub auch, dass du nicht vorhattest, es auszuplaudern. Aber ja, das passiert halt. Wer weiß, wozu dat jetzt gut war! Also, danke, ne!« Er umarmte mich und antwortete: »Ist schon gut! Da haste doch keine Schuld. Ist nun mal so! Der Tom war halt in seiner Männlichkeit verletzt. Der hat sich wieder eingekriegt und redet wieder mit mir!« Ein paar Tage später wurde ich zum Kaffeetrinken bei Freds und Rafaels Eltern eingeladen. Danach musste ich mich nicht mehr mitten in der Nacht rausschleichen. Schließlich war ich die erste offizielle feste Freundin von Fred. Seine Eltern waren liebe und bodenständige Menschen, die mich immer herzlich in ihrem Heim begrüßten. Mit Freds Mutter konnte ich auch die Situation mit Tom und Fred besprechen. Sie verurteilte niemanden und sagte dazu: »Ja, so ist dat nun mal. Wo die Liebe hinfällt. Hauptsache, man bleibt glücklich dabei!« Und wie ich glücklich war! Fred faszinierte mich auf eine besondere Art und Weise. Er war meines Erachtens nicht nur außergewöhnlich hübsch und intelligent. Da war dieses unerklärlich schöne Gefühl, das ich an seiner Seite bekam. Vermutlich war Fred tatsächlich ein Seelenverwandter – oder aber, eingedenk meiner jugendlichen Naivität, nur eine intensive Liebelei. Wie auch immer, mein Fred stand mir bei, als mein Adoptivvater starb; da wir allerdings nicht offiziell zusammen waren, kam er nicht zur Beerdigung. Damals hatte ich mir diesen Beistand von ihm gewünscht. Er lernte auch meine leibliche Mutter kennen, als sie nach Deutschland zu Besuch kam. Sie hatte ihn schon damals als den zukünftigen Schwiegersohn angesehen. Die Mutter von Fred wiederum war von mir ganz angetan. Als es mit uns zu Ende ging, erfuhr ich von Rafaels damaliger Freundin, dass Freds Mutter mich vermisse und hoffe, wir kämen wieder zusammen. Irgendwann kam er also, der Tag, als Fred mir das Herz in 1000 Stücke zerbrach. Er ging nach Düsseldorf, um Medizin zu studieren, und ich ging auf das Examen zu. Infolge des zeitraubenden und lernintensiven Studiums und der Entfernung gerieten wir in Auseinandersetzungen. Durch schöne gemeinsame Erlebnisse versuchten wir die Lage zu entspannen. Wir machten einen Ausflug nach Trier und ließen uns eng umschlungen an der Porta Nigra fotografieren, schauten die Ausgrabungen an und schlenderten gezwungen verliebt durch die Fußgängerzone. An einem Wochenende besuchte mich Fred in meinem Wohnheim in Homburg/Saar. Von dort war es nicht mehr weit bis Luxemburg, und wir beschlossen einen Tagesausflug dorthin zu machen. An dem Tag bahnte sich eine Blasenentzündung bei mir an, und gegen Abend bekam ich unerträgliche Schmerzen. Mein Freund wollte aber unbedingt noch die Stadt von einem Aussichtspunkt bei Nacht anschauen. Natürlich riss ich mich zusammen und ging weiter. Vielleicht wollte er mir etwas Romantisches sagen. Nein, einen Antrag hatte ich in dem Alter nicht erwartet, eher eine Art Liebesbeweis oder einen Ansporn, trotz der Entfernung die Beziehung aufrechtzuerhalten. Oben angelangt, war er aber nur schwer damit beschäftigt, Fotos zu schießen, und während ich ihn beobachtete, wurde mir bewusst, dass ich von der besten Freundin zur Nebensächlichkeit degradiert worden war. Das konnte nicht mein Seelenverwandter sein. Als wir im Auto saßen, kommentierte er: »Ist doch gut, dass wir noch hochgegangen sind. Wer weiß, ob wir noch mal dorthin kommen. Es geht dir ja jetzt nicht schlechter, oder?!« Am darauffolgenden Tag ging es mir einigermaßen besser, und Fred fuhr mit dem Zug zurück nach Düsseldorf. Ich war merkwürdigerweise nicht traurig, sondern froh, dass ich mich ausruhen konnte. Als ich mit meiner Wärmflasche auf dem Bett lag, vermisste ich meinen besten Freund. Nicht den, der das Wochenende da war. Ich vermisste meinen respektvollen Kumpel. Oder hatte ich diesen Menschen verkannt? Hatte ich mir nur ein Bild zurechtgelegt? Dann kam eine Art Eingebung, dass es das letzte Mal gewesen war, dass Fred mich in meinem kleinen gemütlichen Wohnheim besucht hatte. Nach dem Wochenende war es so offensichtlich, und ich fing bitterlich an zu weinen. Es folgten jedoch noch ein paar Wochenenden, an denen wir uns in Bochum trafen. Dann fasste Fred schließlich den Entschluss, sich zu trennen. Ich weiß nicht, ob er das als Strategie benutzte, aber er erklärte mir, dass er das Studentenleben gerne als Single erfahren wollte. Wir feierten noch Silvester in seinem Wohnheim zusammen, und zwei Tage später fuhr ich für immer von ihm fort. Er begleitete mich zum Parkplatz, und zum letzten Mal gab er mir einen innigen Kuss. Diese letzte Fahrt zurück von Düsseldorf war mehr als schrecklich. Ich heulte ununterbrochen wie ein Schlosshund, und als ich in Homburg/Saar ankam, war der Beifahrersitz unter verrotzten Taschentüchern begraben. Diese Grausamkeit musste ich natürlich brühwarm einer Freundin erzählen, die zum Glück im Wohnheim war. Bei einem billigen Wein beschrieb ich die emotionale Peinigung, die mein vermeintlich bester Freund mir angetan hatte. Meine Freundin bemühte sich, positive Aspekte aus dem Ereignis zu ziehen, aber mein dramatisches Schluchzen vernichtete alle ihre Bemühungen. Die reichten von üblichem Gefasel à la »Wer weiß, wozu es gut ist« oder »Andere Mütter haben auch schöne Söhne« bis hin zu: »Hey, jetzt bist du am Wochenende öfters hier, und wir können mit den Mädels Saarbrücken unsicher machen. Im N8Werk waren letztes Wochenende echt süße Jungs. Die hätten dir auch gefallen! Nächstes Wochenende ist Schlagerparty. Da bist du definitiv dabei!« All das konnte mich nicht aufmuntern. Trotzdem ging ich auf die Party mit, zunächst betrübt. Doch nach einigen Drinks und Liedern wie »Tanze Samba mit mir«, »Er gehört zu mir« und »Griechischer Wein« war Fredy-Boy Geschichte, und ich hatte mich wirklich mit meinen Mädels amüsiert. Vielleicht lag das daran, dass mein noch unbekannter wahrer Seelenverwandter möglicherweise auch auf dieser Party war. Mein jetziger Partner war scheinbar auch auf dieser Party. 20 Jahre nach dieser vermeintlichen Tragödie erlebte ich durch ihn jedenfalls, was Seelenverwandtschaft wirklich ist. Und was der Satz »In guten wie in schlechten Tagen« wirklich bedeutet. Er scheute sich nicht davor, mich bis zum Operationssaal zu begleiten oder einen Ausflug ad hoc zu beenden, wenn ich Magenschmerzen hatte, um mich mit einer Wärmflasche ins Bett zu bringen. Heute also kann ich die Floskel »Wer weiß, wozu es gut ist« gut nachvollziehen und bin äußerst dankbar für das Geschehene. An dieser Stelle kommt mir eine Karikatur in den Sinn: Gott sitzt mit einem Riesen-Teddybär hinterm Rücken vor einem kleinen Mädchen und verlangt von ihr, dass sie ihm ihren geliebten kleinen Teddybären aushändigt. Das Mädchen weigert sich, und Gott sagt: »Ich habe etwas Besseres für dich.« Es ist sehr schwer, aber wenn man inständig darauf vertraut, kann man wahrhaftig das Größte bekommen. Auch wenn es einige Jahre dauert.

Mit Fred behielt ich noch telefonischen Kontakt, was mir weiterhin die Hoffnung gab, doch noch mit ihm zusammenzukommen. Ich täuschte ihm vor, es machte mir nichts aus, dass wir wieder einen freundschaftlichen Umgang miteinander pflegten. Allerdings wurde es mit jedem Telefonat schmerzhafter, und eines Tages verkündete er, dass es jetzt eine Marie in seinem Leben gab. Sie studierte ebenfalls Medizin in Düsseldorf. Meine Enttäuschung war unbeschreiblich. Ich tat so, als freute ich mich für ihn, doch mein Herz blutete. Die Lüge über meine angebliche Freude über seine neue Liebesbeziehung konnte ich nicht lange spielen und machte meinem Schmerz Luft. Bei einem unserer Telefonate warf ich ihm wutentbrannt die unmöglichsten Dinge vor. Unter anderem, dass er mich nur benutzt habe. Sein Gerede über unsere Seelenverwandtschaft sei nur eine billige Masche von ihm gewesen, um mich ins Bett zu kriegen. Er versuchte sich zu erklären, aber meine Wut trieb ihn in die Enge. Nach diesem Streit ging ich wieder mal auf die Partypiste und schaute leider ziemlich tief ins Glas. Mitten in der Nacht und mit angetrunkenem Mut rief ich Fred noch einmal an. Da sein Festnetztelefon direkt neben seinem Bett stand, war er gezwungen, dranzugehen. Ich gab vor, solch einen Spaß ohne ihn zu haben, und ich sei außerordentlich froh, dass er das Weite gesucht habe. Ich würde mich fragen, was mich dazu geritten habe, mich mit jemandem wie ihm eingelassen zu haben. Er sei der größte Fehler meines Lebens gewesen … und was noch alles. Er legte irgendwann einfach auf. Immerhin hatte er sich meine Beschwerde angehört. Nach dieser theaterreifen Vorstellung war es klar, dass der Kontakt zwischen uns abbrach. Ich konzentrierte mich auf mein Examen und schmiedete Auswanderungspläne. Meine Wahl fiel auf die Schweiz, und mein Fokus richtete sich nun auf mein neues Leben als Berufstätige. Als ich dort angekommen war und die Zeit ein wenig die Wunden geheilt hatte, nahmen Fred und ich wieder Kontakt auf. Wir telefonierten noch einige Male und schickten uns Urlaubsfotos zu. Gespräche über unsere Liebesbeziehung versuchten wir, soweit es möglich war, zu vermeiden. Wir waren derselben Meinung, dass wir unserer Freundschaft eine tiefe Kratzspur hinterlassen hatten. Wir glaubten jedoch, wieder dort anknüpfen zu können, wo unsere Freundschaft einst geendet hatte. Ganz fest nahmen wir uns vor, unsere Seelenverwandtschaft wieder aufleben zu lassen, und gaben uns das Versprechen, das nicht wieder durch eine unbedachte Handlung kaputt zu machen. Ich war schon mitten im Berufsleben und hatte mich in meiner neuen Heimat sehr gut eingelebt. Fred studierte noch und lebte immer noch in seinem kleinen Studentenwohnheim. In der Zwischenzeit fing er an die Welt zu bereisen, Kanada wurde zu seinem Lieblingsziel. Eine Zeit lang waren seine Erzählungen für mich noch interessant, aber seine Sparmaßnahmen, zu denen er als Student gezwungen war, waren mir auch nicht entgangen. Ein Besuch bei mir in der Schweiz reize ihn zwar, aber er müsse eben auf das Geld schauen. Auch beim Telefonieren hielt er, sofern er anrief, das Gespräch nun kürzer. Geiz gehörte schon damals nicht zu meinen Eigenschaften, und es tangierte mich daher nicht sonderlich, wenn ich öfters ihn anrief. Irgendwann aber drifteten unsere Interessen und Lebensweisen doch zu weit auseinander, und schließlich wurde es still zwischen uns. Mein bester Freund Fred ist nur noch in diesen Zeilen lebendig. Irgendwann später dachte ich einmal an ihn und fand heraus, dass er im Bereich der Medizin geblieben war; ein paar Statements auf Facebook ließen mich erahnen, dass er Vater geworden war. Ich freute mich natürlich für meinen besten Freund, doch insgeheim fühlte ich mich wie Julia Roberts in dem Film »Die Hochzeit meines besten Freundes«. Ich hatte verloren, und es war definitiv zu spät, noch was dagegen zu unternehmen. Auch wenn es hässlich geendet hatte, denke ich noch heute manchmal an ihn, und bei mancher schweren Entscheidung hätte ich ihn gern als guten Freund um Rat gefragt. Wir waren damals ziemlich jung und unerfahren. Die richtigen

Worte kannten wir nicht oder wussten wir nicht auszusprechen und argumentierten daher verletzend und egoistisch. Im Eifer der hormonellen Schwankungen hatte man gewisse Strategien ausgeführt, um glimpflich aus dem Gefecht zu entkommen. Sich in das Befinden des anderen hineinzuversetzen, das war uns beiden damals gleichermaßen fremd. Der kindliche Trotz setzte sich durch, und das Schmollen blieb hartnäckig, bis auch der Henkel, an dem sich das Gefäß der Freundschaft noch hätte halten lassen, zertrümmert war. Irgendwann können kaputtgegangene Dinge nie wieder repariert werden, und es bleibt einem nichts anderes übrig, als den Scherbenhaufen endgültig zu entsorgen. Mein Fred war mein allererster bester Kumpel, der irgendwann eine andere Schicht übernahm, und wir hatten nie mehr die Gelegenheit gehabt, uns gemeinsam durchs Leben zu graben.

Starlight Express: Es gibt immer ein Licht am Ende des Tunnels

Wir sehen das Licht ganz am Ende des Tunnels.
Wenn der Engel Gabriel uns ein Zeichen gibt,
sehen wir das Licht ganz am Ende des Tunnels.
Wir sehen den hellen Schein, der Dampf muss es sein,
denn ein Licht scheint uns in der Dunkelheit.
Aus: Starlight Express

Das letzte Kapitel! Liebe Leser, sollten Sie bis hierher gelesen haben, dann steht einem anschließenden Besuch in Bochum sicherlich nichts mehr im Wege. Ich gehe davon aus, dass die Coronakrise eingedämmt ist, wenn Sie dieses Buch in den Händen halten. Und dafür rate ich Ihnen, Karten für »Starlight Express« zu reservieren. Wenn man Bochum erwähnt, kommt den meisten sofort dieses berühmte Musical in den Sinn. Bochum wurde 1986 die Ehre zuteil, ein eigenes Starlight Express Theater zu bekommen. 1988 wurde es fertiggestellt und am 12. Juni desselben Jahres wurde das von Andrew Lloyd Webber geschriebene Stück zum ersten Mal aufgeführt. Es erzählt von einem Kind, das von einer Weltmeisterschaft im Zugrennen träumt. Die Hauptfigur ist die veraltete, kleine, liebenswürdige Dampflok Rusty, die gegen starke und moderne Loks wie Electra und Greaseball antritt. Rusty ist verliebt in den Erste-Klasse-Waggon Pearl, der vor die Entscheidung gestellt wird, mit wem er das Rennen fahren sollte. Pearl entscheidet sich für Rusty, und sie gewinnen auch noch das Rennen. Hach, wie schön! Auch wenn sich die Geschichte ziemlich kitschig anhört, die Show ist der absolute Hammer. Vorausgesetzt, man mag Musicals. Erwähnenswert sind auch die herausragenden künstlerischen Fähigkeiten der Darstellerinnen und Darsteller. Sie fahren mit enormer Geschwindigkeit über die Bahnen und singen und tanzen auch noch dabei. Das

Casting für die Show, so sagte einer der Darsteller, sei eines der schwierigsten und strengsten in der Branche. Tja, wie kann das anders sein, dass Starlight Express unsere Stadt Bochum auserwählt hat! Nur die Harten kommen bei uns in den Garten! Es ist eine wirkliche Ehre, weil es unserer Stadt den gewissen internationalen Flair einhaucht. Die Welt kennt Bochum. Das erste Mal sah ich die Show mit meiner ersten großen Liebe Tom. Wir saßen ziemlich weit vorne und konnten hervorragend die Mimik und Gesten der Darsteller sehen. Ich war überwältigt von den Lasereffekten und von den Kostümen. Beeindruckend ist auch, dass die Rollschuhbahnen direkt durch die Zuschauerränge verliefen. Für manche mochte wohl auch der englische Akzent der Darstellerinnen und Darsteller etwas gewöhnungsbedürftig sein. Für andere wiederum, mich eingeschlossen, gab das dem Ganzen einen charmanten Touch. Über Musik lässt sich bekanntlich bis in alle Ewigkeiten diskutieren, aber dieser Andrew hat's echt drauf! Manche Stücke haben Tiefgang und sind fröhlich dazu. In unserer schnelllebigen Zeit könnte der ein oder andere sich mit diesen Zügen identifizieren.

Da wäre der »Bummellok«-Song, in dem der Vater von Rusty sang:

»Rusty, Rusty, hör mir zu: Ich kann jetzt nicht mehr.
Dieses Rennen war für mich wohl doch zu schwer.
Ich hab gewonnen, ich hab es geschafft.
Doch wie du siehst, hab ich nicht mehr die Kraft, jetzt noch einmal zu rennen, bis zum Schluss dabei zu sein.
Drum Rusty, dir vertrau ich:
Du musst für mich rennen, sollst der Sieger sein.
Rusty, du musst für mich los!«

Wie eine Dampflok werden wir durch unsere Arbeit und sonstige Verpflichtungen schnell ausgebrannt. Eine Krankheit wurde danach benannt, die auf dem medizinischen Markt hoch gehandelt wird: der weit verbreitete und bekannte Burn-out. Man kann schon lange nicht mehr, aber dieses eine Rennen noch. Von dem sich dann herausstellt, dass es ein Rennen zu viel ist. Dieses eine Projekt noch; noch eine Stunde länger im Büro, die zu drei Stunden werden; noch einen Patienten dazwischenschieben; noch eine Schicht; noch eine Geschäftsreise; noch, noch, noch … bis der letzte Dampf ausgepustet wird. Die Selbstlosigkeit verbrennt, und alles, was bleibt, ist die Asche der Erkenntnis, zu viel und zu schnell, ja alles gewollt zu haben. Man gäbe nun seinen Startplatz nur zu gern weiter in der Hoffnung, dass der andere es besser machen würde. Und hält doch die Geschwindigkeit, solange es die Maschine hergibt. So tat es meine Vorgängerin, meine Adoptivmutter schließlich auch, und ich muss dem gerecht werden. Ist es wirklich ein Triumph, voll ausgestattet das Rennen anzutreten und dafür mit Zerstörung zu bezahlen? Nein, weil der Erfolg durch die Überlastung der Maschine erreicht wird. Ja, weil man auf der Fahrt wunderbare Momente einfangen kann und am Ziel die Zufriedenheit wartet. Das Wahre siegt für gewöhnlich, jedoch ohne vorherige Zweifel.

So wie Rusty, der antwortete:

»Ich glaub nicht, dass ich dabei Chancen hab!«

Meine Adoptivmutter war mit Selbstlosigkeit und vollkommener Hingabe ausgestattet. Zum Schluss erreichte sie triumphal das Ziel und wurde mit Zerstörung belohnt. Könnte ich das, vor allem aber, wollte ich das? Könnte ich die Einsamkeit überwinden oder aber aus ihr noch neuen Treibstoff gewinnen und auf dieser leeren, sinnlosen Strecke das Rennen für mich gewinnen? In den einsamen Stunden sind bekanntlich die grandiosesten Werke und Ideen entstanden. Wie bei Puccini, Satie, Cézanne, um nur einige zu nennen. Die Stille der Einsamkeit trieb einen zunächst dazu, aus der Situation auszubrechen. Man setzte alles daran, dieses Gefühl loszuwerden, und legte einfach los. Das Ziel schien fern und beschwerlich.

Von Zweifeln, Ängsten, Traurigkeit, ja auch von Wut wurde man auf dem Weg vereinnahmt. Man wünschte sich Zuversicht, Sicherheit und Stärke. Nur, wo tankt man das auf?

Irgendwann stimmt der Bremswaggon Caboose ein:
»Ganz allein, niemand will bei dir sein.
Die Welt scheint leer und ohne Sinn.
Schau zu mir hin, du weißt, ich bin dein Freund.«

Eine ausweglose Situation, der wir uns stellen müssen. Ein Mensch, der kein Rennen mehr machen kann, von dem wir, der Ersatz, die Startnummer zum »Weiterleben« erhalten haben. Wir glauben, zum Scheitern verurteilt zu sein, bevor wir es versucht haben. Fühlen uns allein und vergessen dabei, dass wir auf jemanden vertrauen können. Einen Freund. Es gibt Menschen, die eine ganze Horde voller Freunde haben. Da wird für Feierlichkeiten ein exquisiter, großer Raum gemietet, weil man sie alle sonst nicht unterbringen konnte. Doch wenn es darauf ankommt, man auf diese sogenannten Freunde zurückgreifen muss, ihnen vertrauen zu können glaubt, dann sind sie alle schwer beschäftigt, und man steht auf der Abschussliste. Ich kannte zum Glück nicht viele von dieser Sorte, hatte mich längst freiwillig von solch vermeintlichen Freunden abgekapselt. Ich wusste jedoch, zu wem ich hinschauen konnte, wenn das Leben mich zu einem schweren Rennen aufforderte. Vermutlich hatte ich durch die erlittenen Verluste eine Art sozialer Distanz eingenommen. Vielleicht wurden mir die Menschen auch generell zu viel. Ähnlich wie die liebgewonnenen Dinge, die wir in unseren Wohnungen horten. Dinge, die an Bedeutung und Nutzen verloren haben. Solange sie bei uns sind, fühlen wir uns verpflichtet, sie zu hegen und zu pflegen. Behalten wir sie in unserem Bereich, werden sie zum Ballast. Es mag anmaßend und verfehlt sein, Menschen mit Dingen zu vergleichen. »Der ist hart wie Stahl« oder »Der hat ein Herz aus Stein«, sagen wir vielleicht über unseren schlecht gelaunten

Chef, der uns unsere Gehaltserhöhung verweigert. Verhalten wir uns aber nicht selbst wie Gegenstände, wenn es um Mitgefühl geht? »Das tut mir wirklich leid, dass Ihre Mutter gestorben ist, aber der Auftrag muss heute erledigt werden.« Oder: »Sie sind zwar bei ihr aufgewachsen, aber sie ist nur Ihre Tante. Für die Beerdigung kann ich Ihnen nicht frei geben.« Unsere Spezies erklärt sich gerne selbst zum höchstentwickelten Lebewesen. Aber ist das eine Höchstentwicklung, seine Artgenossen zu hintergehen, sie zu verletzen, zu demütigen und über ihre Niederlage zu triumphieren? Welches Lebewesen sonst scheut nicht davor, einem anderen etwas Böses anzutun? Nur wir sind dermaßen hoch entwickelt, dass wir uns darin professionalisiert haben. Unser Mitgefühl ist nahezu vom Aussterben bedroht, und derjenige wird gekrönt, der es gänzlich aus seiner Tugend verbannt. Trotz dieser vernichtenden Erkenntnis forderten mich meine verstorbenen Lieben auf, das Rennen für sie weiterzufahren. In dieser radikal egoistischen Welt glaubte ich keine Chance zu haben. Eine Zeit lang sah ich tatsächlich nur die Leere in dieser Welt und die daraus resultierende Sinnlosigkeit. Ich hatte dieses Erbe angenommen, allein schon aus Angst vor meiner leiblichen Mutter. Würde ich ihnen freiwillig folgen, bekäme ich von ihr sicher gewaltig den Hintern versohlt. Und diesmal würde mein Großvater nicht hinter mir stehen und seine Tochter mit strengem Blick besänftigen. Er würde mich persönlich zur ewigen Verdammnis jagen.

Als Physiotherapeutin übe ich einen wunderbaren Beruf aus. Doch manchmal verläuft sich der ein oder andere Patient in meine Praxis, der wie ein Klotz auf der Rennstrecke wirkt. Meine Erziehung zu Anstand und Respekt gerät dann ins Wanken. Folgende Aussagen beispielsweise weckten nicht selten das Bedürfnis, Gas zu geben und die Kurve zu kratzen: »Ich brauch keine Instruktionen von Ihnen. Machen Sie einfach Ihre Arbeit und massieren mich.« – »Wie, Sie sind krank? Aber ich hab Schmerzen!« – »Also, bei einer anderen Physio war die Behandlung länger und besser!« Diese außergewöhnlichen Lebensformen von Patienten lernte ich höflich zu verschmähen und bat die höhere Macht und meine Lieben, solche Gestalten von meiner Praxis fernzuhalten. Möglicherweise hatte man da oben einen guten Empfang, denn tatsächlich mieden solche Leute meine Praxis. Dafür wurden Menschen zu meiner Praxis geführt, die auf meiner Wellenlänge schwingen. Mit diesen Leuten entsteht eine gute Synergie, von der ich überzeugt bin, dass sie den Heilungsprozess unterstützt. Am Anfang meiner Selbstständigkeit ließ ich chauvinistische, respektlose Bemerkungen über mich ergehen, verriet damit meine Wertvorstellungen und verdeckte meine Kompetenz. So kam es schnell dazu, dass ich meine Berufung infrage stellte. Eine Zeit lang hatte ich mich mit meinem Beruf identifiziert, und nun wurde die Leere in mir ausgelöst. Ich wollte Menschen helfen, ihnen Gutes tun, aber musste ich aufgrund meines Phänotyps meine Fähigkeiten unterbinden? Was für einen Sinn hat das Leben, wenn man in dem, worin man glaubt, gut zu sein, gehemmt wird und gleichzeitig vom Schicksal niedergemetzelt? Es hatte eine Weile gedauert, bis ich erkannte, dass ich mein Schicksal in die Hand nehmen musste. Dafür gab es nur zwei Möglichkeiten: stehen bleiben und verrosten oder weiterfahren, um neue Chancen zu ergreifen. Ich mochte eine verbrauchte Dampflok sein, aber ich fing an zu entscheiden, wer auf meiner Fahrt einsteigen darf und wer nicht. Unzufriedene Menschen können eine Furcht in einem auslösen, um ihre eigene Angst zu mindern. Offenbar strahle ich für diese bedauernswerten Geschöpfe aus, dass sie Opfer ihrer nicht vorhandenen Haltung sind. Meistens suchen sie nämlich das Weite. Denn in die Physiotherapie zum Schützen kommen nur die, die was ertragen können. Wie schon gesagt: Nur die Harten kommen in den Garten!

So wie mein Cousinchen, Diana. Na gut, okay, sie verträgt keine Triggerpunkttherapie, dafür ist sie im Leben verdammt hart im Nehmen. Ich sehe das siebenjährige kleine Mädchen heute noch, wie sie an der Küppersstraße aus dem blauen Opel Kadett ausstieg. Sie trug ein rot-blaues Kleidchen und hatte ein Stofftier in der Hand. Sie sprach ganz wenig Philippinisch, aber es war ausreichend, um unsere gemeinsame Vorliebe für Barbiepuppen auszutauschen. Ich besaß noch kein Spielzeug, aber mein quirliges Cousinchen teilte sofort ihre Spielsachen mit mir. Auch die geliebten Barbies. Ich werde nie vergessen, wie sie meinen Adoptiveltern vehement klarmachte, dass ich unbedingt eine Barbiepuppe brauchte. Ich verstand zwar kein Wort, aber ihrem Quengeln nach zu urteilen, drängte sie, in die Stadt zu gehen, damit ich eine Barbiepuppe bekäme. Ich hatte bald Geburtstag und sollte sie dann bekommen. Bis dahin teilte meine neue Freundin ihre Barbies mit mir und schenkte mir sogar eine. Da wir als Filipinos eine Schamkultur haben, konnte ich dieses kostbare Geschenk nicht annehmen. Meine Cousine ist halb Filipina und halb Deutsche und hat das Herz eines Engels, das ich zwischenzeitlich verkannte. Durch sie lernte ich schnell die deutsche Sprache, ebenso das Fahrradfahren, indem sie mich vom steilen Weg zum Hof runterschubste. Wir stiegen über den Zaun zum Kinderhort, der hinter unserem Hof lag, um uns unerlaubt auf dem Spielplatz auszutoben. Danach heimste jede von uns einen Hausarrest ein, was eine qualvolle Trennung vom anderen bedeutete. Jeden Winkel des Stadtparks erkundeten wir und flüchteten gemeinsam nach Hause, wenn uns ältere Kinder vom Spielplatz verjagten. Unsere Pyjamapartys waren legendär, auch wenn wir damals keinen Fernseher im Zimmer hatten, geschweige denn Handys. Stattdessen wurde Monopoly oder gar die gesamte Spielesammlung gespielt, bis einer der Elternteile zum Schlafen ermahnte. Die gemeinsamen Urlaube in Belgien und

Holland mit unseren Eltern waren für uns immer aufregend und spektakulär. Wir durften immer in einem Zimmer schlafen und fast alles machen, was wir wollten. Unser Taschengeld gaben wir in unserem Tante-Emma-Laden für Überraschungseier aus, um die Figuren zu ergattern. Einmal bekam Diana eine Figur, und ich war traurig, dass in meinem Ei keine war. Meine Cousine animierte mich, unser gesamtes Taschengeld zusammenzulegen, um davon Überraschungseier zu kaufen, damit ich auch eine Figur bekam. Vor dem Kauf schüttelten wir an den Ü-Eiern, um zu »erhören«, ob eine Figur drin sein könnte. Auch bei zehn Stück erwischten wir keine Figur. Das tat meiner kleinen Cousine so leid, sodass sie daraufhin äußerte: »Wenn ich das nächste Mal eins drin hab, dann geb ich sie dir, okay?!« Ähnlich war es bei einem Kirmesbesuch, als jeder von uns zehn Lose ziehen durfte. Eines von Dianas Losen war ein Hauptgewinn. Sie bekam einen Stofftier-Alf, und ich bekam mal wieder Nieten. Sie überredete unsere Eltern, ob wir nicht noch mal zehn Lose kaufen durften, damit ich auch mit einem Hauptgewinn nach Hause käme. Das wurde uns leider verwehrt, und mein Cousinchen schlug mir Folgendes vor: »Wenn du mal damit spielen willst, dann leih ich dir den mal aus, okay?! Wir teilen uns den!« Sie hatte schon damals immer danach geschaut, ob es mir gut ging, und teilte gern ihr Glück mit mir. Auch als wir anfingen, uns für Jungs zu interessieren, gönnte sie mir meinen Schwarm und half mir dabei, ihn »rein zufällig zu treffen«. Zum Glück waren unsere Geschmäcker bei Jungs verschieden.

Im späteren Teenageralter schwanden unsere gemeinsamen Interessen allmählich. Wir gingen verschiedene Wege und wurden uns fremd. An einem Weihnachtsfest näherten wir uns wieder an, und sie nahm mich zu ihren neuen Freunden mit. Ahnungslos stieg ich in ihr Auto, und wir sammelten ihre Freunde an einer dunklen Straßenecke ein. Schon beim ersten Eindruck waren die mir äußerst suspekt. Im Laufe des Abends erfuhr ich, dass sie den Drogen nicht abgeneigt waren. Als ich einen von ihnen fragte, wie er das finanzierte, antwortete er, mich fast belächelnd: »Ich klau's mir einfach. Es gibt immer noch genug bekloppte Leute, die ihr Portemonnaie in den Jacken lassen.« Dann wurde Gras im Auto geraucht, und um mitzuhalten, zog ich ebenfalls dran. Obwohl Diana fuhr, rauchte sie ebenfalls. Als sie zum Tanken anhielt, taumelte sie förmlich zur Zapfsäule, und die beiden Jungs fanden es äußerst komisch und grölten, was das Zeug hielt. Als Diana taumelnd wieder zurückkam, bat ich sie, mich nach Hause zu fahren. »Echt? Jetzt willste wieder zurück? O Mann! Wir wollen doch noch in die Disco!« Sichtlich genervt kam sie meinem Wunsch nach, und als sie mich zu Hause absetzte, vernahm ich ein mürrisches Seufzen: »Boah, jetzt musste ich extra den Umweg machen, echt Mann!« Ich wünschte ihnen trotzdem noch viel Spaß und ging mit einem verwirrten und enttäuschten Gefühl ins Haus. Von dem Tag an brach der Kontakt zwischen uns ab. Was war da nur aus meiner kleinen, süßen Cousine geworden? War das das kleine Mädchen, das alles mit mir geteilt und sich mit mir verbunden hatte? Sie hatte mich einfach abgesetzt. Das Cousinchen-Team war aufgelöst. Jahre gingen ins Land. Meine Cousine heiratete und wurde Mutter zweier Kinder, von deren Geburt ich seinerzeit nichts erfuhr. Während sie Windeln wechselte und schlaflose Nächte durchmachte, reiste ich durch die Welt und feierte nächtelang durch die Clubs. Sie erzog ihre Kinder und vermittelte ihnen ihre Wertvorstellungen, während ich Weiterbildungen in meinem Fachbereich machte und Aerobic-Choreografien austüftelte. Sie entwickelte sich zu einer liebenden Ehefrau, und ich wurde ein erfolgloses Parship- und Elitepartner-Mitglied. Ihr Outfit war ein praktischer Schlabberlook, von ihren Kindern mit Spucke künstlerisch verziert, ich dagegen schlüpfte in übertrieben teure Designer-Kleider, die letztlich aber von der oberen Schicht mit Häme bespuckt wurden. Wir lebten in verschiedenen Welten. Jeder war mit seiner Umwelt und der darin entstandenen Problematik beschäftigt. Doch als ich ganz allein war und niemand bei mir sein wollte, da war sie einfach da. Meine kleine Cousine gab mir den nötigen Schubser, damit ich das einsame Rennen antrat. Es bedurfte keiner Worte à la »Ich bin immer für dich da«. Wie gern sagt man das unter Freunden. Ich galt immer als die Lustige. Verlässt mich jedoch das Lachen, will keiner mehr bei mir sein. Mir wurden Freundschaften gekündigt, weil ich getrauert hatte. Auf Facebook sahen Grundschulfreunde meinen Verlust, aber keiner reichte mir die Hand. Erst später, als ich mich wieder aufgerichtet hatte, da waren sie da. Meine »Freunde«. Schließlich konnte ich eine tolle Wohnung mit Seeblick am Zürichsee und eine erfolgreiche Praxis vorweisen. Da war ich gern gesehen und wurde zu Laufevents eingeladen. Ich erhielt von ihnen Besuche, die aber eigentlich nur als kostenfreie Übernachtungsmöglichkeit in der teuren Schweiz dienten. Nicht so mein Cousinchen!

Es war eines der Wochenenden, an denen ich wieder mal zum Ausräumen der verlassenen Wohnung nach Bochum fuhr. Meine Cousine rief mich an und erkundigte sich nach mir: »Na, Cousinchen. Biste gut angekommen? Was machste heute? Willst zu uns kommen? Ich koch auch was.« Ich hörte, wie sie in der Küche rumhantierte. Das war natürlich sehr verlockend. Die Kinder würden mich gut ablenken, und ich dürfte zusätzlich meiner Lieblingsbeschäftigung nachgehen. Essen! Sogar philippinisch! Nur diesmal war mir nicht danach. »Hey, Cousinchen! Dreimal kannste raten, was heute im Programm steht. Aufräumen, entsorgen und wieder aufräumen! Boah, ich weiß selber nicht, wo mir der Kopf steht. Ich kann mich nicht von den Klamotten lösen! Wenn die weg sind, dann ist sie definitiv weg. Gar nichts mehr von ihr!« Mir kamen bitterliche Tränen. »Mensch, Karel!« So nannte sie mich immer, wenn sie sich Sorgen machte und ein ernstes Gespräch führen wollte oder wenn sie auf mich sauer war. Diesmal traf Ersteres zu. Ich hörte, wie sie die Küche verließ und vermutlich ihrer Mutter befahl weiterzukochen. »Komm erst mal zum Essen. Dann können wir weitermachen! Ich hol dich ab, o. k.?!« Ich schluchzte immer noch: »Nein, ich hab keinen Hunger. Ich will das hier endlich mal zu Ende bringen. Ich trödel die ganze Zeit nur! Esst ihr mal, und ich komm irgendwann dann.« Energisch, aber liebevoll entgegnete mir meine Cousine: »Ja, ich kenn dein ›Ich komm dann‹. Nämlich gar nicht mehr dann! Bin gleich da!« Sie legte auf, und es kam mir vor, als wäre sie geflogen: Da stand sie in ihrem Hausdress, und mir war klar, sie hatte alles stehen und liegen lassen. »Komm, Cousinchen. Hol erst mal deinen Drücker ab!« Sie breitete ihre Arme aus, und ich durfte mal schwach sein. Ich durfte mal vom Gas runter. »Diana, ich kann das nicht! Das Ganze hier hat sie ausgemacht! Der letzte Beweis ihres Daseins. Ich kann das nicht einfach abgeben, wegschmeißen oder vernichten. Das alles ist doch noch SIE!« Die Erkenntnis tat mir ungeheuer weh. Diana löste die Umarmung und griff eine große Mülltüte. »Gut! Fangen wir mit den Kleidern an. Alles in die Tüte, was nicht mehr gut ist, und den Rest spenden wir, okay?!« Ich ging darauf ein. Doch dann fing ich plötzlich an, an den Sachen zu klammern: »Hmmm, die Schuhe passen mir doch noch. Sie liebte die.« Meine Cousine schaute mich tröstend an: »Ehrlich, die? Die passen dir zwar, aber liebst DU sie?« Ich liebte sie, weil sie sie geliebt hatte. Mein Aufräumcoach hielt mir die geöffnete Tüte hin. Ich trennte mich von ihren geliebten Schuhen. Je mehr Sachen ich in die Tüte verschwinden ließ, desto mehr verschwand auch von meiner Ninang Fely. Die Wohnung wurde leerer, wie mein Herz. Als ich die Tüten in den Container entsorgte, kam es mir wie ein Verrat vor, und am liebsten hätte ich alles noch mal rausgefischt. Diana sah Tränen in meinen Augen: »Karel! Weißt du eigentlich, dass du das alles super machst? Dir ist das, glaub ich, gar nicht bewusst. Ich weiß, wie schwer es dir fällt, aber du machst das gut! Wirklich! Du hast schon immer alles gut gemacht! Weißt du noch, was unsere Eltern immer über uns gesagt haben, als wir klein waren? Ich war immer die Wilde, die einfach alles verbockt, und du warst immer die Liebe, die alles gut macht! Das war doch so, und glaub mir; das ist immer noch so! Tante Fely ist nicht böse, weil du ihre Sachen entsorgst. Die ist stolz auf dich!« Diese Worte kamen ad hoc, ohne große Überlegung und voller Ehrlichkeit. Ich sehe noch vor mir, wie sie mir dabei tief in die Augen schaute. Mein Cousinchen fuhr in diesem Moment das Rennen mit mir. Sie stärkte mich dadurch, dass ich zu ihr schauen durfte und wusste, ich hatte eine Begleitung, einen wirklichen Freund. Sie war mehr als das, eine gute Seele, die den richtigen Schub zur rechten Zeit gab. Wie in unseren Kindertagen mit dem Fahrrad an dem steilen Weg, so gab sie mir auch in dieser Zeit den Mut, das Hindernis zu bewältigen. Sie schubste mich einfach, und es blieb mir nichts anderes übrig, als loszufahren. »Und jetzt kommst du zu uns, und wir essen erst mal. Das Essen ist sicher gelungen. Die Mama hat weitergekocht!« Ich war von Dankbarkeit erfüllt. Von da an wurde unser Band noch fester. Auch wenn wir räumlich recht weit entfernt sind; geistig sind wir uns viel näher als je zuvor.

Wir verdammen das Leben, weil es uns unangespitzt in den Boden rammt. Leicht verliert man dabei die Wahrnehmung, was für einen wichtig ist. Das Gute kann vom Schlechten nicht mehr gefiltert werden. Scheinbar tolle Menschen wickeln einen um den Finger, und aus Naivität verfällt man ihnen. Was bleibt, sind die Enttäuschung und das Versprechen an sich selbst, das nächste Mal besser auf sich aufzupassen. Vor allem besser auf die eigene Intuition zu hören. Mehrfach hatte ich mich gefragt, wie oft man einen Fehler begehen soll, damit man daraus lernt. Anscheinend litt ich an chronischer Gutgläubigkeit. Denn viel zu lange und besonders in den schweren Momenten betäubte ich mein Bauchgefühl und ließ meine Seele streicheln. Man könnte natürlich unsere technisierte Welt dafür verantwortlich machen. Noch nie war es so leicht, 2000 Freunde zu haben, die man alle mit einem Klick hinzufügen konnte. Die obligatorischen Fragen nach Interessen, Beruf, Hobbys oder Schuhgröße entfallen. Da ist man schnell »geadded«. Von diesen 2000 hat man bei etwa einem Achtel eine Ahnung von deren realem Leben, und bei noch einmal einem Achtel davon kann man dieses Leben tatsächlich mit eigenen Augen bezeugen. Und nur ein Achtel dieses letzten Achtels kann man Freunde nennen. Mit dem Taschenrechner ausgerechnet ergibt das 3.9. Es sind diese 3.9, die immer beim Umzug helfen und einen trotz Überstunden im Krankenhaus besuchen. Sie kommen zum Essen, auch wenn es statt des versprochenen Bratens Pizza aus dem Pappkarton gibt. Sie lassen ihr Essen stehen oder nehmen den Auflauf mit und eilen zu einem, wenn ein Todesfall eintritt. Sogar ihr letztes Hemd geben sie her. Man kann bei ihnen die verrückte Nudel sein und vom Traum erzählen, ein Buch zu schreiben, ohne belächelt zu werden. Auch wenn man von diesen 3.9 wochenlang, monatelang, ja sogar jahrelang nichts hört und sieht, kann man wieder dort anknüpfen, wo man aufgehört hatte. Oder da, wo man sich gerade befindet, und es fühlt sich so an, als wäre der andere schon immer da gewesen. Nur diese 3.9 haben das Potenzial, ein Leben lang zu bleiben. Doch bisher am längsten geblieben ist mir meine Cousine. Wo eine Freundschaft auseinanderging, war es größtenteils auch mein Verschulden. Vielleicht fuhren die anderen für meine Verhältnisse zu langsam oder aber auch zu schnell. Möglicherweise wählten sie für ihr Leben einen Weg mit geringem Widerstand, der mir zu eben wurde. Ich wählte lieber einen Weg mit Steinen, aus denen ich ein schönes Haus bauen konnte. Auch wenn das eine schwere Last mit sich brachte, aber ich trug sie selbst. Vielleicht fuhren sie auch zu schnell, und ich ahnte, welch verheerender Schaden hinter dem Tunnel auf sie wartete. Ich mag die Geschwindigkeit ebenfalls. Doch lernte ich mit der Zeit zu bremsen, um die Gegend zu genießen und mich auf die Dunkelheit im Tunnel vorzubereiten.

Was wollte ich mit diesem Buch zum Ausdruck bringen? Ja, is doch klar! Dat et in Bochum besser ist, als man glaubt. Außerdem bin ich eine Rampensau und brauch Applaus. Ne, die Zeiten sind sicher vorbei. Ich war schon jung und brauchte das Geld. Jetzt gehe ich auf das Alter zu und hab es ausgegeben. Neues Scheffeln ist anstrengend und lässt die Arthrose fortschreiten. Jeder von uns wird nicht nur einmal in seinem Leben mit Verlust konfrontiert. Sei es der geklaute BMW, sei es die Kündigung des Jobs oder der Wohnung, sei es Trennung, Scheidung oder Verlust durch den Tod. Dass Letzteres am schwierigsten zu überwinden ist, da sind wir uns sicher alle einig. Es sei denn, es ist das eigene Ableben. – Vor einem Tunnel glauben wir auf die Dunkelheit vorbereitet zu sein. Saugt die Dunkelheit einen ein, wird einem erst bewusst, wie grausam einem das helle Licht fehlen kann. Man weiß, dass die Fahrt im Dunkeln nicht lange dauert. Doch glaubt man in dem Moment, dass es ewig währt. Man sieht das Licht hinter dem Tunnel nicht oder glaubt, dass es eine Fata Morgana ist.

»Es gibt ein Licht ganz am Ende des Tunnels.
Ist man im Tunnel drin, dann sieht man es nicht.
Jedoch am Ende des Tunnels scheint ein Licht.«
So heißt es in »Starlight Express«. Ich bin auch eine von vielen, die in dieser langen dunklen Röhre gefahren sind und immer noch von dieser Fahrt eingeholt werden. Das Leben erscheint einem manchmal wirklich sinnlos und ungerecht. Durch diese Erfahrung erkennt man allerdings, wozu man

im Leben doch fähig ist. Man erkennt, was für eine Stärke in einem steckt, dass man so ein schweres Päckchen tragen kann. Jeden Tag wird man in dieser dunklen Grube verletzt. Muss mit Einsamkeit und Trauer zurechtkommen. Dann quiekt noch das Ego-Schweinchen aus der Ecke: »Reiß dich zusammen. Du hast einen Ruf zu verlieren. Menschlichkeit ist die neue Schwäche!« Wir haben alle eine druckreife Geschichte und meine ist keine, die es besonders hervorzuheben gilt. Mit meiner Geschichte möchte ich mich zu denen setzen, die sich gerade in der Grube befinden und nicht an das Licht am Ende des Tunnels glauben. Ich möchte mit denen fahren, an die niemand glaubt und die sich mit dem Glauben an sich selbst schwertun. Mit diesen Zeilen möchte ich der Co-Pilot sein, der den nötigen Schub gibt. Denn schließlich kenne ich einige Kurven und Hindernisse. Fahren jedoch muss man allein.

»Denn mit Dampf bist
du immer dein eigener Herr.
Diesel nimmt dir den Glauben,
Elektrizität schafft es nie.
Dampf allein hat Kräfte,
die uns jetzt vorwärtsziehen.«

Dieses Buch will kein Ratgeber sein, wo zwischen den Zeilen »Hach, guck doch mal, wie toll ich das gemacht hab!« zu lesen ist. Es soll einen möglichen Weg ebnen, einen Tastsinn in der Dunkelheit geben – nicht aber den Lesern eine bestimmte Meinung vorgeben, die sie zu dem Erzählten haben müssten. Vielleicht haben Sie das Buch gekauft, weil Sie Bochumer sind oder weil Sie jemanden im Augusta-Krankenhaus verabschieden werden. Vielleicht zünden Sie am Grab beim Freigrafendamm regelmäßig eine Kerze an. Vielleicht sitzen Sie am anderen Ende der Welt und schauen zum Himmel in der Hoffnung, dass jemand von dort auf Sie schaut. Oder Sie sind von den Philippinen, und aufgrund unserer kollektivistischen

Mentalität unterstützen Sie mich mit dem Kauf dieses Buches. Maraming salamat! (Vielen Dank.) Es könnte auch sein, das Sie ein Patient von mir sind und vor der nächsten Behandlung Angst haben. Daher haben Sie präventiv zur Schonbehandlung das Buch gekauft. Dann sagen Sie es mir, und ich lege den Schongang ein und verspreche, dass der erste Schmerz erträglicher ist. Aus welchen Ambitionen Sie das Buch auch zur Hand genommen haben: Möge es Ihnen ganz viel Schub und Dampf geben! Glauben Sie fest daran: Es gibt immer ein Licht am Ende des Tunnels.

Autorenvita

K. H. Kasilag wurde 1976 auf den Philippinen geboren. 1986 zog sie nach Bochum, wo sie 1996 das Abitur absolvierte. 2001 beendete sie ihre Ausbildung als Physiotherapeutin und ging zum Arbeiten in die Schweiz. Bis heute lebt sie in ihrer Wahlheimat und ist Inhaberin der Praxis »Physiotherapie zum Schützen« in Lachen SZ. Die Liebe zum Schreiben entdeckte sie, als sie ihre Trauer um ihre Adoptivmutter zu Papier brachte.